ULLSTEIN

DAS BUCH

Benny Cooperman, der Privatdetektiv aus der kanadischen Provinz, ist mal wieder auf der Suche nach einem gutbezahlten Job. Aber Geld allein macht nicht glücklich, und so lehnt er es ab, für den berüchtigten, aber nie überführten Gangsterboß Abram Wise zu arbeiten. Doch dieser macht ihm ein Angebot, das er unmöglich ablehnen kann: Entweder Cooperman übernimmt den Fall, oder seine Eltern und seine Freundin enden als menschliches Fundament in Wises Bauvorhaben. Widerwillig macht Cooperman sich daran, die auf Wise verübten Anschläge zu untersuchen. Während der Recherche erlebt er einen merkwürdig beschwingten Wise auf der Beerdigung eines verunglückten pensionierten Polizisten, der Wise als Jungkriminellen erwischte, dann aber laufen ließ.

DER AUTOR

Howard Engel, geboren in Toronto, arbeitete als Journalist in Nikosia, Paris und London. Er ist Gründungsmitglied der »Crime Writer Association of Canada« und wurde mit dem *Harbourfront-Festival-Preis* ausgezeichnet. Zwei seiner acht Cooperman-Krimis wurden bereits erfolgreich verfilmt.

HOWARD ENGEL

Mit heiler Haut

Krimi

Aus dem Amerikanischen
von Sonja Hauser

ULLSTEIN GELBE REIHE

Ullstein Buchverlage GmbH & Co. KG,
Berlin
Taschenbuchnummer: 24270
Titel der Originalausgabe:
Getting Away with Murder
Die Übersetzung ins Deutsche
erfolgte mit freundlicher
Unterstützung das Canada Council

Deutsche Erstausgabe
März 1998

Umschlaggestaltung:
Vera Bauer
Illustration:
photonica © (i.)
© EDWARD HOLUB

Printed in Germany 1998
Gesamtherstellung:
Ebner Ulm
ISBN 3 548 24270 7

Die Deutsche Bibliothek
CIP-Einheitsaufnahme

Engel, Howard:
Mit heiler Haut: Krimi/Howard Engel.
Aus dem Amerikan. von Sonja Hauser.
– Dt. Erstausg. – Berlin: Ullstein, 1998
(Ullstein-Buch; 24270: Gelbe Reihe)
ISBN 3-548-24270-7

Meinem Sohn Jacob Harry Engel
und seinen Großeltern
Arthur und Doris Hamilton
sowie Lolly und dem verstorbenen Jack Engel

PROLOG

Die blattlosen Bäume streckten ihre schwarzen Finger gen Himmel. Der Schnee zog sich widerwillig und mißmutig von den Vorgärten an der Henrietta Street zurück. Die weißen Holzflanken der alten Häuser an der Ostseite waren in das Licht der Spätnachmittagssonne getaucht. Dieses Licht hatte nichts Warmes; nein, es war wahrlich kaum Wärme darin zu spüren. Trotzdem trug der großgewachsene, weißhaarige Mann einen roten metallenen Werkzeugkasten sowie ein Rollbrett hinaus, wie es Mechaniker verwenden, um unter aufgebockten Autos zu arbeiten. Er stellte das Werkzeug neben seinem zehn Jahre alten Buick ab, bevor er in die Garage zurückkehrte. Eigentlich wäre eine solche Ausrüstung für eine kleine Arbeit wie diesen Ölwechsel nicht nötig gewesen. Wenn er noch ein oder zwei Wochen wartete, wäre das Wetter schon ein wenig freundlicher. Er rollte einen hydraulischen Wagenheber heran und brachte ihn in die richtige Position. Nachdem er den Wagen hochgehebelt hatte, legte er sich auf das Rollbrett und glitt unter die Karosserie. Von Zeit zu Zeit tauchte sein Arm darunter hervor und griff nach einem Schraubenschlüssel oder einem ölverschmierten Lappen. Der Mann summte vor sich hin; deshalb hörte er die Schritte auf der Auffahrt nicht.

Der Wagen sah aus, als sei er seit seinem Kauf jeden Tag gewaschen worden. An den Kotflügeln und den Türen, an denen das Streusalz im kanadischen Winter normalerweise eifrig nagt, befanden sich keine Rostflecken. Das Werkzeug des Mannes war in gutem Zustand. Der Wagenheber zum Beispiel sah aus wie neu, ein Gerät, wie man es eigentlich nur in großen Reparaturwerkstätten sieht. An dem Wagenheber befand sich ein Griff, mit dessen Hilfe sich der Buick vom Boden hochhebeln ließ. Mit einem Ventil, das gedreht werden mußte, ließ sich der Wagen wieder herabsenken, so daß sein volles Gewicht auf den vier Reifen ruhte.

Bei dem Lied, das der Mann summte, handelte es sich um ein altes Stück aus der Armee; es war ein wenig schlüpfrig, und auch der Text stimmte wohl nicht mehr so ganz mit dem Original überein. Die Tonlage änderte sich, wenn der Mann sich streckte, um nach einem ölverschmierten Lappen zu greifen und diesen unter den Wagen zu ziehen. Das Bein, das unter der Karosserie hervorlugte, war übersät mit Altersflecken. Die Haut über den marineblauen Socken sah grau aus.

Die Schritte machten bei dem Wagenheber halt. Das Summen hörte auf.

»Wer ist da?« fragte der Mann unter dem Wagen, als er die Füße auf der Auffahrt sah. Mehr sagte er nicht. Eine Hand drehte das Ventil, und die Karosserie senkte sich herab. Das volle Gewicht des Buick ruhte nun auf dem Körper des alten Mannes. Die Schritte entfernten sich. Es war niemand in der Nähe, der den Schrei hätte hören können.

1

»Aufstehen!«

Irgendwo da draußen im See war ein Schwimmer. Ich sah, wie ein Seil hinausgeworfen wurde, ein Rettungsseil aus einem Boot. Ich spürte, wie ich zu sinken begann. Der Schwimmer war ich. Ich befand mich in Schwierigkeiten. Das Wasser zog mich nach unten.

»Nun mach schon, du Bastard! Aufstehen!«

»Schwing die Hufe, Cooperman!«

»Laß mich das machen, Phil. Ich weiß, wie man so was anpackt.«

Mein Traum begann sich aufzulösen. Der See und das Seil verschwanden genau in dem Augenblick, in dem ich spürte, wie sich das Seil straffte, wie glänzende Wassertropfen davon weggeschleudert wurden. Ich war jetzt wach, auch wenn ich meine Augen noch nicht geöffnet hatte. Ich spürte, wie eine Hand mich an der Schulter rüttelte. Ich versuchte auszumachen, wo die verschiedenen Teile meines Körpers lagen: Hand, Kopf, Füße, Unterleib Ich nahm den heißen, nach Pfefferminz riechenden Atem auf meinem Gesicht wahr.

»Raus aus dem Bett! Du hast gehört, was ich gesagt hab'!«

Ich holte mit aller Kraft aus, zielte auf den Pfefferminzgeruch und die Wärme, die das Gesicht ausstrahlte. Als meine Faust ihn traf, spürte ich den Schmerz in Handgelenk und Fingern. Gleichzeitig öffnete ich die Augen. Die Wucht meines Schlages hatte einen von ihnen ans Fußende des Betts geschleudert. Aber da waren noch zwei andere. Mir wurde klar, daß ich keine Chance hatte. Obwohl Phil, der Mann mit dem Pfefferminzatem, sich das Kinn rieb, wußte ich, daß ich mich nicht weiter zur Wehr setzen konnte. Ich schob die Beine unter der Decke hervor und berührte den Teppich mit den Füßen.

»Gut!« sagte der Mann mit dem Rücken zur Tür. »Und jetzt zieh dich an. Du kommst mit.«

Der Mann, dem ich den Schlag verpaßt hatte, saß noch immer am Fußende meines Bettes und rieb sich das Kinn. Ich hatte ihn gerade erst erwischt, und trotzdem hatte ich das Gefühl, daß er mich bereits vor drei oder vier Minuten an der Schulter berührt hatte. Wohin war das lebensrettende Seil verschwunden? Hatte ich es im Traum mit der Kaugummimarke »Lifesaver« assoziiert, seinen Atem sozusagen in meinen Traum »übersetzt«? Darüber würde ich mir später einmal Gedanken machen, wenn meine Enkel vor dem Kamin herumtollten.

Ich griff nach meiner Hose, die ich vor dem Schlafengehen über den Stuhl gelegt hatte. Sie schien einer anderen Zeitrechnung anzugehören: »vorher«. Das hier war »nachher«. Wie achtlos ich doch meine Kleidungsstücke ausgezogen und hingelegt hatte. Unter dem Blick meiner drei Zuschauer sahen sie aus wie Artefakte in einem Museum, wie die Feuersteine und Körbe und Steinäxte der Neandertalerausstellung in Torontos großem Museum. Ich zog mich an und versuchte währenddessen, mich von unwichtigen Überlegungen loszureißen, doch das einzige, was mir durch den Kopf ging, war Unwichtiges. Ich hatte erwartet, daß mein ganzes Leben noch einmal vor meinem geistigen Auge ablaufen würde, aber im Moment beschäftigte mich nur der Gedanke an schmutzige Unterwäsche und überfällige Büchereibücher. Offenbar mußte ich mir mehr Mühe geben.

Als erstes fiel mir der Traum ein. Etwas mit einem ertrinkenden Schwimmer. Was hatte das mit dem hier zu tun? Nicht viel. Ich war ganz friedlich mit dem Kanu den Dittrick Lake hinaufgepaddelt. Dann hatte man mich jäh aus meiner Idylle gerissen. Schon besser. Das war ein Anfang.

Ich dachte nach, wem ich in letzter Zeit Ärger gemacht hatte. Ich arbeitete gerade an keinem großen Fall, nur an ein paar kleineren Sachen, und außerdem verfolgte ich eine Spur von einer Kreditkartenbetrügerei, die mich immer weiter von den eigentlichen Geschäften wegführte. Ich konnte mir nicht vorstellen, daß mein Freund Mendlesham wegen des Geldes, das ich aus seiner Anwaltskanzlei holen wollte, Gewalt anwenden würde. Mendlesham war für einen Anwalt ausgesprochen wenig gewalttätig, und meine Forderungen vom Vorjahr bereiteten ihm mit Sicherheit keine allzu schlimmen Kopfschmerzen. Ich konnte mir auch nicht denken, daß irgend jemand sonst mit mir abrechnen wollte. Vor meinem geistigen Auge ließ ich ein paar alte Fälle Revue passieren, bei denen noch einige Dinge zu klären gewesen wären. Trotzdem fiel mir kein vernünftiger Grund ein, warum sich ein Schlägertrio meinetwegen vor der Morgendämmerung aus den Federn quälen und die beiden Schlösser knacken sollte, die eigentlich dazu dienten, mich vor Leuten wie ihnen zu schützen.

Ich ging ins Bad. Zwei der Schläger bewegten sich nicht; Phil, der immer noch auf meinem Bett saß, sah die anderen beiden an. »Lassen Sie die Tür auf«, sagte der Mann mit dem Rücken zur Wohnungstür. Er war offenbar der Boß. Er war älter und besonnener als die beiden anderen und strahlte eine gewisse Autorität aus. Er hatte meinen Gedanken erraten, daß ich die Badezimmertür schließen wollte. Also ließ ich die Tür auf. Schließlich war zumindest ich ein ehrlicher Mensch.

Wie versteckt man sich in einer Tube Zahnpasta? Diese Frage stellte ich mir, als ich mein Gesicht im Spiegel betrachtete. Da mir nichts Besseres einfiel, putzte ich mir die Zähne. Als ich die Hand nach meinem Rasiermesser ausstreckte, sagte eine Stimme an der Tür: »Pfoten weg!« Ich drehte den Wasserhahn auf und rieb mir das Gesicht mit einem kalten, feuchten Waschlappen ab.

Direkt vor dem großen Badezimmerfenster befand sich eine Feuerleiter. Im Sommer wäre dieses Fenster vielleicht offen gewesen, um Luft hereinzulassen, aber wir hatten März, und das Wetter sah eher nach Februar aus. Ich wußte, das Fenster war mit Papier zugestopft und verschlossen. Phils Gesicht erschien mit einem roten Fleck am Kinn im Spiegel. »Hör auf, Zeit zu schinden. Wir müssen los!«

Ich wurde die Treppe hinuntergescheucht und von den dreien zu einem Wagen geschoben, aus dessen Auspuff sich eine Abgaswolke in die eisige Luft erhob. Der Mann am Steuer machte sich nicht die Mühe, uns anzusehen, als ich zwischen zweien der Männer auf dem Rücksitz landete, während der Anführer neben dem Fahrer auf dem Beifahrersitz Platz nahm.

Der örtliche Radiosender schickte fröhliches, wenn auch störendes Geplapper in die frühe Morgendämmerung. Der Atem des Fahrers ließ die Windschutzscheibe beschlagen. Er schaltete den Scheibenwischer ein, der einen Bogen über das Fenster beschrieb, aber natürlich überhaupt nichts ausrichtete. Mit solchen Menschen hatte ich es also hier zu tun. Ich verabschiedete mich vom gesunden Menschenverstand und lehnte mich in den Sitz zurück, um Bestandsaufnahme zu machen.

Ich atmete noch. Das war mit Sicherheit ein Pluspunkt. Wenn sie mich hätten töten wollen, hätten sie das in meiner Wohnung erledigen können, wo ich erst entdeckt worden wäre, wenn die Nachbarn angefangen hätten, sich über den Gestank zu beschweren. Sie wären längst über alle Berge gewesen, wenn die Polizei begonnen hätte, meinen Fall zu bearbeiten.

Dann dachte ich an Anna. Sie hätte mich finden können. Zum Glück hatten diese Schläger mir zumindest das erspart. Die Vorstellung, daß Anna mich im frischgemeuchelten Zustand entdeckt hätte, war mir alles andere als angenehm. Anna war diejenige, die ich am wenigsten gern allein zurückgelassen hätte. Sie …

Ich mußte aufhören damit. Dies war nicht der richtige Zeitpunkt für sentimentale Gedanken. Wenn diese Schläger nur eine altmodische Spazierfahrt mit mir machen wollten, mußte ich klaren Kopf behalten. Gedanken an Anna würden möglicherweise meine Reaktionen beeinträchtigen. *Cooperman,* sagte ich mir, *sieh zu, daß du hier rauskommst!* Als sei mein Innenleben durch meine äußere Hülle verraten worden. Als schleppte ein Teil von mir den Rest meiner Anatomie in den nächstgelegenen Graben.

»Schalt das Radio aus«, sagte der Mann neben dem Fahrer.

»Was? Das ist Dusty Rhodes.«

»Du hast gehört, was ich gesagt habe! Schalt das verdammte Ding aus!«

»Ist ja schon gut, Mickey, okay!« Das Radio verstummte. Vom Rücksitz war kein Kommentar zu hören.

Mickey war der größte der drei. Er trug einen gutgeschnittenen braunen Ledermantel über einem weißen irischen Pullover. Mit seiner Pelzmütze sah er fast aus wie ein Kavallerist auf Heimaturlaub. Unter der Mütze lugten ordentlich gestutzte Koteletten und ein ebenso ordentlich rasiertes Gesicht hervor. Er wirkte wie ein Schurke auf der Bühne, vermittelte aber nicht den Eindruck, daß er sich auch einer bühnenreifen Aussprache bediente.

Der Fahrer trug eine schwarze Ledermütze. Er hatte Aknenarben im Nacken und trug einen dunkelgrünen Parka. Rechts neben mir saß Phil, der Mann mit dem roten Fleck am Kinn und dem Pfefferminzatem. Er war untersetzt und hatte kurze Arme und Beine. Vor zweihundert Jahren hätte er einen guten Pelzhändler abgegeben, denn in den Kanus der Hudson Bay Company war nicht viel Platz für lange Beine. Das hatte Anna mir einmal erzählt. Immer wieder landeten meine Gedanken bei Anna. *Konzentrier dich gefälligst auf die jetzige Situation.* Mit dem Fausthieb hatte ich Glück gehabt, das mußte ich zugeben; schließlich hatte ich blind zugeschlagen, nur mit Hilfe der anderen Sinne. Was für ein Glück, daß kein Laken und keine Dekke meinen Schlag abgemildert hatten. Ich sah ihn an; er schien keine großen Schmerzen zu haben.

»Tut mir leid, daß ich Sie geschlagen habe«, sagte ich vorsichtshalber. Man konnte ja nie wissen, ob man später noch ein paar Pluspunkte brauchen konnte.

»Klappe!« sagte der Mann auf der anderen Seite und unterstrich das, was er sagte, mit einem Stoß in meine Rippen. »Wir haben noch 'ne lange Fahrt vor uns. Je weniger Lärm im Wagen, desto besser.«

»Wo fahren wir hin?« fragte ich ganz naiv. Nun spürte ich gleichzeitig von rechts und links einen Stoß in die Rippen. Ansonsten herrschte Schweigen. Ich konzentrierte mich darauf, mir das Baujahr und die Marke des Wagens einzuprägen. So hatte ich zumindest etwas zu tun. Viel würde mir das zwar nach meinem Ableben nicht nützen, aber wenigstens bewies ich mir, daß ich bis zum bitteren Ende Profi blieb.

Der Kerl links von mir wirkte in seiner schwarzen Lederjacke mit den Silbernieten ziemlich schmächtig. Den Kopf hatte er kahlgeschoren, und an einem Ohr trug er einen Ohrring. Ein dunkelblau eintätowierter Krummsäbel auf seinem Handgelenk ließ seine Haut unnatürlich weiß erscheinen. Er kaute Kaugummi. Wahrscheinlich war es Kaugummi.

Die Fahrt dauerte nicht so lange, wie der Skinhead angekündigt hatte. Vielleicht erschien sie mir auch nur wegen seiner Ankündigung nicht so lang. Möglicherweise brachte die Situation mich dazu, alles, was unwichtig war, auszuschalten. Dinge wie die Zeit verloren zuerst ihre Bedeutung. Das hier war die blanke Tragödie, nichts anderes.

Jedenfalls wurde irgendwann der Motor abgeschaltet, und die Körper links und rechts von mir setzten sich in Bewegung. Befanden wir uns in einem abgelegenen Wäldchen? Ich stellte mir die schmalen junge Bäume vor, die sich dem grauen Himmel entgegenstreckten. Vergleichbare Szenen hatte ich schon Dutzende von Malen im Film gesehen. Ist auch kein schlechterer Platz zum Sterben als anderswo, dachte ich mit einem Achselzucken. Sie waren zu viert. Würde der Fahrer aussteigen und zusehen? Oder würde er im Wagen bleiben, damit er später vor Gericht sagen konnte: »Aber Euer Ehren, ich war im Wagen! Ich saß hinterm Steuer! Ich hab' nichts gesehen!«

Als ich ausgestiegen war, verschwanden meine Phantasien von dem vereisten Gestrüpp. Ich atmete tief durch. Ich stand nicht am Rand eines Waldgrundstücks, auf dem sich der Schnee noch immer unter den Bäumen türmte. Ich würde nicht unter einer Schneewehe vergraben werden, darüber die schwarzen Blätter vom Vorjahr. Jedenfalls noch nicht.

Der Wagen stand hinter einem dunklen Haus, das sich aus dem eisigen Bodennebel zu erheben schien. Das frostige Knakken des Waldes hörte ich in weiter Ferne. Viel näher waren die Dächer anderer Häuser. Wohin ich auch sah, meine ländliche Phantasie mußte der urbanen Realität Platz machen: Telefonmasten, Bordsteinkanten, Asphalt, Hydranten. *Zumindest können sie mich hier nicht erschießen!* dachte ich. Als sie mich zur Hintertür schubsten, fielen mir noch ein paar andere scheußliche Alternativen ein.

Durch die offene Tür, die halb von einer Frauengestalt eingenommen wurde, drang Licht. »Ihr wart ganz schön lange weg«, sagte sie, an niemand Bestimmten gerichtet. Ich war dankbar für das Licht und die Gegenwart dieser Frau. Sie schienen die einzigen Hindernisse zwischen mir und einer plötzlichen Veränderung der Situation zu sein. »Er hat eine Scheißlaune, Mick«, sagte sie. »Er möchte die Sache endlich hinter sich bringen.«

Ich mußte schlucken. Wieder wurde ich weitergeschubst. »Ich geh' ja schon, ich geh' ja schon!« sagte ich.

2

Kommen Sie rein, Mr. Cooperman! Nun kommen Sie endlich rein!« Die Stimme klang forsch, ungeduldig und nicht mehr ganz jung. Sie kam aus dem Hausinnern, das noch immer von der Frau in der Tür verstellt wurde. Doch jetzt glitt sie schnell zur Seite. Ich hörte eine geflüsterte Anweisung von der schattenhaften Gestalt hinter ihr; daraufhin zog sich die Frau ganz zurück.

»Mickey, nimm ihm den Mantel ab!« sagte der Mann, und schon griffen alle drei Männer, die mich hierhergebracht hatten, nach dem Kleidungsstück. Sobald ich abgelegt hatte, folgte ich dem Mann einen langen, schmalen Flur entlang, kam an einer Küche vorbei und betrat einen großen, üppig ausgestatteten Raum mit hoher Decke. Ich war froh, daß man mich nun nicht mehr von hinten schubste. Die düstere Schwere, die mich am Eingang empfangen hatte, war der Wärme des Hauses, der Ausstrahlung der Ölgemälde an den Wänden und der roten Vorhänge vor den Fenstern gewichen. Die einzigen unheimlichen Dinge in dem Raum waren kleine braune Statuetten auf kleinen Tischen oder Ständern, Terrakottafigurinen – Idole primitiver Völker, Fetischfiguren? In der indirekten elektrischen Beleuchtung und den Schatten, die das Kaminfeuer warf, sahen sie bedrohlich aus.

»Kommen Sie rein!« wiederholte er. Wie gesagt: Die Stimme klang forsch, doch jetzt bemühte sich der Mann, ein bißchen liebenswürdiger zu sein, wie eine Kobra, die versucht, wie ein englischer Butler im Film zu klingen. Ich betrat den Raum und sah mich darin um. Als der Mann sich mir endlich zuwandte, verzerrte das Licht, das durch einen grünen Lampenschirm drang, meinen ersten Eindruck von ihm. Er war klein, kahlköpfig, hatte einen großen Mund und fast schon tatarische Augen. Sie lächelten mich an, während er im Raum umherging, um den richtigen Stuhl für seinen frühmorgendlichen Besucher zu finden. Er war braungebrannt und ziemlich förmlich gekleidet für diese Tageszeit: Er trug ein weißes Hemd und eine Krawatte, die so eng gebunden war, daß ich bei ihrem Anblick zusammenzuckte. Dazu kam ein blauer Blazer mit einem aufgestickten goldenen Wappen auf der Brusttasche. Neben einem goldenen Füller und einem Tintenfaß aus Marmor befand sich eine Terrakottamaske, die mit finsterem Blick in den Raum schaute. Die Eindrücke, die ich erhielt, folgten nicht gerade einer logischen Reihenfolge.

»Setzen Sie sich«, sagte der Mann freundlich; doch ich spürte fast, wie mich die unsichtbaren Hände seiner Männer auf einen Stuhl mit pfeilförmiger Rückenlehne drückten, der sich nicht weit von dem großen Chefschreibtisch in der Mitte des Raumes befand. Der Mann hielt mir die Hand hin, an der zwei Goldringe glänzten. Unter seinen gestärkten Manschetten lugten zahlreiche schwarze Haare hervor; auch seine Hände und Finger waren dicht mit Haaren bedeckt. Seine Uhr hatte ich schon einmal in einer Werbeanzeige von Tiffany's in einer Torontoer Zeitung gesehen. Der Mann zog sich hinter seinen Schreibtisch zurück, als ich seine Hand nicht ergriff, und setzte sich.

»Ich heiße Abram Wise, Mr. Cooperman. Sie haben vielleicht schon von mir gehört ... «

Er sprach weiter, doch in meinem Gehirn hallte der Klang seinens Namens nach. Ich wäre weniger verblüfft gewesen, wenn er sich als Graf Dracula oder Al Capone vorgestellt hätte. Ob ich schon von ihm gehört hatte? Gibt es in diesem Land jemanden, der noch nicht von Abe Wise gehört hatte? Sogar das *Time*-Magazin hat ihn einmal den größten Gangster von Nordamerika genannt, der noch nie im Gefängnis gewesen ist. Ich versuchte mich blinzelnd wieder auf das zu konzentrieren, was er gerade sagte.

». . . Ich werde mich nicht dafür entschuldigen, wie diese Zusammenkunft zustande gekommen ist, denn es gibt keine Entschuldigung dafür, die Sie akzeptieren würden. Also vergessen wir die Sache lieber ganz.« Ich sah ihn mit einem Blick an, der hoffentlich nicht verzeihend wirkte. Schließlich hatte es keinen Sinn, die wenigen Waffen, die ich hatte, einfach einzustecken. Einen Augenblick lang schien er nicht so recht zu wissen, wo er die Hand unterbringen sollte, die ich nicht ergriffen hatte. Offenbar war dies eine neue Erfahrung für ihn, eine Erfahrung, die ihm nicht gefiel.

»Mr. Cooperman, ich darf Ihnen als erstes versichern, daß Sie sich hier nicht in Gefahr befinden. Ich kann mir vorstellen, daß Sie sich die schrecklichsten Dinge ausgemalt haben.« Wenn er sich mit dieser Einleitung bei mir einschmeicheln wollte, sollte er sich doch auch mal in der Morgendämmerung von ein paar finsteren Gangstern aufwecken lassen. Er betrachtete gerade die Ringe an seinen behaarten Fingern. Anscheinend fühlte er sich noch immer zurückgewiesen. »Meine Männer tun nur das, was ich ihnen sage. Sie stellen keine Fragen. Vielleicht sind meine Methoden grob, aber sie führen zum Ziel, und nur das interessiert mich.«

Von der Tür klang gedämpftes Klopfen herüber. Es war die Frau, die ich vorhin am Eingang gesehen hatte. »Wir nehmen Tee, Victoria. Sie trinken doch ein Täßchen Tee mit mir, Mr. Cooperman?« Das hörte sich fast wie eine Einladung an. Als er noch hinzufügte: »Da Sie schon mal hier sind«, mußte ich mir die Nase putzen, sonst hätte ich laut losgelacht. Also nickte ich und hörte, wie sich die Tür hinter mir schloß. Wise lehnte sich auf seinem Stuhl zurück, als leite das Verschwinden der Frau eine neue Phase unserer Beziehung ein. Er versuchte, zusammen mit mir ein Bündnis gegen die feindliche Welt hinter meinem Stuhl aufzubauen. Er gab sich sogar Mühe zu lächeln. Sein Mund schien nicht viel mit diesem Lächeln anfangen zu können, aber seinen Augen stand es ganz gut.

»Mr. Cooperman, ich habe schon viel von Ihnen gehört. Ich weiß von den Bildern, die Sie für Arthur Tallons Contemporary Gallery wiederbeschafft haben. Ich erinnere mich auch an die Geschichte mit Larry Geller vor ein paar Jahren und an die Rolle, die Sie bei den Ermittlungen in dem Saunamord gespielt haben ...«

»Lassen Sie doch die Schmeicheleien, Mr. Wise, und sagen Sie, was Sie von mir wollen.«

»Ich habe einen Job für Sie.«

»Ich habe Bürostunden, Mr. Wise. Die meisten Leute machen Geschäfte mit mir, ohne mich vorher zu Tode zu erschrekken.«

»Ja, das kann ich mir denken, aber dieser Fall ist ziemlich dringend.«

»Jeder Fall ist dringend. Andere Fälle gibt es nicht.«

»Laufen Ihre anderen Klienten auch Gefahr, ermordet zu werden?« fragte er, und ich beugte mich ein wenig vor. Er sah, daß es ihm endlich gelungen war, mich zu beeindrucken.

»Wieso glauben Sie, daß Ihr Leben in Gefahr ist?«

Wise erhob sich von seinem Stuhl und ging langsam zur Tür. Er öffnete und schloß sie wieder, ohne ein Wort zu sagen.

»Der Mechaniker in meiner Autowerkstatt«, sagte er schließlich, »hat entdeckt, daß der Treibriemen der Servolenkung von meinem Volvo fast ganz durchgeschnitten war. Das war jemand, der weiß, daß ich gern schnell fahre. Ich habe mir den Wagen selbst angesehen. Der Riemen war eindeutig angeschnitten; das war keine Abnutzung.« Er ließ den Türknauf los und ging zu dem Fenster hinter seinem Schreibtisch, wo er an einer Schnur zog, die von den Vorhängen verdeckt wurde. Die Vorhänge teilten sich und gaben den Blick frei auf zwei riesige Fenster, durch die das erste Licht des Tages drang. »Sehen Sie das?« fragte er. Ich stand auf und ging um den Schreibtisch herum. Er deutete auf ein kleines Loch in der Fensterscheibe. Es handelte sich um ein Loch, wie es eine Kugel mittleren Kalibers verursacht. »Ich saß gerade auf diesem Stuhl, als der Schuß abgefeuert wurde. Die Kugel ist ungefähr so weit an meinem Kopf vorbeigesaust«, sagte er und hielt seine behaarten Knöchel etwa zweieinhalb Zentimeter von seinem linken Ohr weg.

Dann sah er mich an, um sicherzugehen, daß ich die Bedeutung dessen, was er mir gerade gesagt hatte, erkannte. Neben der Fensterscheibe mit dem Loch wirkte Wise ziemlich klein. Im Sitzen sah er größer aus, obwohl er nur ungefähr so groß war wie ich.

»Die Kugel ist in dem Kiefernschrank auf der anderen Seite des Raums steckengeblieben«, sagte er. »Vielleicht können Sie sie damit rausmachen.« Er reichte mir einen edelsteinbesetzten Brieföffner und schloß die Vorhänge wieder. Ohne das frühmorgendliche Licht wirkte der Raum wärmer. Ich legte den Brieföffner auf den Schreibtisch und kehrte zu meinem Stuhl zurück.

»Mr. Wise, tut mir ja wirklich leid, daß Sie sich die Mühe gemacht haben, aber ich habe keine Ahnung, wie ich Ihnen helfen könnte. Ich glaube nicht einmal, daß ich Ihnen helfen *möchte.* Mir gefällt die Art und Weise nicht, wie Sie Ihre Wünsche vortragen. Bei Ihrem Lebensstil haben Sie doch wahrscheinlich die ganze Zeit solche Probleme. Gewalt erzeugt Gegengewalt.«

Wise nickte, während ich sprach. Das grüne Licht ließ sein weißes Hemd glänzen, doch sein Gesicht lag weiter im Schatten. Das Messing auf seinem Schreibtisch schimmerte. »Da wären noch ein paar Punkte, die zu berücksichtigen sind, Mr. Cooperman. Erstens hänge ich am Leben und möchte es nicht verlieren, weil ich nicht rechtzeitig Vorkehrungen getroffen habe. Zweitens sind Sie mir sehr empfohlen worden. Ich lasse mich nicht einfach so abspeisen. Natürlich bezahle ich Sie gut und . . .«

»Das ist mir scheißegal.«

»Nun hören Sie mir mal zu!« Er beugte sich vor, das Gesicht dunkel und die Sehnen an seinem Hals angespannt wie ein Bogen. »Wenn Ihnen Ihr Leben lieb ist, halten Sie jetzt den Mund und hören mir zu! Haben Sie mich verstanden? Was sind Sie eigentlich für ein Mann. Ich sage Ihnen, daß jemand versucht, mich umzubringen, und Sie haben keine Lust, mir zuzuhören. So geht das nicht!« Er lehnte sich wieder auf seinem Stuhl zurück und senkte die Stimme. Er hatte mir klargemacht, daß mit ihm nicht zu spaßen war. Er konnte es nicht leiden, wenn er unterbrochen wurde.

»Hören Sie zu«, sagte er und drehte die Handflächen in dem grünen Licht nach oben, »ich weiß alles über Sie. Ich weiß, wo Ihre Eltern und diese Anna wohnen, und ich weiß, daß es Ihnen nicht recht wäre, wenn ihnen etwas passiert. Außerdem weiß ich, daß Ihnen Ihr eigenes Leben lieb ist, das im Augenblick übrigens an einem seidenen Faden hängt. Ein Anruf von mir, dann geht's Ihnen genauso wie Larry Geller und all den anderen, die nach Mitternacht zu einem Teil der Brücken und neuen Autobahnen unseres Landes wurden. Drüben bei der Forks Road wird gerade ein neuer Kanal gebaut. Wollen Sie ein tragender Bestandteil dieses Kanals werden? Das kann ich mir eigentlich nicht vorstellen. Ich will nur sagen: Sie haben keine andere Wahl. Wenn Sie Ihren Job ordentlich machen, kriegen Sie ein hübsches Sümmchen, das Sie zu Hause unter der Matratze verstecken können. Klingt das nicht vernünftig?«

»Wenn ich diesen Fall übernehme . . .«

»Hier gibt's kein Wenn!«

»Na schön. Sobald die Sache vorbei ist, weiß ich zuviel. Woher soll ich wissen, daß Sie mich laufenlassen?«

»Mr. Cooperman, ich bin Geschäftsmann, nicht mehr und nicht weniger; allerdings bin ich cleverer als die meisten anderen. Und ich bin außerdem ein bißchen ungeduldig und halte mich nicht gern an Regeln, wie Ihnen vielleicht schon aufgefallen sein dürfte. Das weiß ich. Möglicherweise haben Sie kein allzu großes Vertrauen in das Versprechen eines Mannes wie mich, aber ich halte Wort. Auch in meiner Branche heißt die Basis Vertrauen. Etwas anderes als Vertrauen kann ich nicht bieten. Ich kann keine Verträge abschließen; ich bin die letzte Entscheidungsinstanz. Hier geht es um stillschweigende Vereinbarungen, die nie zu Papier gebracht werden. Das bedeutet, daß Vertrauen mir sehr viel bedeutet. Mein Wort hat mehr Gewicht als zum Beispiel das des Direktors Ihrer Bank – übrigens wäre das die Upper Canadian an der St. Andrews Street. Verstehen Sie? Ich gebe Ihnen mein Wort, daß ich Sie unbehelligt lasse, wenn Sie Ihre Arbeit ordentlich gemacht haben. Dann sind die Drohungen gegen Ihre Familie und Anna Abraham null und nichtig. Darauf gebe ich Ihnen mein Wort, und mein Wort ist so gut wie ein Vertrag.«

»Mr. Wise, das mag jetzt ja alles recht gut klingen, aber welche Sicherheiten habe ich? Wissen Ihre Männer darüber Bescheid, warum sie mich hierhergebracht haben? Derjenige, der Sie umbringen will, kann genausogut zuerst mich ermorden.«

Wise zuckte mit den Achseln. Mehr war ihm mein Leben nicht wert. Aber ich hatte keine Wahl. Ich dachte an Anna. Auch wenn hinter seinen Beteuerungen, er sei ein ehrenwerter Mann, nichts steckte oder wenn ihm irgendwann dann doch noch einfiel, daß er mich nicht einfach mit einem Scheck und einem Händedruck ziehen lassen konnte, blieb mir nichts anderes übrig.

»Wann soll ich anfangen?«

»Gut! Genau das wollte ich hören!«

In dem Augenblick kam Mickey mit einem altmodischen Teewagen auf Gummirädern herein. Darauf stand eine silberne Teekanne, die erste, die ich seit langer Zeit ohne Originalverpackung gesehen hatte, und dazu Porzellangeschirr sowie ein Korb mit frischen Brötchen und Zimtteilchen. Ich stellte fest, daß ich durch die Unterhaltung einen gesunden Appetit bekommen hatte.

»Warum überlassen Sie das nicht Mickey?« fragte ich, als dieser wieder draußen war. »An Personalmangel scheinen Sie ja nicht zu leiden.«

Wise schüttelte den Kopf, während er den Tee eingoß. »Meine Leute verstehen alle was von ihrem Job; deswegen arbeiten sie auch für mich, für eine solch delikate Angelegenheit jedoch verlasse ich mich lieber auf jemanden wie Sie. Als Außenstehender werden Sie keine voreiligen Schlüsse ziehen. Das ist mir wichtig.«

»Wahrscheinlich muß ich Ihnen nicht sagen, daß ich allein arbeite. Ich habe keine Helfer, die nur auf meine Befehle warten.«

»Ich weiß genau, worauf ich mich einlasse.«

»Ich bin kein Leibwächter. Ich trage keine Waffen. Ich ...«

»Ich habe gesagt, ich weiß, worauf ich mich einlasse, Mr. Cooperman. Sie finden heraus, wer versucht, mich umzubringen. Das ist Ihre Aufgabe. Die Leibwächterfrage überlassen Sie mir.«

Wise füllte seine Tasse, und wir schwiegen eine Weile, während wir am Tee nippten.

»Wie sollen wir die Sache angehen?« fragte ich und stellte meine Tasse ziemlich geräuschvoll auf den Unterteller. Der Tee war ausgezeichnet; eine Tatsache, die ich in meine Überlegungen einbeziehen mußte. Wise sah mich über den Rand seiner Tasse hinweg an.

»Darüber habe ich auch schon nachgedacht«, sagte er. »Ich könnte Sie hier im Haus unterbringen und mitverpflegen, aber dann würden ein paar Leute hellhörig werden. Außerdem käme mein ganzer Haushalt durcheinander. Ich will sicher sein, daß Sie Ihre Arbeit machen, Cooperman, aber ich möchte Ihnen nicht alle fünf Minuten über den Weg laufen. Abgesehen davon haben Sie mir zu viele Freunde bei der Niagara Regional Police. Wenn Sie vorübergehend von der Bildfläche verschwinden, verursacht das nur Probleme. Sie aus Ihrem gewohnten Leben herauszureißen, würde nur für unerwünschte Publicity sorgen.«

»Das heißt also, daß ich, sobald dieses Gespräch hier zu Ende ist, wieder in die Stadt zurückgebracht werde?«

»Haben Sie daran auch nur eine Sekunde gezweifelt? Aber seien Sie versichert, daß ich Sie nicht aus den Augen lasse. Meine Jungs werden Sie beschatten, und zwar in drei Schichten. Genau wie die Polizei. Sie werden mich darüber auf dem laufenden halten, was Sie so treiben, und es wird ihnen nicht recht sein, wenn sie Sie plötzlich mit dem Koffer in der Hand erwischen. An Ihrer Stelle würde ich die nächste Zeit einen weiten Bogen um Reisebüros machen. Und Sie sollten auch Manny und Sophie nicht vergessen. Auf diese Eltern können Sie wirklich stolz sein! Anna Abraham kann sich allerdings auch sehen lassen. Niemand möchte, daß den dreien etwas passiert. Es hängt alles von Ihnen ab. Solange Sie für mich arbeiten und nicht versuchen, sich aus dem Staub zu machen, können Sie unbesorgt sein. Kapiert?«

Ich nickte und zuckte dann mit den Achseln. »Ich sehe allerdings nicht ganz, wie ich Ihnen helfen kann, Mr. Wise.« Dabei versuchte ich, so ernst und aufrichtig wie möglich auszusehen. »Ich habe Ihnen ja schon gesagt, daß ich keine Truppe Treuergebener habe, die meine Arbeit für mich erledigen. Das bedeutet, daß alles, was ich mache, seine Zeit braucht ...«

»Wegen des Geldes brauchen Sie sich keine Gedanken zu machen. Darum kümmere ich mich schon.«

»Wer spricht denn von Geld? Mr. Wise, möglicherweise ist mein Ruf besser als ich. Ich bin auch nur ein Mensch. Ich kann keine Wunder wirken. Ich habe meine Grenzen. Das versuche ich Ihnen gerade zu erklären.«

»Reden Sie weiter.«

»Ich weiß nur, was man über Sie redet: Von Ihren Geschäften habe ich keine Ahnung. Wie soll ich herausfinden, mit wem Sie zusammenarbeiten und wer in Ihrem Leben eine Rolle spielt? Die Öffentlichkeit weiß wenig bis nichts darüber. Verstehen Sie, was ich meine? Wenn ich herausfinden soll, wer es auf Sie abgesehen hat, muß ich über alles, was Sie jemals getan haben und gerade tun, Informationen aus erster Hand bekommen. Und ich an Ihrer Stelle hätte keinerlei Interesse daran, daß irgend jemand soviel über mein Leben erfährt.«

»Ich sehe schon, die Geschichten, die ich über Sie gehört habe, waren nicht übertrieben. Das gefällt mir.«

»Na, hören Sie mir endlich zu? Also Schluß mit den Schmeicheleien. Seien wir offen zueinander. Ich werde Ihnen keinen Honig um den Bart schmieren und erwarte das auch nicht von

Ihnen. Die Wahrheit ist unser einziger Verbündeter, Mr. Wise. Ich weiß nicht, mit wem Sie sich über mich unterhalten haben, aber Sie werden noch merken, daß ich der falsche Mann für diesen Job bin. Das ist meine professionelle Meinung, kein leeres Gerede.«

Wise schüttelte den Kopf, als wolle er mir meine Gedanken ausreden. Als er schließlich den Mund aufmachte, klang das, als habe er den Text bereits vorher einstudiert. »Es gibt da einen Mann in Grantham. Er heißt Rogers, Dave Rogers. Früher war sein Name Rottman, aber das ist vierzig Jahre her. Wir sind ungefähr gleich alt Dave und ich sind zusammen zur Schule gegangen. Und hinterher waren wir auch noch im selben College. Fangen Sie doch einfach mit Dave an. Der kann Ihnen alles über die Vergangenheit erzählen. Wenn Sie sich mit Dave unterhalten haben, lassen Sie es mich wissen. Dann können wir weitermachen.«

Er schob mir einen Zettel mit Rogers' Namen, seiner Adresse und Telefonnummer zu. Glaubte er etwa, ich als Privatdetektiv wäre nicht in der Lage, in einem Ort der Größe Granthams einen Dave Rogers ausfindig zu machen?

»Ich habe noch eine Nummer für Sie«, erklärte er mir, während er sich erhob und mir andeutete, daß sich das Gespräch dem Ende zuneigte. »Das hier ist meine Nummer für den Fall, daß Sie sie brauchen. Ich möchte nicht, daß Sie sie irgend jemandem weitergeben. Meine Privatsphäre ist mir heilig.« Er streckte mir noch einen weiteren, kleineren Zettel hin. Ich nahm ihn, warf einen Blick darauf, steckte ihn in den Mund und verschluckte ihn.

Wenn der Henker mit seinem Beil wartet, ist Galgenhumor die einzig richtige Reaktion.

»Na schön, ich weiß also jetzt, wie ich mich mit Ihnen in Verbindung setzen kann«, sagte ich. »Aber ich möchte mich auch mit Leuten unterhalten, die in letzter Zeit mit Ihnen zu tun hatten. Rogers weiß Bescheid über die Vergangenheit. An wen soll ich mich wenden, um etwas über die Gegenwart zu erfahren?«

»Darüber muß ich noch nachdenken. Wahrscheinlich werden Sie mit Paulette und Lily reden müssen. Das läßt sich vermutlich nicht vermeiden. Ja«, sagte er und rieb sich die große Nase, »Paulette und Lily. Aber natürlich nur, wenn sie bereit sind, sich mit Ihnen zu unterhalten. Lassen Sie mir ein paar Stunden Zeit, damit ich mich mit ihnen in Verbindung setzen kann.«

»Wollen Sie mir sagen, wer die beiden sind?«

»Meine Ehefrauen, Mr. Cooperman. Natürlich nacheinander, denn mein Eheleben war immer korrekt – abgesehen davon, daß es in beiden Fällen mit einer Scheidung endete. Paulette und Lily werden Ihnen dabei helfen, den Kontakt zu Hart und Julie, meinen Kindern, herzustellen. Sie tun alles für mich. Darf ich Ihnen nun noch eine gute Heimfahrt wünschen, Mr. Cooperman? Mickey wird dafür sorgen, daß Sie sicher nach Hause kommen. Und vergessen Sie nicht: Mickey Armstrong oder ein anderer von meinen Leuten wird ständig in Ihrer Nähe sein. Einen schönen Tag noch.«

3

Am Montagmorgen erwachte ich zum zweitenmal mit dem Gefühl, gerade einem besonders realistischen Alptraum entronnen zu sein. Von denen hatte ich allmählich genug. Normalerweise habe ich in meinen Alpträumen gegen alle möglichen Gefahren anzukämpfen. Diesmal bedrohten diese Gefahren auch Anna und meine Familie, und ich war machtlos dagegen. Ich stand auf und schaute durch das Fenster, an dem der Regen herunterlief, auf die Straße. Kein Wunder, daß meine Füße sich plötzlich kalt anfühlten, als ich den Wagen aus meinem Alptraum erkannte. Er war auf der anderen Straßenseite abgestellt, und obwohl ich den Fahrer nicht sehen konnte, hätte ich gewettet, daß er Aknenarben im Nacken hatte.

Als ich diesmal aufstand, ging ich ins Bad, um mich zu rasieren. Früher am Morgen hatten die Gangster meine Verzögerungstaktiken unterbunden, wahrscheinlich aus praktischen Erwägungen: Eine hübsche Leiche in einem Graben oder in einem Kofferraum braucht kein frischrasiertes Gesicht. Als ich mein Kinn im Spiegel betrachtete, wurde mir klar, welch ein Luxus die Zeit war, die man mir gegeben hatte.

Sobald ich, die gestrige Zeitung und mein Frühstück vor mir, in meiner Lieblingsnische im Diana Sweets saß, konnte ich wieder an die Vernunft der Welt glauben. Den Kaffee konnte ich jetzt gut brauchen, und das alte Holz um mich herum schützte mich vor dem Bösen, das draußen auf mich wartete.

Auch andere Menschen hatten Probleme, das merkte ich, als ich die Zeitung las. Gut! So rückte sich meine eigene Perspektive wieder ein wenig zurecht. Ich informierte mich über einen Fall von Fahrerflucht, der seit drei Tagen die ersten Seiten beherrschte. Der alte Mann, der von einem Wagen durch eine Schaufensterscheibe geschleudert worden war, hatte das Zeitliche gesegnet, und die Polizei hatte noch immer keinen Anhaltspunkt für den Täter. Dann waren da noch die Patientinnen eines Psychiaters namens Clough, die durchsetzen wollten, daß ihm die Approbation entzogen wurde, weil er sie, wie sie sagten, sieben Jahre lang in seiner Praxis mißbraucht hatte. Die Patientinnen hatten alle die Erinnerung daran verdrängt und waren erst, als sie Fernsehberichte über ähnliche Fälle sahen, auf die Idee gekommen, daß es dem Psychiater nur um Sex gegangen war. Ich versuchte mir den Dialog vorzustellen, wenn Arzt und Patientin ihre jeweiligen Terminkalender aufeinander abstimmten: »Tut mir leid, Viertel vor eins geht nicht, aber um Viertel nach elf hätte ich noch Zeit.«

Tja, ich hatte wirklich schlechte Laune! Ganz unten auf der ersten Seite standen der Bericht über den Unfalltod des früheren stellvertretenden Polizeichefs sowie ein Nachruf. Ich suchte nach dem Namen. Er lautete Neustadt. Ich erinnerte mich vage an ihn. Das Bild von dem stirnrunzelnden Mann mit dem ernsten Gesicht war so alt, daß es mir kein bißchen weiterhalf. Ich mußte Savas und Staziak über ihn befragen. Jetzt hatte ich keine Geduld, die Einzelheiten darüber zu lesen, wie, wo und wann er gestorben war.

Die zweite Tasse Kaffee hob meine Laune deutlich. Das gleiche galt für eine Anzeige für McKenzie Stewarts neues Buch. Ich war ein großer Fan seines Detektivs Dud Dickens, und *Eile zum Galgen* war ein guter Titel. Ich würde mir das Buch so bald wie möglich kaufen. Nachdem ich noch ein paar Überschriften und einige Sätze gelesen hatte, ertappte ich mich dabei, wie ich die Todesanzeigen anstarrte – tja, so kann sich der Genuß von gutem Kaffee manchmal auch auswirken – und mir die Namen, Daten und Details der Leben, die vor kurzem zu Ende gegangen waren, durch den Kopf gehen ließ: »Ganz plötzlich im 57. Lebensjahr in Grantham verschieden ... nach tapferem Kampf ... in Trauer ... Beisetzung in ... von Blumenspenden bitten wir abzusehen ... entsprechende Beträge können auf ein Konto überwiesen werden zugunsten von ... die Einäscherung erfolgt am ...«

Als ich wieder im Büro war, wählte ich die Nummer von Dave Rogers. Mir fehlten die drei kahlköpfigen Schaufensterpuppen, Überbleibsel aus dem Damenoberbekleidungsgeschäft meines Vaters, die ich kürzlich doch noch in den Keller geräumt hatte. In den Jahren zuvor hatten sie über all meine Aktivitäten gewacht, an allen unwichtigen Stellen mit ungebleichter Fabrikbaumwolle bekleidet. Wenn ich gerade nichts Besseres zu tun hatte, dachte ich an das Gerümpel, das sich im Laufe der Zeit in meinem Büro angesammelt hatte. Warum trat ich nicht in die Fußstapfen meines Vaters? Schließlich hatte ich schon die Schaufensterpuppen, und bei den Stühlen für meine Klienten handelte es sich um Überreste eines Art-déco-Umbaus, den mein Vater 1940 veranlaßt hatte. Vielleicht befanden sich sogar noch Teile seines Lagers im Keller, in dem mein Bruder Sam und ich immer gespielt hatten, während wir darauf warteten, daß mein Vater den Laden abends schloß. Ich hielt den Telefonhörer immer noch in der Hand, und am anderen Ende klingelte es.

»Ja?« riß mich nun eine menschliche Stimme aus meinen Gedanken.

»Dave Rogers?«

»Ja? Und wer sind Sie?«

»Ich heiße Cooperman. Ich würde mich gern mit Ihnen unterhalten.«

»Und wieso glauben Sie, daß ich mit Ihnen reden möchte, Mr. Cooperman?«

»Abram Wise.« Das überzeugte ihn sofort. Trotzdem schwieg er einen Augenblick.

»Wo sind Sie gerade?«

»Ecke St. Andrew/James Street. Mein Büro ist im zweiten Stock von ...«

»Treffen wir uns in dem chinesischen Restaurant gleich links hinter der Hochbrücke. Kennen Sie das? Um halb eins, und bringen Sie lieber niemanden mit.«

»Tja, leider werde ich von einem von Wises Leuten überwacht. Den werden Sie leider in Kauf nehmen müssen.«

Wieder Schweigen, dann sagte er: »Nun, wenn er einer von Abes Leuten ist, wird er mir schon keine Probleme machen. Also dann: um halb eins.« Er legte auf. Ich nickte dem Hörer in meiner Hand zu und legte ebenfalls auf.

Ein Blick auf die Uhr sagte mir, daß ich noch drei Stunden bis zu dem Treffen hatte. Ich suchte in einer Schublade nach einem alten Adreßbuch, das mir vielleicht dabei helfen würde, die Zeit totzuschlagen. Die Namen darin gehörten zu Menschen, die entweder tot oder umgezogen oder schlicht und ergreifend verschwunden waren. Aber wer würde einen solchen Schatz schon wegwerfen? Unter dem Buchstaben »B« fand ich, wonach ich suchte, und wählte eine auswärtige Nummer. Dabei versuchte ich mir die Stimme vorzustellen, die ich am anderen Ende hören würde.

»Hallo?«

»Ella?«

»Ja, Ella Beames.«

»Ich bin's«, sagte ich. »Benny.«

»Benny Cooperman! Na so was! Hoffentlich hast du nicht vor, mich zu besuchen. Ich hab' gerade die Maler im Haus und . . .«

»Ich rufe von Grantham aus an, Ella, und ich habe nicht vor zu verreisen. Ich bin nicht mal in der Nähe von Massachusetts. Also mach dir keine Sorgen.«

»Tja, Benny, du hast mir einen ganz schönen Schreck eingejagt. Ich hab' nichts mehr von daheim gehört, seit mir die Mädels von der Bibliothek eine Karte geschickt haben. Die meinen, daß mein Geburtstag im März ist, aber eigentlich ist er erst im November. Trotzdem schicken sie die Karte immer im März. Keine Ahnung, wie das angefangen hat. Du hast doch im März Geburtstag, oder? Hoffentlich hast du schön gefeiert. Wie geht's dir, Benny?«

Ella Beames war im dafür vorgesehenen Alter in den Ruhestand getreten. Sie hatte ihre Stelle in der öffentlichen Bibliothek von Grantham aufgegeben und die Abteilung für Spezialsammlungen einer fähigen Nachfolgerin überlassen, die allerdings trotz ihres guten Willens nicht Ellas langjährige Routine hatte. Ein paar Minuten lang unterhielt ich mich mit Ella über das Wetter in Grantham und Newburyport, wohin sie gezogen war, um ihren Lebensabend zu genießen. Dann redeten wir über die Leute im Ort, über gemeinsame Freunde und Menschen, die alle kannten. Sie war ziemlich erstaunt zu hören, daß Kogan, ein Mann, der früher auf der St. Andrew Street gebettelt hatte, jetzt mein Vermieter war.

»Kogan ist immer schon clever gewesen. Das hat er von seiner Mutter, einer geborenen Dodd. Erinnerst du dich noch an die Dodds? Die hatten den Lederladen, gar nicht weit vom Geschäft deines Vaters.« Ich tat nichts, um die Unterhaltung in geordnetere Bahnen zu lenken; schließlich ersetzte Abram Wise mir die Spesen. Es war schön, Ella erzählen zu hören – sie tat das für ihr Leben gern. Sie sagte in einer Minute mehr als die meisten Menschen in einer halben Stunde, und der größte Teil davon war es sogar wert, gehört zu werden. Nachdem sie die Geschichte des Kemps' Fish Market an der Queen Street erzählt hatte, hielt sie inne.

»Benny, du hast mich doch nicht angerufen, um das Geschwätz einer alten Frau zu hören. Also: Was willst du?«

»Hast du in der Bibliothek jemals eine Akte über Verbrecherfamilien angelegt?«

»Natürlich nicht! Jedenfalls nicht über die örtlichen. Die großen, internationalen Berichte haben wir alle unten in der Leichenhalle aufbewahrt. Aber du meinst doch örtliche Verbrecherfamilien, hab' ich recht?«

»Ja, wie immer. Ich möchte mich über Abram Wise informieren. Ich weiß, der ist ein ziemlich faules Ei, aber ich kann mir immer noch nicht ganz erklären, woher seine illegalen Einkünfte stammen. Tja, ich treff' mich mit einem alten Schulfreund von ihm, einem Dave Rogers, zum Mittagessen, und ich würde mich gern ein bißchen vorbereiten.«

»Wenn ich du wäre, würde ich einen weiten Bogen um die

Sache machen und den nächsten Dampfer nach China nehmen. Die beiden haben nur Probleme gemacht, wenn ich nicht völlig senil geworden bin.«

»Ich wünschte, das könnte ich machen, aber ich kann's nicht.«

»Also rufst du an, um zu erfahren, wo ich den ganzen Dreck versteckt habe, den ich nicht in die Akten einordnen konnte?«

»Tja, Ella, ich hab' mir gedacht, wahrscheinlich hast du die Dinge, die du weißt, irgendwo in einer unauffälligen Akte untergebracht, wo niemand das Zeug vermutet.«

»Weißt du, als diese Verrückten von der Ultimate Church unsere Unterlagen über Norbert Patten gestohlen haben, hab' ich mir was einfallen lassen müssen. Es gibt eine Hauptkartei mit der Kennung CHISHOLM, GORDON, Benny. Du erinnerst dich doch noch an die Chisholms, oder? Nun, meines Wissens hat's nie einen Gordon Chisholm gegeben. Ich hab' ihn mir ausgedacht, um alle Hauptdaten unter dem Eintrag unterbringen zu können. Dort findest du die Namen, nach denen du suchst, und dahinter die fiktiven Namen, unter denen ich sie versteckt habe. Eigentlich wollte ich mir vor meinem Ruhestand noch ein besseres System ausdenken, aber ich bin nicht mehr dazu gekommen.«

Ich versuchte, mich an Ellas Gesicht zu erinnern. Ich sah ihre sommersprossigen Augenlider und ihre samtigen Wangen vor mir. Es erstaunte mich, daß ich noch soviel von ihrem Aussehen im Gedächtnis behalten hatte. Ihre Stimme gab mir das Gefühl, ihr Gesicht, ihr Humor und sogar der Duft ihrer blaßrosafarbenen Rosen in einer Stadt nördlich von Boston seien bei mir im Büro. Ella gelingt es irgendwie, Entfernungen ohne Mühe zu überwinden.

Das neue Gesicht hinter dem Schreibtisch, der Ella gehört hatte, seit ich einen Bibliotheksausweis mein eigen nannte, lächelte, als ich hereinkam. Wir kannten uns nur vom Sehen, wie das eben so ist in Kleinstädten. Wir nickten einander zur Begrüßung zu und wechselten ein paar Worte, bevor sie mich zu den Akten führte.

Ich zog den Schubkasten mit der Aufschrift »C« auf. CHISHOLM, GORDON war an dem Platz, an dem ich ihn vermutet hatte: hinter Elizabeth und Fred und vor Harold. Ich nahm die Akte aus dem Schubkasten und suchte mir einen Tisch in einer Ecke des Raumes Nachdem ich ein paar schwere Atlanten weggeschoben hatte, schlug ich die Akte auf.

Die Luft in dem Raum war genau, wie ich mich daran erinnerte: rauchfrei und irgendwie künstlich, als sei sie in einem Labor hergestellt worden, in das nie Staub, Säuren oder computerschädliche Atome eingedrungen waren. Außer mir und Ellas Nachfolgerin atmete noch ein Fotograf namens Stefan Irgendwie, ein Unikum des Ortes, diese Luft. Stefan war bei allen größeren Veranstaltungen kultureller oder politischer Art mit von der Partie; seine Fototasche verschaffte ihm überall Zugang. Die Leute vom Ort wußten, daß er noch nie für eine Zeitung oder Zeitschrift gearbeitet hatte. Normalerweise hatte er keinen Film in der Kamera, so daß sich nur die durchreisenden Würdenträger von der Schnelligkeit beeindrucken ließen, mit der Stefan versprach, die Bilder zu entwickeln, und mit der er sich auch zum Büfett oder bei besonderen Gelegenheiten zur Bar durchwühlte. Stefan saß an einem breiten Holztisch vor der Hauptkartei und war damit beschäftigt, sich über die Geschichte der großen Granthamer Familien zu informieren. Ich war froh, daß er mich nicht bemerkte, denn als wir uns das letzte Mal unterhalten hatten, war er davon überzeugt gewesen, daß er sein Glück als Detektiv versuchen würde.

Die Hauptliste bestand aus einem Bogen Kanzleipapier, das in zwei Spalten aufgeteilt war. In der ersten befanden sich die Namen der örtlichen Unternehmer, die irgendwann mit dem Gesetz in Konflikt gekommen waren oder von denen man es zumindest annahm. Ich entdeckte den Namen eines bedeutenden Firmenanwalts: Henry Markland. Markland hatte damit begonnen, Nummernschilder für Autos zu fälschen, als er keine Bank mehr fand, die bereit war, seine unterschiedlichen, fast alle nur in seiner Phantasie existierenden Projekte zu finanzieren. Die Informationen zu seinem Fall sollten sich in einer Akte mit dem Namen O'REILLY, NATHAN befinden; ziemlich weit hergeholt, wie mir schien. Ich stieß auf andere Namen, die mir bereits in den Zeitungen begegnet waren, eine Mischung aus angelsächsischen und konsonantenüberladenen fremdländischen. In der rechten Spalte befanden sich fast keine ausländischen Namen. Ich hatte den Eindruck, daß Ella sich größte Mühe gegeben hatte, mit den erfundenen Namen keine Menschen zu belasten, die es in diesem Land ohnehin schon schwer genug hatten.

Den Eintrag WISE, ABRAM fand ich am Ende der Seite. Als Deckname war CLELAND, JOHN angegeben. Er erinnerte mich an etwas, aber ich wußte nicht genau, an was. Der Name schien zu keiner in der Gegend ansässigen Familie – unbescholten oder mit kriminellen Ambitionen – zu gehören. (Später erklärte mir mein Nachbar Frank Bushmill, daß der Autor von *Fanny Hill* so geheißen hatte, einem ziemlich unanständigen, ehemals zensierten Roman. Ob Ella wohl rot geworden wäre, wenn sie gewußt hätte, daß ich ihr kleines Spiel durchschaut hatte?)

Ich überflog die Seite, um zu sehen, ob irgendwo der Name Dave Rogers oder Rottman stand, konnte ihn aber nicht finden. Also war Rogers wenigstens kein so großer Fisch wie Wise. Zwar hatte er am Telefon ganz schön hart geklungen, aber das mußte ja nicht unbedingt bedeuten, daß er ein Verbrecher war.

Wise hatte dagegen genug auf dem Kerbholz für zwei Menschen. Das stellte ich fest, als ich die Akte zu CLELAND, JOHN herauszog. Wise war 1933 geboren, was bedeutete, daß er über sechzig war. Er wanderte seit den späten fünfziger Jahren auf dem schmalen Grat zwischen Geschäft und Kriminalität. Damals hatte er – vermutlich – ein Verbrechersyndikat zur Verbreitung des Stoffs, aus dem die Träume sind, unter den damals noch namenlosen Blumenkindern ins Leben gerufen. Ein paar von seinen Freunden landeten deshalb im Gefängnis, er selbst jedoch ging straffrei aus, weil die örtliche Polizei keine Verbindung zwischen dem Cannabis, der in einer Scheune draußen an der Pelham Road gelagert wurde, und dem Besitzer des Anwesens, dessen Pächter sich nicht aufspüren ließ, herstellen konnte. In den siebziger Jahren begann er, sich für präkolumbianische Kunst zu interessieren, und fuhr regelmäßig nach Süd- und Mittelamerika. Obwohl man ihn auf allen großen Flughäfen durchsuchte, gelang es ihm, nicht mit dem Gesetz in Konflikt zu geraten. Als im Rahmen einer großen Drogenrazzia in Toronto auch Wises Name ins Gespräch kam, konnte keine Anklage gegen ihn erhoben werden, und die Zeitung, die Wises Namen abgedruckt hatte, bekam von ihren juristischen Beratern die Empfehlung, eine Gegendarstellung zu veröffentlichen. Danach war bis zu den achtziger Jahren in den Zeitungen nicht mehr die Rede von Wise. Zu dieser Zeit erweiterte sich sein großes Interesse für präkolumbianische Kunst auf Südostasien, Hongkong und Afghanistan, wo sich, so Wise gegenüber einem Reporter, »die besten Stücke finden« ließen.

Vom Drogengeschäft verlagerten sich Abes – ich begann ihn Abe zu nennen, als wir uns besser kennenlernten – Aktivitäten auf das Elend politischer Flüchtlinge und Staatenloser. Darauf folgte eine neue Leidenschaft für die Schiffahrt und kleinere Fluglinien. Eine Torontoer Zeitschrift, die aus verständlichen Gründen in jeder neuen Ausgabe die Adresse im Impressum änderte, nannte ihn einmal »den besten Freund der Illegalen«.

Die örtlichen Behörden glaubten, ihm endlich auf die Schliche gekommen zu sein, als ein Schiff voller »Flüchtlinge« die Mauer der Peace Bridge in der Nähe von Buffalo rammte und beinahe mit Mann und Maus unterging. Die Überlebenden erklärten der Polizei mit Hilfe eines Übersetzers, sie hätten lediglich eine Vergnügungsfahrt gemacht und keine Ausweispapiere mitgenommen, weil sie keinerlei Absicht gehabt hätten, auf der anderen Seite der Grenze an Land zu gehen. Sie bestritten, Abe Wise oder einen seiner Leute zu kennen. Noch eine Woche später blieben sie bei ihrer Version der Geschichte. Abe verstand es einfach, sich die richtigen Flüchtlinge auszusuchen.

Vor etwa zwei Jahren änderte sich seine Vorgehensweise.

Abe fing an, Artefakte aus kanadischen Indianerreservaten entlang des St. Lawrence River zu sammeln. Dazu kamen Pfeilspitzen, Perlen und Körbe aus den Reservaten entlang des Flußufers auf der New Yorker Seite. Ganz zufällig begann um diese Zeit auch der Handel mit illegalen Zigaretten zu florieren. Abrams Interesse an der Kunst und der Geschichte der amerikanischen Ureinwohner führte ihn nach Polen, Rumänien und in die ehemalige Sowjetunion. Nur ein paar besonders clevere Reporter, die sich auf organisiertes Verbrechen spezialisiert hatten, wagten es, Abram Wise mit dem plötzlichen Auftauchen von Zigaretten, die ursprünglich steuerfrei nach Polen, Rumänien und in die ehemalige Sowjetunion exportiert worden waren, in Kanada und den Vereinigten Staaten in Verbindung zu bringen.

Diese Phase dauerte nicht lange, und anders als seine Kollegen stieg Abe wieder aus dem Geschäft aus, bevor es sich ziemlich unvermittelt in Luft auflöste. Dafür widmete er sich nun dem Alkoholschmuggel. Er verwendete dieselben Schiffe und Lastwagen, die er sich für den Zigarettenschmuggel beschafft hatte.

Man mußte seine Schlauheit einfach bewundern: Er wurde nie festgenommen; es gab nie mehr als nicht haltbare Anschuldigungen. Wenn Polizei oder Presse deutlicher als gewöhnlich wurden, mußten sie Gegendarstellungen veröffentlichen. Am knappsten kam Abe Wise Mitte der achtziger Jahre davon: Auf einem Schiff, das einer mit Wise in Verbindung stehenden Firma gehörte, war eine der Winden bis obenhin mit Heroin vollgestopft. Es ging um einen Millionenbetrag, doch nur die Leute, die sich an Bord befunden hatten, wurden verurteilt. Ich notierte mir ihre Namen. Abram erklärte, ihm gehöre nur ein Teil der Gesellschaft, die Eignerin des Schiffes sei; er habe keine Ahnung, welche Lasten seine Schiffe beförderten. Mir gefiel der Gedanke, Dinge im Hohlraum einer Winde zu verstecken, unter meterdicken Stahlkabeln. Das zeugte von Einfallsreichtum und einem wendigen Geist, den ich allmählich zu schätzen begann.

Schließlich hatte ich genug gelesen. Jetzt, da ich wußte, wo sich die Akte befand, konnte ich mich ein wenig entspannen. Allerdings nicht so sehr, wie ich es mir gewünscht hätte, denn als ich den Blick hob, sah ich, daß Mickey Armstrong eine Karte von Grantham aus dem Jahr 1875 betrachtete. Er saß neben Stefan, dem Fotografen, der in seinem Leben noch keinen Film entwickelt hatte, und vergewisserte sich kurz, ob ich vorhatte, die Bibliothek zum Mittagessen zu verlassen. Mickey machte den Eindruck, als sei er zu Besserem berufen, als jemanden wie mich zu beschatten. Er wirkte wie ein Soldat, dessen Kriegserfahrungen sich auf die Verwaltung beschränkten. Ich mußte ihn im Auge behalten, durfte ihn aber nicht abhängen, denn ich brauchte seine regelmäßigen Berichte an Wise.

Als ich die Akte wieder in die Schublade zurücksteckte, klappte Mickey den Atlas mit der Karte von Grantham so heftig zu, daß der Windstoß ein paar Papiere vom Tisch der Bibliothekarin fegte. Ich hatte mittlerweile meine Jacke angezogen und tat so, als sehe ich den Fotografen nicht, der mich angrinste.

4

Mein Vater hat mit Trödel gehandelt, Mr. Cooperman. Ich bin in der Stahlbranche, und Jerry und Bernie, das sind meine Jungs, sind in der Fabrikation tätig. Es ist alles das gleiche: dasselbe Anwesen, dasselbe Büro, dieselben Bücher, ja, sogar dieselben Leute arbeiten dort. Nur die Namen ändern sich, vielleicht, weil Unschuldige geschützt werden müssen.«

Dave Rogers war fett. Anders läßt sich das nicht ausdrücken. Er hatte Hängebacken wie ein Bluthund, und sein Bauch bildete eine Halbmeterbarriere zwischen ihm und dem Tisch, an dem wir saßen. Soweit ich es beurteilen konnte, befanden sich unter dem ganzen Schwabbelfett Muskeln, die schon einmal bessere Zeiten gesehen hatten und früher in der Lage gewesen waren, schwere Stahllasten über den Lagerplatz zu transportieren.

»Mein Vater hat in den zwanziger Jahren damit angefangen, Lumpen und Flaschen zu sammeln wie alle seine Kollegen auch. Dann hat er sich auf Bleirohre und Kupferdrähte und andere Metalle verlegt. Als ich auf die Welt kam, war er dann schon Schrott- und nicht mehr Trödelhändler. Jerry erledigt heute Spezialaufträge für den Brückenbau, da geht's um besondere Träger. Er hat auch ein paar Verträge mit der Regierung abgeschlossen, für den Autobahnbau. In ein paar Jahren werden die Jungs ganz oben mitmischen. Und ich? Ich hab' mich praktisch aus dem Geschäftsleben zurückgezogen und nehm' das Leben, wie's kommt: Ich geh' auf die Pferderennbahn, reise viel, verbringe die Winter in Arizona. Bin gerade erst zurückgekommen. Nach Florida fahre ich nicht mehr. Ist mir zu gefährlich da unten. Da krieg' ich Schiß.«

Wenn ich mir die geplatzten Äderchen auf seiner Nase und seinen Wangen so ansah, bekam ich den Eindruck, daß Dave Rogers auch hier in Ontario besser auf sich aufpassen mußte. Er litt unter zu hohem Blutdruck, das war mir klar, sobald er das erste Mal in seine Frühlingsrolle biß Aber er trug eine alte Wendejacke mit dem Schriftzug eines Hockeyteams, das längst nicht mehr existierte. Mein erster Eindruck, daß er einmal durchtrainiert gewesen sein mußte, verstärkte sich dadurch noch, auch wenn es wahrscheinlich Jahre her war, daß er den Reißverschluß dieser Jacke hatte zumachen können. Eine pinkblaue Krawatte ruhte auf seinem Rumpf wie eine übergroße Zunge, die außer Kontrolle geraten war. Am oberen Ende mühte sich der gelockerte Knoten, etwas anzuzeigen, was letztlich überhaupt nicht vorhanden war – Dave Rogers Nacken.

»Ich habe Abe in der Schule kennengelernt, in der vierten Klasse. Wir haben zusammen alles über Kolumbus gelernt. Abe hat der Mann schwer beeindruckt. Das hat er damals nicht so gezeigt, aber später ist er so was wie eine Koryphäe geworden, was Statuen und Tongefäße aus Mittel- und Südamerika anbelangte. Abe kann Ihnen sagen, ob so ein Gefäß von den Azteken oder den Inkas oder den Mayas ist, und zwar mit der gleichen Sicherheit, mit der ich Eßstäbchen von 'ner Gabel unterscheide.« Dave schüttelte lächelnd den Kopf, während er kaute. Es machte ganz schön was her, wenn seine Hängebacken in Bewegung gerieten. »Abe ist immer schon clever gewesen«, sagte er und berührte seine Stirn zweimal mit den Fingern. »Der hat immer dafür gesorgt, daß ihm niemand auf die Schliche kommt, ist kein Risiko eingegangen. Er hat gesagt, er kennt sich aus mit präkolumbianischer Kunst, also hat er sich auch darüber informiert. Er war ein Kenner; seine Sammlung konnte sich sehen lassen.«

»Und wieso ist er zum Verbrecher geworden?« fragte ich. »War die Depression daran schuld?«

»Nein, die Fünfziger. Wir sind nach dem Ersten Weltkrieg geboren, und aufgewachsen sind wir in den vierziger und fünfziger Jahren. Die Geschäfte boomten damals, und es hat kaum Beschränkungen des freien Handels gegeben. Sogar im Schrotthandel mußten wir hin und wieder mal die Muskeln spielen lassen. Mein Vater hatte zwei getrennte Buchführungen, eine offizielle und eine interne. Das haben damals alle so gemacht. Abe hat ab und zu für meinen Vater gearbeitet, um mir Gesellschaft zu leisten. Da hat er sich informiert, wie das Geschäft organisiert ist. Er hat sich nicht gerade drum gerissen, schwere Lasten rumzuschleppen. Noch bevor er sich das erste Mal rasiert hat, war er ein geübter Einbrecher. Ich hab' ihn einmal begleitet, weil ich ihm seine Geschichten darüber, was in den alten Häusern an der Welland Avenue alles zu holen ist, nicht geglaubt habe. Er hat gesagt, daß er sich auch schon mal Häuser um die Ontario Street und am Mortgage Hill vorgenommen hatte. Tja, und da bin ich zusammen mit ihm in eins davon eingestiegen.«

»Und was haben Sie erbeutet?«

»Ich persönlich nichts, weil ich die Hosen voll hatte. Einbrüche sind mir einfach zu aufregend. Die Sache hat mir damals überhaupt nicht gefallen, und ich hab's danach nie wieder gemacht. Abe war da ganz anders. Der hatte Nerven wie Drahtseile. Ist in so ein Haus rein und hat die Schubläden aufgezogen, als wären's seine eigenen und als suchte er nach seinen Autoschlüsseln. Das eine Mal, wie ich dabei war, hat er ein Schmuckkästchen gefunden, ein Schildpattkästchen. Ist das nicht komisch? Ich seh's noch vor mir, als sei's gestern gewesen. Es waren ein paar wertvolle Stücke drin. Abe kannte den Unterschied zwischen echten Sachen und Modeschmuck – den hat er einfach liegenlassen.«

»Sie haben ihn also nie wieder begleitet?«

»Nein, nein. Er hat dann auch bald aufgehört mit den Einbrüchen, weil die Polizei immer mehr Streifenwagen gekriegt hat. Es wurden immer mehr Polizisten, und die haben aufgepaßt wie die Schießhunde. Damals haben die schon mal an 'ner Klinke gerüttelt, um zu sehen, ob da jemand drangewesen war. Aber das ist lange her, Mr. Cooperman.«

»Haben Sie nicht gesagt, daß Abe vor nichts und niemandem Angst hatte? Wovor hat er sich dann gefürchtet?«

»So 'ne alte Frau ist in der Russell Avenue von 'nem Einbrecher ermordet worden. Danach haben die Polizisten die Augen offengehalten. Die Zeitungen haben härteres Durchgreifen gefordert. Damals hat das noch originell geklungen. Tja, und da hat Abe aufgehört mit der Einbrecherei.«

»Hat er nicht wieder damit angefangen, nachdem sich die Lage ein bißchen beruhigt hatte?«

»Ne. Aber da hatte er ja auch schon das Gras entdeckt, das ›Gras des Verbrechens‹, wie er's genannt hat. Kennen Sie noch die alte *Shadow*-Sendung? Wahrscheinlich nicht, Sie sind zu jung.«

»Sie sprechen von Marihuana, stimmt's?«

»Tja, das war total schick in den Sechzigern. Die Sechziger wären ohne nicht so gelaufen, wie sie gelaufen sind. Das ist kein Geheimnis. Abe hat einen Farmer im Ruhestand, der ein ziemlich schlechtes Gedächtnis hatte, dazu gebracht, ihm ein oder zwei Felder zu überlassen. Das war die Grundlage für seinen Erfolg. Er hatte schon vier oder fünf Ernten hinter sich, als die Polizei den Farmer hat auffliegen lassen. Aber der hat nichts gesagt. Selbst wenn er was hätte sagen wollen, wäre er zu alt und senil gewesen. Der hätte auf keinen Fall viel Schaden angerichtet. Also hat Abe einfach mit dem Geschäft aufgehört, mehr nicht. Mittlerweile hatte er sich aber schon andere Leute rangezogen, die für ihn den Kopf hingehalten haben, und er hat sich ins Import-Export-Geschäft eingearbeitet.«

»Und danach gab's kein Zurück mehr, stimmt's?«

Dave nickte und nahm einen Schluck aus seiner Dosencola – natürlich die klassische Version, kein Light. Zwar konnte ich durch das Fenster des Lokals Mickeys Wagen nicht entdecken, aber mir war klar, daß er sich nicht abgesetzt hatte, um sich interessanteren Beschäftigungen zuzuwenden. »Und was treibt Abe heute so?«

»'n Engländer, der für mich arbeitet, sagt, er hat seine Finger überall mit drin: Mädels, harte Drogen, Heroin, Kokain, Crack, Illegale, Schiebung, Schutzgelder, Wetten, Alkohol.«

»Erzählen Sie mir doch von der Sache mit den Zigaretten.«

»Das ist Schnee von gestern. Vergessen Sie's. Schwarzbrennerei, das ist jetzt sein Ding.«

Er nahm noch einen Schluck von seiner Cola sowie einen Nachschlag von dem gebratenen Reis, der in einer großen Schale zwischen uns stand. »Wissen Sie, Mr. Cooperman«, sagte er, »Abe weiß, daß man diversifizieren muß. Mickey Armstrong ist seine rechte Hand, der koordiniert alle Bereiche. In der Bay Street gibt's ein paar Anwälte, die kriegen ihre Anweisungen von Abe durch Mickey.

Zum Beispiel die Sache mit den Drogen. Abe bringt seit dreißig Jahren von den Pearl Islands – die sind im Pazifik, nicht weit weg von Panama – Drogen nach Kanada. Er hat da 'ne Niederlassung in San Miguel, die müßten Sie mit eigenen Augen sehen, damit Sie mir glauben. Die Drogenfahnder sind hinter den Medellin-Kartellen her und wollen die bekannten kolumbianischen Exporteure mit diplomatischen Mitteln unter Druck setzen, und Abe operiert einstweilen völlig ungestört von Panama aus!«

»Die Pearl Islands gehören zu Panama?«

»Klar. Ist Staatsgebiet von Panama. Aber die Geschäfte werden alle von den Kolumbianern gemacht.«

Ich nickte, obwohl ich mir nicht sicher war, ob ich tatsächlich alle Einzelheiten begriff. Ich beschloß, das Thema zu wechseln, bevor es in meinem Gehirn zu einem Kurzschluß kam.

»Erzählen Sie mir etwas über den Menschen Abe. Ist er ein Killer?«

»Abe? Ach was! Der würde selber keinen Menschen umbringen, obwohl... Nun, wahrscheinlich war's doch ein paarmal nötig. Er... « Er schwieg. »Für solche Sachen hat er andere Leute, und auch nur, wenn's keine andere Möglichkeit gibt. Abe sieht sich selbst als Familienmensch. Er behandelt das, was von seiner Familie übrig ist, wie wertvolles böhmisches Glas. Seine Mutter ist über Achtzig geworden. Ich persönlich halte Abe für kreuzehrlich. Wissen Sie, der Mann hat keinen Spaß dran, andere zu drangsalieren. Für ihn heißt der Lebensgrundsatz ›Leben und leben lassen‹. Sein Sinn fürs Geschäft ist ausgesprochen stark ausgeprägt, und er schützt seine Interessen, wenn er sie in Gefahr sieht. Das habe ich selbst schon miterlebt. Wenn's sein muß, schlägt er zu – hart, schnell und clever, und es bleibt nicht viel übrig.«

»Erzählen Sie mir von seiner Familie, Mr. Rogers.«

»Nun sagen Sie schon Dave zu mir. Mit ‹Mr.› begrüßen die mich in der Bank.« Auch ich bot ihm an, mich beim Vornamen zu nennen. Er säuberte sich gerade die Zähne mit einem Zahnstocher, den er wohl selbst mitgebracht hatte, weil ich auf dem Tisch nirgends welche entdecken konnte. »Seine Familie? Er ist zweimal geschieden und hat zwei Kinder über Dreißig. Ich könnte nicht sagen, welches davon ihn mehr haßt. Die werden an seinem offenen Grab tanzen, wenn Sie mich fragen.«

»Prima! Ich habe das Gefühl, daß wir vorankommen.«

»Sein Privatleben hat Abe nie auf die Reihe gekriegt, weil er immer alles besser wußte. Er hat sich einfach nichts sagen lassen. Tja, weit ist er damit nicht gekommen. Normalerweise nerve ich andere Leute nicht mit dem Satz ‹Ich hab's dir ja gleich gesagt›, aber Abe und ich haben schon vor Zwanzig damit angefangen, mit Mädels auszugehen. Ich hab' den Kerl einfach nie dazu bewegen können, sich meine Ratschläge zu Frauen oder Kindern anzuhören. Wissen Sie, ich hab' selber drei Kinder, und die sind einfach einmalig. Bessere könnte man sich gar nicht wünschen. Aber die hätten genauso verzogene Blagen werden können wie die von Abe.« Dave reichte mir eine Sammlung abgegriffener Fotos von seiner Familie. Ich bewunderte sie und gab sie ihm wieder zurück. Er sah sie sich selbst noch einmal an, bevor er die Bilder wieder einsteckte. »Ja, sie sind wirklich gute Kinder.«

»Ich versuche, mir über Abes Leben klarzuwerden, Dave«, sagte ich. »Könnten wir noch mal zum Anfang zurück? Wer ist seine erste Frau?«

»Paulette. Paulette Staples. Paulette war früher mal Kellnerin im Di an der St. Andrew Street. Sie hat auch im Crystal und im Columbia gearbeitet, aber Abe hat sie im Di kennengelernt, und da hat sie ausgeschaut wie der Filmstar Myrna Loy. Jedem Mann, der sie gesehen hat, ist die Spucke weggeblieben. Wissen Sie, die war gebaut . . . Sie . . . Egal. Jedenfalls hat Abe ihr ein Kind gemacht, bevor er ihren Familiennamen kannte. Das war Hart. Den hat er nach seinem verstorbenen Vater so genannt, so ist das bei uns üblich. Hart hat Abe nie was recht machen können. Er hätte einfach nicht Abe als Vater haben dürfen. Er hat immer versucht, seine Aufmerksamkeit zu kriegen, und ist dabei jedesmal auf die Schnauze gefallen. Bis er es irgendwann aufgegeben hat. Da hat er dann gemacht, was er wollte, und es Abe überlassen, seine Strafzettel zu zahlen und ihn rauszuhauen. Hart hat ein längeres Vorstrafenregister als sein Vater.«

»Also hassen sich die beiden?«

»So könnte man es ausdrücken. Abe versteht einfach nicht, was er bei dem Jungen falsch gemacht hat, und er wirft ihm vor, daß er so ein schwieriges Kind gewesen ist. Ich glaube, Paulette hat sich von Abe scheiden lassen, weil er nicht zugelassen hat, daß Hart mal wirklich auf die Schnauze fällt, damit er weiß, wie das ist. Sie ist ein paar Jahre lang nach Amerika gezogen, irgendwo in die Catskills, damit sie nicht mit ansehen mußte, wie die beiden sich zerfleischen. Jetzt ist sie wieder hier in Kanada und bewacht den verdammten Jungen wie eine Mutterglucke, als wär sie nie weggewesen.«

»Und Hart?«

»Ach, der ist immer noch hier in der Stadt. Er hat 'ne Wohnung in der Lake Street, gleich bei den Armouries.«

»Und wie verdient er sich seinen Lebensunterhalt?«

»Machen Sie Witze? Der arbeitet doch nicht! Tja, früher hat er mal Oldtimer ge- und verkauft, aber leben konnte er nie davon.«

»Sie haben etwas von einer zweiten Ehe gesagt?«

»Ja. Mit Lilian Garnofsky. Die war Lehrerin. Da hat sich Abe von 'nem hübschen Gesicht auf 'nen hübschen Verstand verlegt. Lily hat sich selbst als intellektuelle Elite von Grantham verstanden. Sie hat Leute zusammengebracht, Spenden gesammelt, Konferenzen einberufen. Am Anfang hat sie sich um die jüdischen Organisationen gekümmert, dann ist sie in die Politik gegangen und ist schließlich bei den Künsten hängengeblieben.« In Daves Beschreibung von Lily schwang nicht die Bewunderung mit, die er für Paulette gehegt hatte. Ich fragte mich, warum.

»Sie können sie wohl nicht besonders gut leiden?«

»Ach, wissen Sie, Lily und ich sind ganz gut miteinander ausgekommen. Sie hat mich immer mit meinen Zigarren und mit meiner Ungehobeltheit aufgezogen, wenn Sie verstehen, was ich meine. Und ich hab' sie dafür immer daran erinnert, wessen Geld sie da verschleudert und wie es verdient wird. Das konnte Lily gar nicht leiden. Ich hatte ihre schwache Stelle gefunden, und das war ihr gar nicht recht.«

Ich gab etwas Pflaumenmus auf meine Frühlingsrolle und biß hinein. Sehr würzig. Durch mein Schweigen fühlte Dave Rogers sich bemüßigt, mir noch mehr über Lily zu erzählen. »Wissen Sie, sie hat es auch immer versucht, Abe zu erziehen. Sie hat ihn sogar dazu gebracht, Geld zu spenden, damit die Oper in Toronto aufgebaut werden konnte. Abe hat das nichts ausgemacht, solange er sich nicht *Schwanensee* oder *Tannhäuser* ansehen mußte. Er hat sich ungern wie ein Kellner mit schwarzer Krawatte verkleidet.«

»Und wann haben sich die beiden getrennt?«

»Lily und Abe haben sich mehr oder minder in gegenseitigem Einvernehmen getrennt. Das dürfte jetzt acht bis zehn Jahre her sein. Sie hat ihre Anwälte auf ihn angesetzt. Wenn er sich beschwert hat, hat sie am Telefon ein bißchen Süßholz geraspelt und dann die Anwälte noch heißer gemacht. Ich bin mehr als einmal bei ihr gewesen, wie sie das gemacht hat. Sie hat das wirklich perfekt beherrscht.«

»Und was ist mit dem Kind?«

Einen Augenblick sah Dave mich verständnislos an, dann

sagte er: »Ach so, Sie meinen Julie! Ich hab' zuerst gar nicht gewußt, von wem Sie sprechen. Wahrscheinlich ist Julie auch mal ein Kind gewesen, aber daran erinnere ich mich nicht. Sie war eins von den kleinen Mädchen, die schon mit fünf oder sechs zur Frau werden. Ich glaube, ich hab' sie noch nie mit Kleidern von der Stange gesehen. Bei ihr mußten alle Sachen aus Paris oder New York kommen. Schnelle Autos hat sie auch gemocht. Genau wie ihr Bruder. Julie gab genauso gern Geld aus wie ihre Mutter, und genau wie ihren Eltern war es ihr egal, wo es herkam. Julie ist kein Flittchen, jedenfalls kein billiges. Ja, ja, sie hat immer unglaubliches Glück mit den Männern gehabt. Zuerst heiratet sie sie, und dann gibt sie ihnen den Laufpaß. Abe zahlt alles. Wahrscheinlich ist ihr nicht klar, daß auf diesem Planeten noch ein paar andere Menschen leben. Sie sieht nur die Leute in den Modemagazinen. Die sind ihr einziger Bezug zur Realität. Ich hab' sie mal bei einer Beerdigung gesehen, die von ihrer Großmutter, also Abes Mutter – da ist sie mit hüfthohen Stiefeln, einem Minirock und einem Pelzhut bekleidet tief gebräunt aus Colorado hingekommen. Sie ist eine halbe Stunde zu spät auf Krücken in die Kirche gehumpelt, weil sie einen Schiunfall in Aspen gehabt hatte.«

»Wissen Sie, warum Abe Sie gebeten hat, mit mir zu reden?«

Dave dachte eine Weile nach, bevor er antwortete: »Wenn Abe Wise mich bittet, zu einem Freund von ihm nett zu sein, rolle ich den roten Teppich aus, Benny. Was anderes kann ich mir nicht leisten. Er sagt mir, daß ich Ihnen alles erzählen soll. Erkläre ich ihm, daß er verrückt ist, wie ich's eigentlich sollte? Nein, nein, ich sage ihm, daß ich mich um Sie kümmern werde. Und genau das habe ich versucht. Wenn Sie meinen, daß ich Sie hinters Licht geführt habe, dann sagen Sie mir, was ich Ihnen Ihrer Meinung nach verschwiegen habe. Schießen Sie los.«

»Nun regen Sie sich bloß nicht auf! Ich hab' ja bloß gefragt.«

»Wissen Sie, Abe und ich, wir kennen uns schon ziemlich lange, auch wenn unser Leben ganz unterschiedlich verlaufen ist. Ich bin einfach nicht wie er. Ich könnte nie so leben wie er.

Er meldet sich nur bei mir, wenn ich ihm einen Gefallen tun soll oder wenn seine Kinder ihm wieder mal was angetan haben. Sie wollen wissen, ob ich ihn jemals anrufe? Sie brauchen gar nicht so gespannt dreinzuschauen. Man kommt nämlich gar nicht an ihn ran, wenn die Leute, die für ihn arbeiten, das nicht wollen.«

»Ich habe nicht mehr viele Fragen an Sie.«

»Kein Problem.«

»Wie gut kennen Sie seine engsten Mitarbeiter?«

»Manche kenne ich überhaupt nicht. Andere, wie zum Beispiel Mickey Arstrong, arbeiten schon seit Jahren für Abe. Mikkey ist nicht nur gut im Büro, nein, er ist auch so was wie ein Leibwächter. Der würde Abe immer mit seinem Körper schützen, wenn jemand auf ihn schießt. Möglicherweise haben ein paar von den anderen anderweitige Pläne. Ich weiß es nicht, also kann ich Ihnen nichts dazu sagen. Mickey macht auch ein paar Geschäfte für sich selbst nebenbei. Abe ermutigt ihn dazu.«

»Würden Sie sagen, daß Abe von Feinden umgeben ist?«

»Mein Gott, Benny, der Mann ist clever und seit dreißig Jahren im schmutzigen Geschäft. Das *Time*-Magazin wird ihn wohl nicht zum Mann des Jahres wählen. Vielleicht hat er 'ne ganze Menge Leute, die für ihn arbeiten, aber ich kenne niemanden, der stehenbleiben würde, wenn Abe von einem Laster überfahren wird. Abes Beruf ist es, sich Feinde zu machen. Was soll ich dazu sagen?«

»Können Sie mir die Telefonnummern und Adressen der Leute geben, über die wir uns unterhalten haben?«

»Geben Sie mir Ihre Büronummer.« Ich schrieb sie ihm auf, während ich über die wichtigen Fragen nachzudenken versuchte, die ich noch nicht einmal formuliert hatte. Dave wischte sich das Gesicht mit einer dünnen Papierserviette ab. Auch ich beseitigte die Spuren der Frühlingsrolle rund um meinen Mund.

»Ich möchte mich bei Ihnen bedanken für… «

»Vergessen Sie's. Ich habe Abe einen Gefallen getan. Aber er hat nichts davon gesagt, daß ich Sie zum Mittagessen einladen muß, Mr. Cooperman. Wahrscheinlich bekommen Sie die Spesen ersetzt, oder?«

Dave stand auf und streckte sich. Mit der Jacke wischte er die Rechnung vom Tisch. Er machte keinerlei Anstalten, sie vom Boden aufzuheben. Also tat ich es. Bei seinem Gewicht mußte er Energie sparen und sein Herz schonen. Ich beobachtete ihn dabei, wie er, alten Gewohnheiten folgend, mit dem Reißverschluß an der Jacke kämpfte, und ging hinter ihm her ins Freie. Mittlerweile war es ein paar Grad wärmer geworden, aber der graue, sonnenlose Nachmittag weckte noch keinerlei Vorfreude auf den bevorstehenden Frühling. Es war alles ziemlich deprimierend.

5

Was zum Teufel ist hier los?« fragte Mickey Armstrong. Er war von hinten an mich herangetreten, während ich Dave Rogers dabei beobachtete, wie er sein Gewicht in seinen Cadillac hievte.

»Was meinen Sie damit?«

»Sie wissen ganz genau, was ich meine! Was haben Sie mit Wise ausgemacht? Ich hab' keine Lust, daß mir so ein idiotischer Schnüffler wie Sie ins Handwerk pfuscht, Cooperman. Halten Sie sich da raus! Kapiert?«

»Ich habe gehört, was Sie gesagt haben. Sie brauchen mich nicht so anzubrüllen. Ich hab' mich nicht um diesen Job gerissen, Mickey; Sie haben mich aus dem Bett geholt. Wenn Sie dafür sorgen könnten, daß ich ihn nicht mehr weitermachen muß, wäre ich Ihnen nur dankbar. Aber bis dahin sagt Wise, was Sache ist. Er hat mir keine andere Wahl gelassen. Friß oder stirb, so geht das. Und ich weiß, daß er nicht blufft. Sie kennen ihn doch besser als ich. Können wir uns mal unterhalten?«

Er nahm mir die Autoschlüssel aus der Hand und machte die Tür auf der Fahrerseite auf. »Steigen Sie ein!« sagte er laut, gab mir aber immerhin meine Schlüssel zurück. »Das gefällt mir alles gar nicht, Cooperman«, sagte er.

Nachdem ich eingestiegen war, entriegelte ich von innen die Tür auf der Beifahrerseite. Durchs Fenster sah ich, wie Dave Rogers wegfuhr, ohne sich noch einmal umzusehen. Mickey stieg ein und herrschte mich an: »Und?«

»Mickey – macht's Ihnen was aus, wenn ich Sie so nenne?«

»So heiße ich. Wie wollen Sie sonst zu mir sagen? Vielleicht Michael? Bloß meine Großmutter nennt mich so. Alle sagen Mickey zu mir.«

»Hören Sie zu, Mickey: Ihr Boß hat mich angeheuert.«

»Das können Sie einem andern erzählen.«

»Ich würde Ihnen ja gern vertrauen, Mickey, aber ich versuche immer noch, die Grenzen auszuloten. Wissen Sie, was ich meine? Dave Rogers sagt, ich kann Ihnen vertrauen, und ich möchte es auch gern, aber es ist noch zu früh. Ich weiß noch nicht genug.«

»Wollen Sie vielleicht 'nen Kurs machen, oder was?«

»Mickey, wir arbeiten beide für Mr. Wise, ja? Wir werden uns kennenlernen, uns irgendwie einigen müssen. Bis dahin haben wir beide unterschiedliche Aufträge von ihm.«

»Hab' ich mir schon gedacht, daß Sie das sagen würden. Reden Sie weiter.«

Mickey bestätigte meinen ersten Eindruck, den ich von ihm gehabt hatte. Er sah aus wie ein alter Mountie und trug sogar eine Wintermütze mit großen Ohrenklappen, die er oben zusammengebunden hatte. Aber es lag nicht nur an der Mütze, sondern auch an seiner Größe, an der unerschütterlichen Zuverlässigkeit, die er ausstrahlte. Dazu kam sein sauber rasiertes Gesicht. Ich hatte sofort das Gefühl, daß er in einer Krisensituation kühlen Kopf bewahren würde. Im Augenblick allerdings versuchte er, mich dazu zu bringen, daß ich mehr sagte, als ich eigentlich verraten wollte. Sein Verhalten zeugte von seiner Loyalität gegenüber Wise. Er war verletzt darüber, daß Wise mich engagiert hatte, statt die Angelegenheit ihm und seinen Jungs zu überlassen. Offenbar machte er sich Gedanken über seine Stellung bei seinem Chef. Mit Mickey durfte ich es mir nicht verscherzen, soviel war klar.

»Mickey, ich habe Ihnen so ziemlich alles gesagt, was ich Ihnen im Augenblick sagen kann. Und ich möchte Ihnen versichern, daß das, was ich mache, nichts mit Ihnen oder Ihren Männern zu tun hat. Darum brauchen Sie sich keine Gedanken zu machen. Ich werde Ihnen auch nicht vorschreiben, wie Sie Ihren Job zu machen haben. Ich bin Privatdetektiv, meine Aufgabe ist es, etwas Bestimmtes herauszufinden, dann höre ich auf, Nachforschungen anzustellen. Vorausgesetzt, Wise läßt das zu. Von mir haben Sie nichts zu befürchten. Es geht mich nicht mal was an, wenn Sie hin und wieder hinter seinem Rükken was abgesahnt haben – es sei denn, es behindert mich bei meinen Nachforschungen, zu denen ich beauftragt worden bin. Ich will nur eine Sache klären, eine einzige Sache. Dazu muß ich allerdings eine Menge Fragen stellen. Und wie Sie sehen«, sagte ich mit einem Blick in Richtung des chinesischen Restaurants, »habe ich damit schon angefangen.«

»Sie glauben also, daß ich Ihnen Ihre Fragen beantworten werde?« fragte er fast schon spöttisch. Er war sich seiner selbst ziemlich sicher.

»Wenn der richtige Zeitpunkt gekommen ist, werden Sie das tun, Mickey, ja. Dann werde ich nämlich Mr. Wise bitten, daß Sie sich mit mir unterhalten. Ich glaube, das wird Wunder wirken, meinen Sie nicht auch? Wir werden ein paar Tage lang intensiv miteinander reden. Sie können sich den Zeitpunkt aussuchen. Ich könnte mir vorstellen, daß Sie mir eine große Hilfe sein werden, Mickey. Wenn der richtige Zeitpunkt gekommen ist.«

»Ich hab' mich über Sie informiert.«

»Ja? Wo?«

»Er hat mich beauftragt, Informationen über alle Privatdetektive der Gegend einzuholen. Ich hab' sogar ein paar Typen in Niagara Falls und Buffalo durchleuchtet. Mr. Wise war ziemlich beeindruckt, wie Sie den Fall mit der alten Lady gelöst haben, die letztes Jahr verhungert ist.«

»Mit dem Fall habe ich keinen Cent verdient. Erinnern Sie mich lieber nicht dran. Noch ein paar solche Aufträge, und ich muß wieder Akten im Grundbuchamt wälzen wie früher, um mir meinen Lebensunterhalt zu verdienen. Ein Cousin von mir liegt mir ständig in den Ohren, daß ich für ihn arbeiten soll. Er ist Anwalt.«

»Und er heißt Melvyn Cooper, stimmt's?«

Ich nickte grinsend. »Sie sollten selbst Detektiv werden, Mickey. Sie sind wirklich gut.«

»Hören Sie auf, mir Honig um den Bart zu schmieren.«

»Hey!«

»Damit wir uns nicht mißverstehen: Ich arbeite für Wise, und was er sagt, ist Gesetz. Das heißt allerdings nicht, daß ich alles gut finde, was er anordnet. Zum Beispiel gefällt mir die Sache mit Ihnen überhaupt nicht. Also verderben Sie's sich nicht mit mir.«

»Die Botschaft ist angekommen. Sie sind wirklich ein Meister der großen Show, aber das ändert nichts an den Gegebenheiten. Ich habe immer noch ein paar Fragen an Sie, und ich würde Ihnen raten, daß Sie mir die auch beantworten. Verstanden?« Ich gab mir größte Mühe, so zu klingen wie mein Freund Chris Savas, wenn er die Geduld verliert, weil ich ihm soviel verschweige. Savas war beruflich fast immer wütend auf mich, abgesehen davon waren wir Freunde. Warum konnte Mickey die Angelegenheit nicht auch so sehen?

»Danke für die aufmunternden Worte«, sagte Mickey, machte die Wagentür auf und trat hinaus in die Kälte. Auch ich stieg aus. Einen Augenblick lang starrte er mich über das Dach meines Olds an, als frage er sich, ob ich überhaupt das Recht habe, die Luft von Grantham zu atmen.

»Ich bin hier in der Gegend geboren«, erklärte ich ihm schließlich, als er keine Anstalten machte, wieder zu seinem eigenen Wagen zu gehen.

»Ach? Ich bin in der Dexter Street zur Welt gekommen. Kennen Sie die?«

»Da könnten wir von hier aus auf Händen und Knien hinkriechen, wenn's sein müßte«, sagte ich. Fast hätte er gegrinst. »Können Sie mir sagen, wer uns heute morgen an der Haustür empfangen hat?«

»Wo?«

»Bei Wise. Eine attraktive Frau. Er hat ›Victoria‹ zu ihr gesagt. Lebt sie mit Wise zusammen?«

»Das war meine Frau, Mr. Cooperman.« Ich konnte sehen, daß ich ihm gegenüber wieder an Boden verloren hatte. »Wir leben bei Mr. Wise im Haus. Ist das ein Problem?«

»Nein, nein, verstehe. Ist er mit irgendeiner Frau zusammen?«

»Wer zum Teufel . . .!«

»Immer mit der Ruhe, Mickey. Ich tue hier nur meine Arbeit.«

»Tja, und ich bin nicht der *World Almanac.* Beantworten Sie sich Ihre verdammten Fragen doch selber.«

»Wenigstens könnten Sie mir verraten, wie die Herren von heute morgen heißen. Nun machen Sie schon. Das sind doch keine schlimmen Fragen.« Er erwiderte meinen Blick, ohne etwas zu sagen, als wisse er wirklich nicht, wie er meine Fragen beantworten solle. Gleichzeitig, das sah ich, schien ihn meine Hartnäckigkeit zu amüsieren.

»Macht nichts, Mickey, dann frage ich eben Ihren Boß. Der wird Ihnen ein paar Worte über das Phänomen der Kooperation erzählen. Wissen Sie, im Augenblick steht er sehr auf Kooperation mit Cooperman.«

»Ich habe seit gestern abend keine neuen Anweisungen bekommen. Bis ich die kriege, können Sie die drei meinetwegen Moe, Larry und Curly nennen.«

»Das haben Sie aber hübsch ausgedrückt. Und Mickey wäre dann der, der die Sahnetorte ins Gesicht kriegt, oder?«

»Mickey hat schon vor langer Zeit gelernt, daß man Dinge, die man nicht gesagt hat, auch nicht bereuen kann.«

»Irgendwann müssen wir alle mal lernen, daß man das, was man gesagt hat, auch wieder zurücknehmen kann, Mickey. Bis dann.«

Ich sah ihm nach, wie er die Straße überquerte und in seinen Wagen stieg. Er schaute sich nicht um. Wenn er es getan hätte, hätte er gesehen, wie ich voller Konzentration die kahlen Zweige und Äste der Kastanie anstarrte, die sich an der Stelle vom Himmel abzeichneten, an der die Henrietta Street den Hügel hinabführte, weg von meinem knurrenden Magen. Was verstand mein Magen schon von Frühlingsrollen? Ich stieg wieder in meinen Wagen und fuhr über die Hochbrücke.

Auf dem Weg zurück zum Büro überlegte ich, wie ich am besten um Hilfe rufen könnte. Natürlich sah ich Mickeys Wagen im Rückspiegel. Wo sollte er auch sonst sein? Die Panik, die ich in mir aufsteigen spürte, war nicht vorübergehender Natur, sondern würde länger anhalten, das war mir klar. Wie lange würde ich es wohl noch ertragen, das Spiegelbild von Mickey oder einem seiner Jungs in jedem Teller Suppe zu sehen, den ich aß? Sie konnten mir eine Menge Scherereien machen, wenn ich nicht aufpaßte. Dies war auch nicht der richtige Zeitpunkt, um meine Kontakte zur örtlichen Polizei auszunutzen. Damit mußte ich noch warten – immer vorausgesetzt, es gab ein Später.

Mein Anrufbeantwortungsdienst sagte mir, daß ein Mr. Dave Oddjers angerufen habe, und ich notierte mir die Telefonnummern und die Namen, die mein frühlingsrollenfressender Freund mir versprochen hatte. Ich begann mit Paulette. Die erste Mr. Wise erschien mir am erfolgversprechendsten; abgesehen von Rogers war sie der beste Kontakt, den Wise mir vermittelt hatte. Ich wählte die Nummer und wartete.

»Ja?« Die Stimme klang, als käme sie aus großer Tiefe.

»Paulette Wise?« fragte ich.

»Wer spricht da? Ich persönlich kann nichts mehr mit dem Namen Wise anfangen. Ich heiße jetzt weiß Gott wie lange wieder Staples. Wer sind Sie?«

»Mein Name ist Cooperman. Ich bin Privatdetektiv und komme hier aus Grantham. Ich würde mich gern mit Ihnen unterhalten.«

»Wenn's um den Triumph geht – die Sache ist geklärt. Die Bank verzichtet darauf, Anzeige zu erstatten. Haben Sie mit Mr. MacLeod gesprochen?«

»Tut mir leid, Mrs. Wi... Staples, das hat nichts damit zu tun.«

»Hart hat mir gesagt, daß die Angelegenheit geklärt ist. Wenn's nicht um den Triumph geht, worum dann, Mr. Cooper?«

»Cooperman«, korrigierte ich sie. »Ich würde mich gern mit Ihnen unterhalten.«

»Was soll das? Geben Sie mir jetzt endlich einen Tip, worum's geht, oder muß ich's selber erraten?« Ich hatte den Eindruck, daß sie nun normaler klang als zu Beginn meines Anrufs, aber natürlich konnte ich das nicht mit Sicherheit sagen.

»Tut mir leid. Ich wollte kein Geheimnis daraus machen: Ich möchte mich mit Ihnen über Ihren Exmann Abram Wise unterhalten.«

»Ha! Sie haben ja Nerven! Ich habe weder mit den Mounties noch mit der örtlichen Polizei über ihn gesprochen. Warum sollte ich mich da ausgerechnet mit Ihnen über ihn unterhalten?«

»Ich kann Sie nicht dazu zwingen.«

»Da haben Sie allerdings recht! Ich wette, Sie haben nicht mal irgendwelche Dokumente.«

»Tja, da haben nun *Sie* recht. Ich habe keinen Haftbefehl und will Sie auch nicht vorladen. Ich hab' nicht mal 'nen Verweis von der Schule, den ich Ihnen vorlegen könnte. Ich wünschte, ich könnte Sie irgendwie dazu bringen, mir zuzuhören. Das einzige, was ich mit Sicherheit weiß, ist folgendes: Jemand hat vor, Ihren Exmann umzubringen.«

»Warum ist mir das nicht gleich eingefallen?« Sie lachte über ihren eigenen Witz, und ich versuchte in das Lachen einzustimmen. Allzu schlau hatte ich die Sache nicht angepackt, und ich hatte das Gefühl, daß alles nur noch schlimmer wurde. Ich zögerte die Pause, die auf den Scherz folgte, so lange wie möglich hinaus.

»Sind Sie noch dran, Mr. Cooperman?«

»Ja, ja, aber das nützt mir wohl nicht allzuviel, was?«

»Sie geben einfach zu schnell auf. Was habe ich davon, wenn ich mich mit Ihnen unterhalte? Und wer hat Ihnen den Auftrag dazu erteilt?«

»Mr. Wise hat mich angeheuert. Ich hab' ihn erst vor ein paar Stunden kennengelernt, da hat er ein paar Leute bei mir vorbeigeschickt, die mich aus dem Bett geholt haben. Er ...«

»Tja, jetzt weiß ich wenigstens, daß Sie mir keine Märchen erzählen. Das ist typisch Abe. Der würde nicht im Traum dran denken, Ihnen 'nen Brief zu schreiben oder Sie anzurufen. Dann bezahlt er Sie also. Wie schön für Sie. Und was für eine Rolle spiele ich dabei?«

»Tja, was soll ich sagen, Mrs. ... «

»Mein Gott, nun sagen Sie schon endlich Paulette zu mir! Und wie nennt Ihre Mutter *Sie*?«

»Benny. Wissen Sie, Paulette, ich habe natürlich auch kein Geld zu verschenken, aber vielleicht könnte ich mich ja nebenbei um die Geschichte mit dem Triumph kümmern. Ich kenne ein paar Leute hier in der Stadt. Allerdings kann ich Ihnen nichts versprechen.«

»Hart macht mir nicht gerade Freude, Benny. Offen gestanden, gibt's nichts als Probleme mit ihm. Aber er ist mein Sohn. Was soll ich machen? Ich kann doch nicht tatenlos zusehen, wie sie ihn ins Gefängnis stecken!«

»Ich werde sehen, was ich tun kann. Wann können wir uns treffen?«

»Geben Sie mir eine Stunde Zeit, damit ich mich ein bißchen zurechtmachen kann. Wissen Sie, wo ich wohne?«

»Ich habe nur Ihre Telefonnummer. Und ich habe gehört, daß Sie früher mal auf der anderen Seite des Flusses in den Staaten gewohnt haben. Wann sind Sie wieder hergezogen?«

»Vor sechs Monaten. Ich weiß immer noch nicht, worauf Sie hinauswollen, Mr. Cooperman. Ich bin zurückgekommen, weil ich von der Umzieherei die Nase voll hatte und hier leben möchte. Außerdem komme ich langsam in ein Alter, wo's ganz gut ist, wenn immer ein Arzt in der Nähe ist und wenn der auch noch ein Krankenhausbett organisieren kann, sobald's nötig ist.«

»Sind Sie denn krank, Paulette?«

»Sie haben doch Abe kennengelernt, oder? Tja, Abe hat meinen Nerven vierzig Jahre lang zugesetzt. Dabei bin ich älter als er. Und ich werde nicht jünger, Mr. Cooperman. Aber Sie haben wahrscheinlich nicht vor rumzuspionieren, oder?«

»Spionieren ist mein Job, Paulette.«

Sie mußte lachen und gab mir eine Adresse an der Duke Street, nicht weit vom Montecello Park entfernt. Von meinem Büro waren es zu Fuß gerade mal fünf Minuten, wenn mir nicht allzu viele Leute über den Weg liefen. Ich warf einen Blick auf die Uhr. Warum war es immer noch zwei Stunden früher, als ich gedacht hatte? Vielleicht sollte ich mir heute irgendwann Zeit für ein Nickerchen nehmen.

Ich nahm den Telefonhörer noch einmal in die Hand und führte mit Wises zweiter Frau Lily im wesentlichen das gleiche Gespräch wie vorher mit Paulette. Lily war höflicher und kultivierter, aber sie gab mir einen Korb. Und sie tat es so geschickt, daß ich eine ganze Weile brauchte, das zu begreifen. Lily machte das ziemlich gut, das mußte man ihr lassen.

6

Es war ein großes Haus; auf der einen Seite der Veranda stand ein Trompeten-, auf der anderen ein Gingkobaum. Erkennen konnte ich das nur an den langen schwarzen Hülsen an dem einen und an ein paar braunen, fächerförmigen Blättern am Fuß des anderen. Ich stieg die breiten Stufen zu der großen, erhellten Tür hinauf, an der sich eine altmodische Klingel mit einem Klingelzug befand. Ich zog daran.

Durch die Vorhänge, die das Glas in der Eingangstür verdeckten, sah ich, wie sich eine Gestalt auf mich zubewegte. Im vorigen Jahrhundert, als dieses Haus gebaut worden war, hatte man Glastüren für so sicher gehalten wie Türen aus Stahl. Damals achteten die Menschen die Privatsphäre des anderen. Im allgemeinen galt zu dieser Zeit noch der Grundsatz: »My home is my castle«, und eine verschlossene Tür war so gut wie eine verriegelte.

»Sind Sie Benny?« fragte Paulette Staples, als sie die Tür öffnete. Ich nickte, und sie trat einen Schritt zurück, so daß ich in den Flur gehen konnte. »Kommen Sie doch rein, draußen ist es kalt«, sagte sie. »Der Winter nimmt dieses Jahr einfach kein Ende. Warten Sie, lassen Sie mich Ihnen das abnehmen.« Ich zog Mantel und Mütze aus, und sie hängte beides an die Porzellanhaken der alten Flurgarderobe. Ich stellte mir vor, wie der frühere Besitzer noch einen letzten Blick in den Spiegel warf, um seine Kopfbedeckung zurechtzurücken, bevor er hinaus aufs Kopfsteinpflaster des Jahres 1890 trat. Oder nein: Ich glaube, in Grantham hat es nie Kopfsteinpflaster gegeben; wir sind von den Schlammstraßen gleich zu Asphalt übergegangen.

Paulette führte mich in den hinteren Teil des Hauses, wo sich das Wohnzimmer befand, das früher mal die Küche gewesen war. Vermutlich, so dachte ich, diente der vordere Raum ihr als Schlafzimmer. »Ich hab' Untermieter im oberen Stockwerk«, erklärte sie mir. Ich war mir nicht so sicher, ob das eine Warnung sein sollte oder lediglich eine Information. Sie deutete auf einen bequemen Korbstuhl, auf dem ich Platz nehmen sollte. Ich schob das Kissen, auf dem jede Menge Katzenhaare lagen, weg und setzte mich.

Paulette Staples war eine Frau mittleren Alters mit einem jugendlichen Teint. Sie machte den Eindruck, als hätte sie schon was von der Welt gesehen. Doch damit war's, ihren Kleidern nach zu urteilen, erst mal vorbei. Sie trug einen Hosenanzug und dazu eine geblümte Bluse. Sie musterte mich mit ihren wachen Augen. »Möchten Sie was zu trinken?« fragte sie in vertraulichem und auch ein wenig kokettem Tonfall.

»Warum nicht?« sagte ich. Warum auch sollte ich ihr erklären, daß ich tagsüber praktisch nie Alkohol trank. Schließlich mußte ich nicht mein ganzes Leben vor ihr ausbreiten. Sie ging zu einem Schrank, in dem sich eine ganze Sammlung von Flaschen befand, und fragte, ohne sich umzudrehen: »Scotch?«

»Nein, Whiskey mit Ginger Ale, wenn Sie das dahaben.«

»Eigentlich hätte ich Sie für einen Säufer gehalten«, sagte sie, während sie mit Eis und Getränken herumhantierte. Als sie sich wieder umdrehte, hatte sie zwei altmodische Gläser in der Hand und reichte mir eins davon. Ihre Augen hatten einen Grauton, den ich schon lange nicht mehr gesehen hatte. Früher war sie bestimmt eine Schönheit gewesen. Dave Rogers hatte gesagt, sie habe ihn an Myrna Loy erinnert, die inzwischen bedauerlicherweise verstorbene Hollywood-Diva. Wie viele Menschen sich wohl noch an Myrna Loys kokette Blicke erinnerten?

»Ich muß Ihnen wohl nicht erst sagen, daß Abe nicht gerade mein Lieblingsthema ist, oder?« Sie zündete sich eine Zigarette an, was völlig ihrem Charakter entsprach. Sie verstand es, das, was sie sagte, durch Züge an dieser Zigarette zu akzentuieren. Das war eine Kunst, die leider allmählich ausstarb. »Ich habe ihn kennengelernt, als ich bei Diana Sweets arbeitete.«

»Da komme ich gerade her«, sagte ich, um das Eis zwischen uns zu brechen.

»Ich bin damals Kellnerin gewesen, und Abe war jung und ehrgeizig. Ich wußte, was er wollte, aber damals wollten das alle. Wahrscheinlich lag das an meinem Aussehen. Mit mir als Person hatte das wenig zu tun. Ich hatte dieses gewisse Etwas, und das wollte Abe.« Sie nahm einen großen Schluck von ihrem Drink und stellte dann das Glas auf dem Tischchen neben sich ab.

»Wann haben Sie ihn kennengelernt? Wie war er damals?«

»Ich kann mir Daten nicht so gut merken, aber das muß irgendwann Anfang der Fünfziger gewesen sein. Er war noch keine zwanzig, und ich war auch nicht viel älter. Hat Abe Ihnen gesagt, daß ich älter bin als er?«

»Ich habe bis jetzt noch nicht viel Gelegenheit gehabt, mich mit ihm zu unterhalten. Ich habe ihn erst heute morgen kennengelernt.«

»Ja, ja, das haben Sie erwähnt. Abe steht mit den Hühnern auf; der braucht nicht mehr als vier Stunden Schlaf pro Nacht. Mich hat er damit immer zum Wahnsinn getrieben! Außer Abe kenne ich niemanden, der schon vor fünf in der Früh am Telefon hängt. Er hat mich manchmal mitten in der Nacht angerufen. Wahrscheinlich ruft er mich auch an, wenn Sie weg sind. Läßt er Sie von Mickey Armstrong überwachen?«

»Ja.«

»Hab' ich's mir doch gedacht. Irgendeinen Dummen findet er immer, der die Dreckarbeit für ihn erledigt. Zu meiner Zeit damals war das... Wie hieß der gleich noch mal? Ach ja – Billington, Christopher Billington. Wie gefällt Ihnen der Name für einen Gangster an der kurzen Leine?«

»Also haben Sie sich im Di kennengelernt?« Hoffentlich hatte sie nichts dagegen, daß ich versuchte, das Gespräch ein wenig zu lenken.

»Ja. Allerdings erinnere ich mich nicht mehr so genau an die näheren Umstände. Er hat immer ein großzügiges Trinkgeld gegeben und mich ständig wegen allen möglichen Sachen aufgezogen. Gegen seine scharfe Zunge kam niemand an. Zuerst hab' ich ihn für 'nen Vertreter gehalten, aber dafür war er zu jung. Ich hab' mich immer gefragt, wo er das Reden gelernt hatte, wo er doch erst auf der High-School war.«

»Wollte er sich mit Ihnen verabreden?«

»Klar. Er hat immer versucht, mich allein zu erwischen. Aber damals war's verdammt schwer, mich allein zu sehen. Deswegen kann ich mich auch nicht mehr so gut dran erinnern.«

»Wußten Sie, wie er sein Geld verdiente?«

»Aber klar. Da hat er kein großes Geheimnis draus gemacht. Er war nämlich ganz schön stolz. Mich persönlich hat das nicht gestört, aber ich hab' mir gedacht, wenn er nicht ein bißchen besser aufpaßt, was er sagt, landet er bald hinter Gittern.«

»Ist er immer so gewesen?«

»Anfangs schon. Aber mit der Zeit hat er sich verändert. Er hat nicht mehr geprahlt. Nach einer Weile hab' ich überhaupt nichts mehr aus ihm rausgekriegt.«

»Lag's daran, daß er ins Drogengeschäft eingestiegen ist?«

»Vielleicht, aber eigentlich glaube ich das nicht. Da bin ich schon mit ihm gegangen. Nein, er hat mir ganz plötzlich nichts mehr erzählt. Das heißt nicht, daß er nichts mehr mit mir geredet hätte, ganz im Gegenteil: Er hat die ganze Zeit geplappert. Aber er hat nichts mehr von seinen Geschäften erzählt. Wußten Sie schon, daß er damals Einbrecher war?«

»Kannten Sie seinen Freund Dave Rogers?«

»Aber sicher – Dave. Damals hat er allerdings noch nicht Rogers geheißen. Ja, er und Abe, die waren unzertrennlich. Dann hat Abe die Geschichte mit mir angefangen, und Dave hat sich auch 'ne Freundin gesucht... Sie wissen ja, wie das ist.«

»Was mochten Sie an ihm?«

»Ach, ich hab' immer schon 'ne Schwäche für harte Typen gehabt, für Gangstertypen. Ich hab' gern die Gefahr aus zweiter Hand erlebt. Macht mich immer noch an. Ich kenne auch noch ein paar von den Typen unten in Miami. Wahrscheinlich hat's denen gefallen, daß ich den Mund halten kann. Deswegen macht's mich auch ein bißchen nervös, daß ich mich mit Ihnen über das alles unterhalten muß.«

»Können Sie sich vorstellen, wer Abe Wise umbringen will, Paulette?«

»Seit Ihrem Anruf denke ich an nichts anderes. Wissen Sie, es gibt jede Menge üble Typen, die von allen gehaßt werden. Aber Abe war da immer ganz anders. Abe hat immer gern Spaß gehabt, das hat mir gefallen. Er hat nicht so getan, als müßte ich ihn dazu überreden, wie's manche von den andren Jungs gemacht haben. Er hat mich gern vorgezeigt. Ihm war das wichtiger als mir, wenn ich ganz ehrlich bin. Aber ich hab' seine Witze gemocht und die harten Kerle, mit denen er zu tun hatte. Haben Sie schon mal von Frankie Carbo gehört? Der hat bei Kämpfen in New York und in ganz Amerika mitgemischt ...«

Wieder begann sie über Dinge zu sprechen, die mich nicht so sehr interessierten. Frankie Carbo, das wußte ich, nahm nicht mehr teil an der Welt des Verbrechens. Allerdings konnte ich mich nicht erinnern, wo das Schicksal ihn ereilt hatte.

»Was ist mit Abe, Paulette, damit, daß jemand ihn umbringen will? Ich möchte über heute reden, nicht über die Vergangenheit.«

»Benny, ich treffe mich nicht mehr mit ihm. Schon seit zehn Jahren nicht mehr. Wenn ich kein Telefon hätte... Aber die Menschen verändern sich nicht. Ich bin mir sicher, daß er immer noch mit allen möglichen Leuten Probleme hat. Er kann ganz schön jähzornig werden. Aber er versucht, so fair zu sein, wie ein Gangster es nur sein kann. Er hat es nie auf Schwierigkeiten angelegt. Auch wenn er getrunken hat, ist's ihm um den Spaß gegangen, und er hat immer großzügig Trinkgeld gegeben. Aber ...«

»Aber?« wiederholte ich in der Hoffnung auf neue Informationen.

»Aber Abe war einfach, wie er war. Er hat nicht lange gefakkelt, wenn etwas unvermeidlich war. Und er war gründlich, eben ein richtiger Profi. So dramatische Sachen wie die Leute von der Mafia hat er nie gemacht. Das war einfach nicht sein Stil.«

Ich hörte ein Geräusch im Flur, dann, wie die Tür zugeschlagen wurde. Kurz darauf marschierte ein rothaariger junger Mann mit spitzem Gesicht in den Raum. Er war wütend.

»Hart! Ich habe nicht mit dir gerechnet . . .«

»Halt den Mund, Mutter! Was willst du bloß immer von mir? Kannst du mich nicht mal in Ruhe lassen?«

»Schatz, was redest du denn da?«

»Zum Beispiel von ihm.«

»Schatz, ich hab' dir doch schon am Telefon von Mr. Cooperman erzählt. Mr. Cooperman, das ist . . .«

»Ich brauche wirklich keinen Privatdetektiv, der in meinem Leben rumschnüffelt! Sieh zu, daß du ihn loswirst!«

Ich zog die Hand, die ich ihm entgegengestreckt hatte, wieder zurück und legte sie um mein Glas.

»Hart, er ist mein Gast.«

»*Sieh zu, daß du ihn loswirst!* Ich will ihn nicht hier im Haus haben.«

»Schatz, nun sei doch vernünftig!«

Ich stand auf. Auf eine Auseinandersetzung mit diesem Wahnsinnigen wollte ich mich nun wirklich nicht einlassen.

»Vielleicht können wir uns ein andermal unterhalten«, sagte ich zu Paulette. Als ich mich umdrehte, verstellte Hart mir den Weg. »Entschuldigung«, sagte ich ruhig, doch Hart rührte sich nicht von der Stelle. Paulette war kreidebleich geworden. Hart machte immer noch keine Anstalten, den Weg freizugeben, also setzte ich mich wieder. Das schien ihn zu verwirren.

»*Verschwinden Sie hier!*« sagte er, schaute mich dabei aber nicht richtig an. »Sie haben nicht das Recht, sich in unser Leben einzumischen!«

»Vielleicht geben Sie dann den Weg frei. Schließlich kann ich nicht durch Sie hindurchmarschieren.«

Hart zischte etwas und trat dann an die Seite seiner Mutter, als wolle er mit ihr eine Front bilden. Ich erhob mich wieder.

»Mr. Cooperman, ich hoffe, Sie verstehen«, sagte Paulette mit flehendem Blick.

»Mr. Cooperman wird sich aus meinen Angelegenheiten heraushalten, wenn er weiß, was gut für ihn ist.« Hart dachte wohl, ich würde ihn, obwohl seine Mutter im selben Raum war, niederschlagen. Doch ich hatte bereits beschlossen, ihn nicht anzufassen, es sei denn, er griff mich an. Ich nahm Jacke und Mütze und ließ das Pärchen allein.

Der dunkelgrüne Triumph stand vor dem Haus. Ich ging zweimal um den Sportwagen herum und versuchte, ihn mir so genau wie möglich einzuprägen, bevor ich die Queen Street hinaufmarschierte und dabei an den Bäumen über mir nach den ersten Ahornknospen Ausschau hielt. Doch ich entdeckte keine. Gegenüber des *Beacon* sah ich mich im hinteren Teil des dortigen Buchladens nach Kriminalromanen um und fand ein paar meiner Lieblingstitel in der Taschenbuchausgabe. Es kann schon sein, daß ich sie ein bißchen unsanfter als sonst vom Regal holte. Während ich die Bücher durchblätterte, versuchte ich, den Zorn, der in der Duke Street in mir aufgestiegen war, wieder loszuwerden. Dann sah ich plötzlich McKenzie Stewarts neues Buch, von dem ich bereits in der Zeitung gelesen hatte. In einem Regal stand fünfmal *Eile zum Galgen*. Ganz schön beeindruckend, dachte ich. Da es sich um die teure gebundene Ausgabe handelte, zögerte ich, einen der Bände zu kaufen. Ich blätterte darin herum, um einen Mangel zu finden und so vielleicht einen Nachlaß zu bekommen. McStu war ein Freund von mir, der einzige Autor der Stadt, den ich persönlich kannte, obwohl es meines Wissens noch einen am Cranmer College gab. Ich haßte es, gebundene Bücher zu kaufen, aber da mir McStu jederzeit auf der St. Andrew Street begegnen konnte, ging ich mit dem Buch zur Kasse.

»Du hast schon gemerkt, daß das hier ein dokumentarischer Bericht ist, oder, Benny?«

»Was? Tut mir leid, Sue, ich hab' nicht mitbekommen, was du gesagt hast.« Susan Torres, die Inhaberin des Buchladens, gab mir immer Tips, welche neuen Bücher Walter Mosley, John Dunning oder William McIlvanney geschrieben hatten.

»Der neueste Titel von McStu ist kein Roman, Benny.«

»Heißt das, daß Dud Dickens nicht drin vorkommt?« Meine Begeisterung schwand.

»In dem Buch geht's um einen realen Fall, Benny. Aber ich weiß, daß es dir gefallen wird, weil die Sache sich hier abgespielt hat.«

»Toll!« sagte ich. »Toll!« Und insgeheim verfluchte ich McStu, während ich Sue meine Kreditkarte hinschob. Ich ließ mir nicht einmal eine Tüte für das Buch geben, sondern steckte es in die Tasche und kehrte mit dem Gefühl auf die Duke Street zurück, daß McStu mir einen kostspieligen Streich gespielt hatte. Der Triumph, der eben noch vor Paulettes Haustür gestanden hatte, war verschwunden. Hätte ich ihm doch einen Fußtritt versetzt, als ich noch die Gelegenheit dazu gehabt hatte. Ich klingelte noch einmal an Paulettes Tür.

Paulette wirkte erleichtert, als sie mich sah. »Ich wette, jetzt können Sie einen richtigen Drink vertragen«, sagte sie. »Ich jedenfalls brauche einen.« Sie trat einen Schritt beiseite, und gemeinsam kehrten wir in den hinteren Raum zurück. Paulette schenkte uns beiden einen Scotch ein, ohne mich zu fragen, was ich wollte. Vielleicht hatte sie auch vergessen, was ich in meinem Glas gehabt hatte, als Hart hereingekommen war. Ich setzte mich auf den Stuhl von vorhin und freute mich auf meinen Scotch.

»Ich habe gehört, daß Hart seinen Vater haßt. Ist was dran an dem Gerücht?«

»Wenn was dran sein sollte, werde ich Ihnen das nicht sagen. Ich versuche, so loyal wie möglich zu sein, auch wenn Hart meine Geduld manchmal auf die Probe stellt, wie Sie gerade gesehen haben. Sie dürfen sich von seinem Auftritt eben nicht täuschen lassen. Ich versuche, beide Kinder fair zu behandeln, Hart und Julie.«

»Julie? Ist Julie denn nicht Lilys Problem?«

»Nicht, wenn Abe sich nach Mitternacht ans Telefon hängt. Mein Gott, ich kenne alle ihre Probleme, seit sie ein Baby ist.

Abe erspart mir nichts. Bei unserer Scheidung hat Abe das Telefon gekriegt, und den Umgang damit beherrscht er wie ein . . .«

»Virtuose?«

»Ja, genau«, sagte sie und lächelte mich über den Rand ihres Glases hinweg an. »Ich habe weiß Gott versucht, Abe dazu zu bringen, daß er seinen gesunden Menschenverstand einsetzt, wenn es um die beiden geht, aber sie haben immer ihren Kopf durchgesetzt, dafür hat schon Abe gesorgt. Folglich machen sich die beiden ein ziemlich falsches Bild davon, wie die Welt aussieht, wenn Abe nicht da ist, um sich für sie einzusetzen.«

Ich wartete auf eine gute Antwort auf meine letzte Frage, bevor ich die nächste stellte. Sie fuhr fort: »Wissen Sie, die beiden hassen nicht Abe, sondern das, was er ihnen angetan hat. Sie selbst würden das nicht so ausdrücken, aber so ist es. Er hat sie so sehr verwöhnt, daß sie kein normales Leben mehr führen können. Und dabei ist es schon schlimm genug, einen kriminellen Vater zu haben! Wenn der dann auch noch so stur ist wie er, hat man überhaupt keine Chance mehr. Tja, und dann wäre da noch folgendes: Abe gibt nicht gern klein bei. Das gilt für Wetten genauso wie für Menschen. Deswegen bin ich auch nach Hunter gezogen.«

»Wohin?«

»Nach Hunter. Das liegt im Staat New York. Sie kennen doch die Catskills, oder?«

»Ach so, ja. Ich glaube, meine Eltern haben mal in den Catskills Urlaub gemacht. Aber was wollten Sie gerade sagen?«

»Ich bin eine sentimentale alte Frau, Mr. Cooperman, und wahrscheinlich ist das, was ich gesagt habe, alles nicht so wichtig, aber ich weiß genau: Trotz all der Dinge, die er getan hat, um sie zu verletzen, und trotz all der Dinge, die sie getan haben, um ihn zu verletzen, liebt er seine Kinder. Das weiß ich.«

»Aber sie können ihn nicht ausstehen. Verstehe.« Paulette verzog zur Antwort das Gesicht. Wahrscheinlich war es besser, wenn ich wieder ging. »Paulette, ich habe versucht, Lily dazu zu bringen, daß sie mit mir redet, aber es hat nichts genützt. Glauben Sie, Sie könnten mir behilflich sein? Ich weiß, daß das ziemlich viel verlangt ist.«

»Nicht soviel, wie Sie denken, Benny. Lily und ich haben schon vor langer Zeit zueinander gefunden. Sie dürfen nicht vergessen, daß wir uns in mancher Hinsicht sehr ähnlich sind. Im Laufe der Jahre haben wir ziemlich viel zu lachen gehabt über diesen verrückten Kerl, mit dem wir beide mal verheiratet waren. Ich werde sehen, was ich tun kann. Mehr kann ich nicht machen, oder?«

Mir fielen keine Fragen mehr ein. Natürlich konnte ich mich den ganzen Tag mit ihr unterhalten und alle möglichen interessanten Dinge über ihr schillerndes Leben erfahren, aber das würde mich höchstens durch Zufall weiterbringen. Also fragte ich sie nur noch nach Harts Problemen mit dem Triumph, von denen sie mir am Telefon erzählt hatte. Sie gab mir die Einzelheiten, und ich notierte mir ein paar Namen auf einen Zettel.

Paulette schenkte sich noch einen Drink ein und versuchte, auch mein Glas aufzufüllen, doch ich bedeckte es mit der Hand. Noch mehr Alkohol hätte ich an diesem Tag nicht vertragen. Ich bedankte mich bei Paulette für ihre Hilfe und hielt mir die Möglichkeit frei, zu einem späteren Zeitpunkt meiner Nachforschungen noch einmal mit ihr zu sprechen. Sie stellte ihr Glas gerade lange genug ab, um mich zur Tür zu bringen. Offenbar hatte sie längst nicht soviel Gesellschaft, wie sie sich gewünscht hätte, aber ich hatte noch viel zu tun. Also verabschiedete ich mich mit einem Händedruck von ihr. Nur ihre Hände sahen älter aus als die von Abe Wise.

7

Im Diana Sweets nahm ich beim Kaffee das Buch aus der Tasche. Es sah aus wie ein Roman, hatte die Größe eines Romans, aber sowohl auf der Rück- als auch auf der Vorderseite stand das Wörtchen »wahr«, daran gab es nichts zu deuteln. *Eile zum Galgen* war ein eingängiger Titel. Ich las die hintere Seite des Schutzumschlags, um etwas über den Inhalt des Buches zu erfahren. Offenbar beschäftigte es sich mit einer Frau namens Mary Tatarski. Den Namen hatte ich neulich schon irgendwo gesehen. Ja, genau: Es handelte sich dabei um den Fall, den Duncan Harvey, ein örtlicher Architekt, schon seit Jahren gern wiederaufgerollt hätte. In der Mitte des Buches befand sich ein Bildteil mit Schwarzweißfotos: ein hübsches Mädchengesicht im Jahresbericht der High-School, ein Soldat in Uniform, eine verwirrt dreinschauende Frau mittleren Alters, deren dunkles Haar unter einem Tuch hervorlugte. Es gab noch andere Bilder, aber ich interessierte mich mehr für den Text. Ich las mich im ersten Kapitel fest, bis ich merkte, daß ich beobachtet wurde. Ein unangenehmes Gefühl. Ich legte das Buch weg. Als ich mich in dem Lokal umsah, konnte ich nichts Ungewöhnliches entdecken: Anwälte scherzten beim Kaffee, Ladeninhaber versuchten, sich nach einem schwierigen Gespräch mit der Bank ein wenig zu entspannen. Ich glaubte, einen Schatten am Fenster vorbeihuschen zu sehen. Einen Augenblick lang war ich erleichtert, als ich merkte, daß es nur Phil war, einer von Abe Wises Leuten. Dann mußte ich lachen. Wie schnell wir uns doch an Unvermeidliches gewöhnen.

Ich fuhr an den Fast-food-Lokalen und Tankstellen vorbei zum Haus meiner Eltern in der Ontario Street. Der Wagen meines Vaters stand nicht davor. Wahrscheinlich bewies er gerade im Klub seine Fähigkeiten im Gin Rummy. Ich stellte ihn mir vor, wie er, nach Puder riechend und noch ein bißchen rot im Gesicht, aus der Sauna kam. Ich machte die Tür auf und sah, daß meine Mutter vor dem Fernseher saß.

»Manny, bist du das?« Wahrscheinlich erkannte sie mich nicht gleich, weil sie zu lange auf den Bildschirm geschaut hatte.

»Ich bin's bloß«, sagte ich, zog meine Jacke aus und hängte sie über einen der Stühle im Eßzimmer. »Was ist los?« fragte ich.

»Was los ist? Was sollte um diese Tageszeit schon los sein? Ich muß noch Kartoffeln schälen, das ist los. Das ist Frauenschicksal, Benny. Aber zuerst schaue ich mir noch diese Sendung zu Ende an. Hoffentlich willst du nicht zum Essen bleiben. Ich hab' bloß zwei Steaks, eins für deinen Vater und eins für mich. Du solltest mich vorher anrufen, wenn du Lust auf Hausmannskost hast.«

»Ma, heute abend kocht Anna für mich.«

»Anna. Gut! So eine junge Frau kann gar nicht genug üben.«

»Wenn sie ihre dritten Zähne bekommt, wird sie bestimmt ein Ei kochen können.«

»Sie wohnt noch bei ihrem Vater, und soweit ich weiß, hat der eine französische Köchin. Bitte sag mir, daß du keine Schnecken ißt, Benny.«

»Ma, das Haus ihres Vaters ist groß, und Anna hat ihre eigene Wohnung im hinteren Bereich. Und was die Schnecken anbelangt: Das Eßzimmer dort habe ich erst zweimal gesehen. Und beide Male war der Tisch mit Zeichnungen aus der Sammlung ihres Vaters bedeckt.«

»Warum machst du uns keinen Tee?« Als ich mit dem Tee ins orangefarben tapezierte Wohnzimmer zurückkehrte, war die Sendung im Fernsehen vorbei und der Apparat ausgeschaltet. Ich stellte das Tablett auf dem Kaffeetischchen ab.

»Geh vorsichtig mit meinen chinesischen Ingwertöpfchen um, Benny. Du weißt, daß ich die mehr liebe als mein Leben.«

Das war keine Übertreibung. Als Sam und ich damals noch Strampler trugen, wurde Grantham von einem schwachen

Erdbeben heimgesucht. Statt ihre beiden Kinder aus dem Haus zu tragen, rettete Ma zuerst die Ingwertöpfe, natürlich in eine Decke gehüllt. Sam behauptete, daß die Decke aus unserem Bettchen stammte, aber ich glaube, das ist nur sein großstädtischer Zynismus.

»Ma, ihr habt doch schon so lange keinen Urlaub mehr gemacht. Warum fahrt ihr beide nicht einfach weg?«

»Sag mal, hast du 'nen Sonnenstich, Benny? Wieso sollen wir plötzlich wegfahren? Brauchst du vielleicht das Haus? Was hast du da für Flausen im Kopf?«

»Ich hab' mir nur gedacht, ihr könntet mal 'ne Luftveränderung vertragen, das ist alles. Ist es vielleicht ein Verbrechen, daß ich euch ein bißchen mehr Wärme wünsche? Es war ein langer Winter, und ihr seid überhaupt nicht weggekommen.«

»Bis auf die zwei Wochen in Miami Beach.«

»Ja.«

»Und die Woche in Myrtle Beach.«

»Ach, die Woche in Myrtle Beach hatte ich völlig vergessen. Na schön, ihr *braucht* also keinen Urlaub. Aber als ich Pa letzte Woche gesehen habe, hatte ich den Eindruck, daß er ziemlich zerbrechlich ausschaut.«

»Zerbrechlich? Manny zerbrechlich? Wieso sollte der zerbrechlich sein? Er ist siebzig, Benny. Viele Leute in seinem Alter sind schon seit zehn Jahren tot.«

»Deshalb habe ich ja auch den Vorschlag gemacht, daß ihr ein bißchen wegfahrt. Daß ihr euch noch mal so was wie Flitterwochen gönnt.«

»Zahlst du uns die Flugtickets?«

»Ich wünschte, ich könnte es mir leisten, euch eine Weltreise zu spendieren: London, Paris, Rom!«

»Und was die Idee mit den zweiten Flitterwochen anbelangt: Je weniger ihr – ich meine dich und deinen Bruder – über diesen Teil unseres Lebens wißt, desto lieber ist es mir.«

»Hast du nicht auch manchmal das Bedürfnis, von Grantham wegzufahren, wenn der Winter kein Ende nimmt? Eigentlich sollte jetzt Frühling sein, aber wo sind die Knospen an den Bäumen? Und die Krokusse?«

»Benny, wie schaffst du's bloß, mit kochendheißem Wasser eiskalten Tee zu machen?«

Soviel war klar: Meine Mutter brachte ich nicht dazu, sich aus dem Einflußbereich von Abe Wise herauszubewegen. Vielleicht kam ich weiter, wenn mein Vater nach Hause zurückkehrte. Wenn er gegen meinen Vorschlag war, begann meine Mutter möglicherweise, ihn interessant zu finden. So schnell gab ich mich nicht geschlagen. Außerdem überraschte mich ihre Reaktion nicht.

Als mein Vater eine halbe Stunde später nach Hause kam und seine Jacke über einen anderen Stuhl im Eßzimmer hängte, präsentierte ich ihm meinen Einfall mit dem Urlaub im Süden. Er legte den Kopf schräg, als habe ich den Verstand verloren, und versprach, sich meinen Vorschlag zu überlegen.

»Was gibt's da zu überlegen, Manny? Das Geld wächst nicht an den Bäumen in Ontario.«

»Ich hätte nichts gegen Palm Beach«, sagte Pa.

»Deinen weißen Anzug kannst du keinen Tag mehr anziehen, Manny, also vergiß es. Außerdem ist doch sowieso schon fast Frühling. Ich liebe den kanadischen Frühling. Er ist so schnell vorbei. Ein Augenzwinkern, und schon ist er vorüber.«

»Warum fliegt ihr nicht runter nach Arizona? In Arizona ist der Frühling wunderschön«, sagte ich, so überzeugend ich konnte.

»Paul Weinberg hat in seiner Garage in Arizona einen Skorpion gefunden. Willst du uns vielleicht umbringen?« Das Gespräch verlagerte sich von der Mordverschwörung in Arizona auf andere Dinge.

»Mann, hab' ich heut nachmittag im Klub 'nen Schreck gekriegt«, sagte Pa. So umschrieb er immer, daß einer seiner Freunde gestorben war.

»Manny, ich will nichts davon hören!« Ma versuchte immer, solche Neuigkeiten zu ignorieren. Vielleicht glaubte sie, dem lieben Verschiedenen noch ein bißchen Leben einhauchen zu können, wenn Sie sich weigerte, die Einzelheiten über seinen Tod zu erfahren.

»Und dabei ist er erst vor ein paar Jahren in Rente gegangen.«

»Ich will das nicht wissen!«

»Einen besseren Pokerspieler hat's nicht gegeben.«

»Redest du von Dave Kaplanski?«

»Ich dachte, du willst nichts darüber wissen?«

»Will ich auch nicht, vorausgesetzt, du hörst endlich auf, davon zu erzählen. Aber wenn du ständig weiterquasselst, hab' ich doch schließlich ein Recht zu raten. Ist es Louis Stein? Der hat Poker gespielt. Ich glaub', der ist gerade erst aus Florida zurückgekommen. Wirklich kriminell, wie braun der war. Und jetzt ist er tot. Tja, das ist der Lauf der Welt.«

»Sophie, was redest du denn da? Lou Stein und ein Pokerspieler? Der hätte doch nicht mal Mensch-ärgere-dich-nicht spielen können! Ich rede von dem ehemaligen stellvertretenden Polizeipräsidenten, von Ed Neustadt, nicht von Lou Stein. Lou ist schon seit sechs oder sieben Monaten unter der Erde.«

Und so ging das Gespräch weiter. Ich gab mir redliche Mühe, ihnen das Leben zu retten, indem ich sie nach Palm Beach oder Flagstaff schickte, aber ohne Erfolg. Also warf ich einen Blick auf meine Uhr, gab ihnen beiden einen Kuß und überließ sie ihrem Steak. Auch ich bekam allmählich Hunger, also fuhr ich zu meiner Wohnung.

8

Benny, wo hast du gesteckt?« Ich saß an dem Tisch in meiner Wohnung, und Anna Abraham starrte mich an. Mit dem Wissen im Hinterkopf, daß Phil oder einer seiner Kollegen zumindest ein halbes Auge auf meine Fenster hatte, war ich nicht die beste Gesellschaft.

»Was?«

»Benny, was ist denn heute abend mit dir los? Du hast das ganze Essen über geschmollt, und seit mindestens zwanzig Minuten hörst du mir nicht mehr zu. Soll das heißen, daß ich mich verziehen soll? Keine Sorge, die Mitteilung würde ich schon verkraften.«

»Tut mir leid, Anna. Ich weiß, daß ich heute keine gute Gesellschaft bin.«

»Das ist eine ganz schöne Untertreibung!«

»Ich hab' doch gesagt, daß es mir leid tut.« Ich starrte den Weinfleck auf der Tischdecke an, auf den ich Salz gestreut hatte, damit er sich nicht im Gewebe festsetzte, aber ich war mir nicht so sicher, ob dieser alte Hausfrauentip wirklich helfen würde. Vor uns befand sich das Resultat der beiden unterschiedlichen Arten, gegrillten Lachs zu essen: Annas sauberer, leergegessener Teller und meine verwüsteten Überreste, die sich zum Teil unter den zerquetschten Kartoffeln verbargen.

Anna war ein bißchen früher als ich gekommen und hatte die Tür zu meiner Wohnung mit ihrem eigenen Schlüssel aufgeschlossen, während ich noch versuchte, meine Eltern in den Süden zu schicken. Natürlich freute ich mich nicht nur darüber, sie zu sehen, sondern auch über das Essen, das bereits auf dem Herd vor sich hin brutzelte, aber ich wußte auch, daß ich sie allein durch die Freundschaft mit mir in Gefahr brachte. Am liebsten hätte ich ihr alles erzählt, doch ich hatte Angst vor den Folgen, denn ich war mir sicher, daß sie mir beistehen würde. Genau diese verdammte Loyalität war das Problem. Ganz alltägliche Gleichgültigkeit, ein paar Wochen ohne Treffen hätten mir in dieser Situation mehr genützt. Ich wollte auf keinen Fall, daß Anna mehr über Abe Wise erfuhr, als ihr guttat. Während des Essens hatte ich sie bereits über ihre Verpflichtungen an der Universität ausgefragt. Sie hatte mir geantwortet, sie könne nicht freinehmen, basta. Was wäre wohl mit ihr passiert, wenn sie bei mir gewesen wäre, als Mickey und seine Kumpane mir ihren Besuch abstatteten?

»Weißt du überhaupt, was ich gesagt habe?«

»Du hast gerade... Nein, ich weiß es nicht. Du hast mich kalt erwischt.«

»Na ja, zumindest bist du ehrlich.« Sie sah mich an, das spürte ich, obwohl ich nicht in der Lage war, ihren Blick zu erwidern, weil ich nicht wußte, was ich sagen würde, sobald ich in ihre Salamanderaugen schaute.

»Also fangen wir noch mal von vorne an, ja? Ich gebe mir jetzt mehr Mühe, schließlich bin ich gar nicht so widerlich, wie du immer denkst. Ich bin einfach nur geschafft, weil ich einen scheußlichen Tag im Büro hatte.«

»So, so, im Büro. Du bist schon seit Stunden nicht mehr in deinem Büro gewesen; ich hab' x-mal da angerufen. Du hast also nicht vor, mir zu sagen, worum's geht, oder?«

»Das ist 'ne Sache, in die ich dich nicht reinziehen will.«

»Benny, du sagst selbst immer, der beste Schutz vor den Folgen eines schlechten Gewissens ist, sich anderen mitzuteilen. Geheimnisse sorgen dafür, daß Menschen sterben. Das sagst du die ganze Zeit! Warum hältst du dich nicht selber mal an deine Ratschläge? Was verschweigst du mir? Bist du gerade einem Serienkiller auf der Spur? Ist die Polizei wegen deiner zahlreichen Geschäfte im In- und Ausland hinter dir her?«

»Sehr witzig!«

»Vielleicht geht's ja gar nicht ums Geschäft. Laß mich mal weiter darüber nachdenken. Gibt's jetzt doch 'ne Blondine, die meine Stelle einnehmen wird?« Anna zieht mich, seit wir uns kennen, damit auf, daß ich irgendwann auf eine Blondine ohne Hirn und mit Atombusen reinfallen werde. Ich weiß, daß das nur ein Scherz ist, aber sie fängt immer damit an, wenn sie sich in einer Situation unsicher fühlt. Wir sind jetzt seit fast drei Jahren zusammen, ohne richtig zusammenzuwohnen. Ich persönlich könnte ewig so weitermachen, aber Anna und Annas Vater hätten gern eine endgültigere Regelung dieses Arrangements. Meine eigenen Eltern schweigen sich ziemlich lautstark zu dem Thema aus. Sie sehen mich über den Eßtisch hinweg an, wenn von Anna die Rede ist. Ich ertappe sie dabei, wie sie einander anschauen, und spüre, wie die Atmosphäre im Raum sich auflädt. Einmal habe ich unter dem Tisch einen Tritt gegen das Schienbein bekommen, als Pa sich mit dem Thema »Rabbis und Einladungen« auseinanderzusetzen begann. Ich hatte keine Ahnung, wie ich diese Warnung von Ma weitergeben sollte, aber ich glaube, mein Vater merkte durch meinen Schmerzensschrei, was Sache war.

»Die Blondine versteckt sich in dem Wandschrank, unter der Wäsche«, sagte ich. Anna sah zum Wandschrank hinüber und blickte dann wieder mich an.

»Die ist aber mucksmäuschenstill.«

»Tja, ist eben gut erzogen. Eine gute Kinderstube wirkt Wunder.«

»Höre ich da einen Tadel gegenüber meinem neureichen Vater heraus?« fragte sie und strich sich dabei eine Haarlocke aus dem Gesicht.

»Du weißt, daß mich die Millionen deines alten Herrn nicht interessieren. Ich bin nur verrückt nach deinem Körper.«

»Und was ist mit der Blondine unter der Wäsche? Hat die keinen Körper? Vielleicht kann sie sich bloß nicht von deinen Slips losreißen.«

»Urteile nicht vorschnell. Schmutzige Schuhe können ganz schön antörnen. Vielleicht nicht mich, aber andere Leute. Komm rüber zu mir.«

»Willst du dich nicht für sie aufsparen?« Ich beantwortete

ihre Frage, indem ich aufstand und um den Tisch herumging. Die nächste halbe Stunde hat nichts mit meinen Nachforschungen im Fall Abe Wise zu tun. Ich hatte Annas Fragen zwar nicht beantwortet, aber zumindest hatte ich vergessen, daß sie sie gestellt hatte. Vielleicht ging es ihr genauso. Jedenfalls dauerte es eine ganze Weile, bis ich wieder an Abe Wise oder seine Leute dachte, die auf der anderen Straßenseite postiert waren.

Es war dunkel, als ich mich auf die Seite rollte, und die Kerzen waren heruntergebrannt.

»Viel Lärm macht die ja nicht da drin«, sagte Anna augenzwinkernd.

»Ich dachte, du schläfst.«

»Tue ich auch, aber irgendwie habe ich Mitleid mit der Frau, die sich mit deinen Slips zufriedengeben muß.«

»Ich hab' dir doch schon mal gesagt, daß es der da drin gefällt.«

»Bis ich weg bin. Dann springt sie raus und zieht hier mit dir 'ne Show ab.«

»Du beobachtest mich also durchs Fenster.«

»Nein, ich hab' nur deine Gedanken erraten. Warum läßt du die Arme nicht ein paar Minuten raus, während ich ein heißes Bad nehme? Ich geb' dir zehn Minuten Zeit. Ist das nicht großzügig von mir?« fragte Anna und schlang sich das Bettlaken um den Leib. Doch sie machte keine Anstalten, aufzustehen.

»Warum duschst du nicht einfach? Da hätten wir beide Platz.«

»Ich rede von Sauberkeit und Hygiene, und du denkst schon wieder an Sex. Kein Wunder, daß du die Blondine in den Schrank stecken mußt. Wenn die nicht bloß eine Ausgeburt deiner schrägen Phantasie wäre, müßte ich glatt die Bullen rufen. Und außerdem sollte man ein paar Frauenrechtlerinnen informieren. Vielleicht solltest du dich mal mit jemandem drüber unterhalten, der sich in solchen Sachen auskennt. Wenn Freud noch leben würde… « Anna verschob ihren Ausflug in die Badewanne noch ein paar Minuten, um mir einen Vortrag über meine Psyche zu halten und darüber, was der Welt der Psychiatrie entging, weil ich mich weigerte, mich als Forschungsobjekt zur Verfügung zu stellen Wieder einmal spielte ich mit dem Gedanken, das Arrangement mit Anna dauerhafter und offizieller zu gestalten, doch schließlich siegte erneut meine männliche Zurückhaltung, auf die Anna mich schon des öfteren hingewiesen hatte. Sie sagte, ich sei süchtig nach der Blondine im Wandschrank. Als Symbol meiner wilden Junggesellenjahre stand sie für viele dunkle Geheimnisse, die vor allem Anna in sie hineininterpretierte. Aber wieso sollte ich ihr die Illusionen über mich rauben? Ich kam zu dem Schluß, daß dies nicht der richtige Zeitpunkt dafür war anzudeuten, daß die Blondine aus dem Wandschrank kommen und die Stadt verlassen könnte. Abe Wise und seine Jungs waren für eine Menge Dinge verantwortlich. Schob ich einfach Wise vor, um weiter meinen ausgetretenen Pfaden folgen zu können, oder machte ich mir wirklich Sorgen darüber, was Wise mit Anna anstellen würde? Doch, ich machte mir Sorgen.

»Bevor du dich in die Badewanne legst, Anna – kratzt du mir noch schnell den Rücken?«

Anna drehte sich zu mir um und sah mich an. »Sie kann das wohl nicht, was?« sagte sie. »Hab' ich mir schon gedacht. Dreh dich um.«

9

Ich rief bei der Upper Canadian Bank an und sprach mit Bill MacLeod, der sich mit Hart Wises Autoproblemen beschäftigte. Indem ich vorgab, mehr zu wissen, als es tatsächlich der Fall war, brachte ich ihn dazu, mir ein paar Namen und Einzelheiten zu verraten, die ich noch nicht kannte. Viel mehr als Bruchstücke waren das nicht, aber schließlich besteht mein Job genau darin, diese Bruchstücke zu sammeln und sie zu einem Gesamtbild zusammenzufügen.

Dann wählte ich die Geheimnummer, die Wise mir gegeben hatte, zum Teil, um ihm zu beweisen, daß ich nicht Däumchen drehte, und zum anderen Teil, um ihm zu zeigen, daß ich allmählich sein Familienleben aufblätterte. Vielleicht überlegte er sich die Sache mit unserem frühmorgendlichen Treffen doch noch einmal anders. Möglicherweise erklärte er mir sogar, ich könne mich zum Teufel scheren. Hoffentlich. Allmählich hatte ich es satt, jedesmal, wenn ich den Blick von meiner Kaffeetasse hob, Mickey Armstrong in die Augen zu sehen.

»Wer zum Teufel hat Ihnen diese Nummer gegeben?« brüllte er mich an. Gut, dachte ich, jetzt gibt er mir einen Tritt in den Arsch und entläßt mich wieder in mein normales Leben.

»Sie, Mr. Wise. Gestern morgen. Hier spricht Benny. Benny Cooperman. Sie erinnern sich doch noch – gestern am frühen Morgen?«

»Ja. Ja! Was wollen Sie? Lassen Sie sich lieber was Wichtiges einfallen.«

»Was können Sie mir über Hart und seinen alten Triumph sagen?«

»Wollen Sie mir vielleicht erzählen, daß Hart hinter dem Mordanschlag steckt? Das kaufe ich Ihnen nicht ab!«

»Ich habe nichts Derartiges gesagt. Ich versuche nur, mich in einer Familie zurechtzufinden, von der ich kaum etwas gehört hatte, als ich gestern abend ins Bett bin. Haben Sie es sich etwa anders überlegt?«

»Nein, verdammt noch mal! Von der Aufklärung der Sache hängt zuviel ab. Sie wollen also etwas über Harts Wagen erfahren?«

»Ja, über den alten Triumph . . .«

»Den TR2. Ich kenne den Wagen. Ist ein '54er Modell. Ein tolles Ding. Erinnert mich an den Morgan, den ich mal wollte, mir aber nicht leisten konnte. Was wollen Sie drüber wissen?«

»Ich möchte wissen, warum der Wagen zu einem solchen Problem geworden ist. Die Leute von der Bank wollen mir nichts sagen. Die machen Paulette deswegen die Hölle heiß. Wie hat der Wagen zur Verschlechterung des Verhältnisses zwischen Ihnen und Ihrem Sohn beigetragen?«

»Hart hat sich Hals über Kopf in den Wagen verguckt und ihn sich gekauft, ohne vorher einen Blick auf seinen Kontostand zu werfen. Er hat einen ungedeckten Scheck ausgestellt. Der Händler ist zu seinem Anwalt, und der Anwalt hat seine Chance gesehen, mich in die ganze Sache hineinzuziehen, also hat er Klage gegen Hart erhoben. Ich habe Freunde hier in der Stadt, Mr. Cooperman. So habe ich davon erfahren. Wissen schützt. Natürlich war Hart fuchsteufelswild. Er wollte nicht, daß ich etwas von der Sache erfahre; er wollte das selber regeln. Das Ganze war ein dummer Fehler, aber der Anwalt will aus 'ner Mücke 'nen Elefanten machen und die Sache auf Bundesebene verhandeln. Er versucht, über den Jungen an mich ranzukommen, und Hart glaubt, daß ich mich wieder mal in sein Leben einmische. Als Vater mache ich einfach alles falsch. Ich hab' versucht, ihm das Geld zu geben, damit er sein Konto ausgleichen kann, aber das hat die Sache nur noch schlimmer gemacht. Er will einfach nicht zugeben, daß man ihn benutzt, um an mich heranzukommen.«

»Reden Sie und Hart denn miteinander?« Er dachte eine Weile nach, bevor er mir eine Antwort gab.

»Ich versuche, mit meinen beiden Kindern freundlich umzugehen.«

»Aber das ist leichter gesagt als getan.«

»Eines Tages, Mr. Cooperman, werden Sie auch Kinder haben.«

»Diese Kinder – nicht die meinen, sondern die Ihren – sind schon weit über Dreißig, Mr. Wise. Sie sind von zu Hause ausgezogen, haben sich, soweit ich das beurteilen kann, ihr eigenes Leben aufgebaut und lassen sogar mal den einen oder anderen Scheck platzen. Vielleicht wird's Zeit, daß Sie aufhören, sie wie Kinder zu behandeln?«

»Ich habe Sie als Privatdetektiv angeheuert, nicht als Briefkastentante, Cooperman! Wenn ich Ihren Rat einmal in Dingen brauchen sollte, die nicht mit dem Mordanschlag auf mich zu tun haben, schicke ich Ihnen Mickey, um es Ihnen mitzuteilen. Und in der Zwischenzeit würde ich Ihnen raten, sich auf Ihren verdammten Job zu konzentrieren!«

»Apropos Mickey: Ich würde mich gern mit ihm unterhalten, aber es fällt mir nicht gerade leicht, seine Zustimmung zu gewinnen.«

»Ich beginne mich zu fragen, ob man mir Ihre Fähigkeiten nicht zu vorteilhaft beschrieben hat, Mr. Cooperman, aber ich werde mit Mickey reden. Ich vertraue ihm wie kaum einem anderen. Er ist ein guter Mann und einfallsreicher als die meisten Leute, die ich kenne. Wär's das dann?«

»Sagen Sie mir noch eins: Wer erbt, wenn Sie sterben?«

»Alles, was nach der gerichtlichen Testamentsbestätigung noch übrig ist, geht zu gleichen Teilen an Hart und Julie. Wenn einer von beiden das Zeitliche segnet, erbt der andere alles. Dann wären da noch ein paar höhere Beträge für Institutionen, wohltätige Einrichtungen und Menschen, die mir nahestehen, aber der Löwenanteil geht an Hart und Julie. Wollen Sie sonst noch etwas wissen?«

»Im Moment fällt mir nichts ein. Ach, doch – Lily will nicht mit mir reden.«

»In Ordnung. Ich kümmere mich gleich darum. Versprechen kann ich allerdings nichts. Konnte ich bei Lily noch nie. Wenn

Sie sonst keine Fragen mehr haben, möchte ich das Gespräch jetzt beenden. Ich habe jede Menge zu tun. Unter anderem muß ich auf eine Beerdigung.«

»Etwa auf die des früheren stellvertretenden Polizeipräsidenten? Ich hätte nicht gedacht, daß Sie einander so nahestanden.«

»Taten wir auch nicht, mein Freund. Aber ein schlechter Ruf hat auch seine Vorteile: Wenn ich bei Neustadts Beisetzung auftauche, glauben alle, daß er ein noch größeres Schwein gewesen ist, als er es tatsächlich war.«

»Wahrscheinlich sind Sie mehr als einmal aneinandergeraten, oder?«

»Einmal hat genügt! Aber ich habe jetzt keine Zeit mehr, mit Ihnen zu plaudern, Cooperman. Auf Wiederhören!« Ich legte den Hörer schnell genug weg, um nicht mehr allzuviel von seinem geräuschvollen Auflegen mitzubekommen. Gott sei Dank hatte ich nicht jeden Tag mit Abe Wise zu tun. Wahrscheinlich hätte ich das nicht ausgehalten.

Als ich das neue Buch von McKenzie Stewart gekauft hatte, hätte ich mir mehr Zeit nehmen sollen, denn er war der einzige lebende Autor im näheren und weiteren Umkreis, den ich kannte, und als solcher würde er mir früher oder später über den Weg laufen. Eher früher, wenn ich sein Buch noch nicht gelesen hatte, wenn man nach dem Gesetz der Wahrscheinlichkeit geht. Ich täuschte mich nicht. Er kam gerade mit ein paar ausländischen Zeitungen unterm Arm und einem frischen Beutel Pfeifentabak, den er gerade gedankenverloren aufmachte, aus Christopher's Smoke Shop.

»Ach, Benny!« sagte er und legte mir seine große, dunkle Hand auf die Schulter. »Na, wie sieht's aus in der Welt des Verbrechens?«

»McStu!« sagte ich. »Ich hab' erst heute morgen dein neues Buch gekauft«, log ich. Wenn McStu nicht gerade Kriminalromane schrieb, unterrichtete er Englisch oder gab Kurse in Kreativem Schreiben an der Secord University am Escarpment. Außerdem reiste er viel und hielt Vorträge über schwarze Autoren.

»Gott sei Dank hat jemand das Ding gekauft!« rief er aus. »Warum nicht du. Ich hab' denen gesagt, daß *niemand* das Buch kaufen würde, Benny, *niemand.*«

»Aber die Geschichte hat sich doch hier abgespielt, oder?«

»Ja, natürlich werden wir hier in Grantham ein paar Bücher verkaufen, aber Grantham ist nicht die Welt. Mein amerikanischer Verleger hat sich nicht für das Buch interessiert, und von meinem englischen Verlag habe ich die Nachricht bekommen, daß sie diesen Titel nicht machen. Also kann ich mich nur auf die Umsätze in Kanada freuen. Was hältst du denn von dem Buch?«

»Ich... ich hab' gerade erst damit angefangen«, stotterte ich. »Aber der Anfang ist toll!« fügte ich so begeistert wie möglich hinzu.

»Ja, die ganzen Informationen über die Hinrichtung habe ich vom Henker höchstpersönlich. Der heißt McCarthy, ist ziemlich alt und wohnt in Grimsby. Und dann waren da noch drei Wächter, die mir auch das eine oder andere erzählt haben.«

»Glaubst du wirklich, daß sie unschuldig gewesen ist?«

»Mein Gott, Benny, alles, was ich zu dem Fall weiß, steht in dem Buch. Wenn du mich fragst, hat die Polizei weder der Staatsanwaltschaft noch der Verteidigung alle Beweise vorgelegt. Um Gerechtigkeit ist es in dem Fall nicht gegangen, daran besteht kein Zweifel. Dieser Neustadt, der erst diese Woche gestorben ist, hat seine Zeugen so lange Aussagen schreiben lassen, bis genau das drinstand, was er wollte. Und die Verteidigung hat die früheren Versionen nie zu Gesicht bekommen. Duncan bemüht sich immer noch darum, daß der Fall wiederaufgerollt wird, weißt du das?«

»Ja, Duncan Harvey, der Architekt. Wieso macht er das?« Heute war ich besonders mißtrauisch.

»Duncan ist wirklich eine ehrliche Haut, Benny, jemand, der sich um das Wohl seiner Mitbürger sorgt. Der gehört einer aussterbenden Rasse an. Er schreibt Leserbriefe und hält sogar Sitzungen im Stadtrat durch. Ein erstaunlicher Mann. Duncan wird seinen Lohn mal im Jenseits erhalten. Er versucht schon seit Jahren, im Fall Tatarski etwas zu bewegen.«

»Ich sehe nicht, was das für einen Sinn hat. Schließlich ist die Frau tot, oder?«

»Aber das nächste Mal, wenn sie glauben, sie hätten einen eindeutigen Fall, können sie sich dran erinnern, was mit Mary Tatarski passiert ist, Benny. Das Leben ist nun mal nicht einfach, und Fehler macht man schnell.«

»Hast du Zeit auf einen Kaffee, McStu?«

»Wohlan, Macduff!«

Kaum fünf Minuten später saßen wir einander im Diana Sweets gegenüber und hofften darauf, daß wir bald einen Kaffee bekommen würden.

»Wie kam's, daß du ein Buch ohne Dud Dickens geschrieben hast?« fragte ich.

»Dud ist mir irgendwie auf die Nerven gegangen. Ich wollte mal was anderes machen, bevor ich mich wieder ihm zuwende. Außerdem wollte ich mir ein Jahr von der Uni freinehmen. Und dann hat Dunc mir angeboten, daß ich einen Blick in seine Akten werfen könnte. Übrigens: Ich hab' schon fast wieder einen Krimi mit Dud Dickens für deinen Weihnachtsgabentisch fertig, Benny. Also mach dir mal keine Sorgen.«

»Ich würde mich ja gern vernünftig mit dir über das Tatarski-Buch unterhalten, McStu, aber ich hab's gerade erst gekauft.«

»Das nehmen wir auseinander, wenn du's gelesen hast, einverstanden?«

»Wie sind die Besprechungen?«

»Den Zeitungen in Toronto gefällt's. Ein örtlicher Kritiker hat sich darüber beklagt, daß ich ein paar Straßennamen verwechselt habe. *The Globe* hat 'nen Leserbrief veröffentlicht, in dem steht, ich wär' der letzte rührselige Weichling hier im südlichen Ontario. Der *Beacon* hat auch Leserbriefe abgedruckt.

Interessanterweise war einer davon von Ed Neustadt, dem Polizisten, der seinerzeit die Ermittlungen geleitet hat.«

»Ja, das ist tatsächlich interessant.«

»Apropos Polizisten: Hast du deine Sergeants in letzter Zeit gesehen? Mit denen würde ich mich gern mal über ein technisches Problem in meinem neuen Buch unterhalten.«

»Savas ist in Urlaub. Ich glaube, er ist ein paar Wochen nach Zypern gefahren. Aber Staziak ist da.«

»Gut! Dann rufe ich ihn mal an.« Mittlerweile war der Kaffee gekommen, und McStu erzählte mir vom aktuellen Hamilton-Harbour-Skandal und daß er ihn in seinem neuesten Roman verarbeite. Ich fragte:

»Ist Abe Wise in den Fall verwickelt?«

»Nenn mir doch bitte mal ein schmutziges Geschäft hier in unserem Land, in dem Abe Wise nicht seine Finger hat.«

»Und wie weit hat er sie diesmal drin?«

»Er hat eine ganze Menge Leute verärgert, Benny. Ich muß zugeben, daß das ziemlich ungewöhnlich für ihn ist. Tja, diesmal könnte es sein, daß er dran glauben muß. Hier geht's nicht bloß um Geld, sondern um den Ruf gewisser Leute. Und dafür tun die mehr als für ein paar Dollar.«

»Das werde ich mir merken. Wie schafft er es immer wieder, sich aus solchen Sachen rauszuwinden, McStu?«

»Wise hat ein ganz legales Geschäft, das parallel zu seinen kriminellen Machenschaften läuft. Damit hält er die Polizei auf Trab. Aus einem Grund, den ich mir nicht erklären kann, hat ihn die örtliche Polizei immer in Ruhe gelassen. Wahrscheinlich nimmt er denen eine Menge Eintrittskarten für den jährlichen Polizeiball ab. Ich kann dir das auch nicht so genau sagen.«

»Wie geht's Cath?« Catherine Bracken, die Frau, mit der McStu seit kurzem verheiratet war, las die Abendnachrichten unseres örtlichen Fernsehsenders. Vor ein paar Monaten war ich angeheuert worden, um sie zu bewachen. Das war der angenehmste Job gewesen, den ich jemals gehabt hatte.

»Wir erwarten ein Baby, Benny. Wahrscheinlich hat sie

nichts dagegen, wenn ich dir's erzähle. Du gehörst ja praktisch zur Familie.«

»Gratuliere! Wann ist denn der große Tag?«

»Cath möchte bis Mitte Juni arbeiten und sich dann freinehmen, um sich vorzubereiten.«

»Das ist ja wunderbar. Sag ihr schöne Grüße von mir.«

»Mach ich«, sagte er. Dann tranken wir schweigend unseren Kaffee und versuchten, ein Thema zu finden, das einer solchen Eröffnung würdig gewesen wäre. Da uns beiden nichts einfiel, saßen wir weiter schweigend da.

Ein paar Minuten später verabschiedete sich McStu mit der lahmen Ausrede, er habe noch einen Termin mit Studenten der Secord University, und ich ging die James Street zur Bibliothek hinunter, um mir die Leserbriefe anzusehen, die nach den ersten Besprechungen von McStus Buch über Mary Tatarski abgedruckt worden waren. Es fiel mir nicht schwer, den Brief von Deputy Chief of Police Edwin Neustadt, Niagara Regional Police (a. D.), zu finden.

Sehr geehrte Damen und Herren,
es wundert mich, daß Ihre Zeitung einer Besprechung des Buches *Eile zum Galgen* von McKenzie Stewart Platz eingeräumt hat. Ich hatte damals direkt mit den Ermittlungen zu diesem Fall zu tun und finde sämtliche Bemühungen, daraus etwas Exotisches oder Sensationelles zu machen, lächerlich. Das dient nur dazu, den morbiden Sensationshunger zu stillen. Es handelte sich nämlich um einen ausgesprochen gewöhnlichen Fall. An den beteiligten Personen war überhaupt nichts Bemerkenswertes. Trotzdem will der Autor uns glauben machen, daß die Frau ohne gründliche Ermittlungen und gerechtes Verfahren hingerichtet wurde. Dem muß ich ausdrücklich widersprechen. Mary Tatarski war eine dickköpfige, verkommene Person, die jeden umgebracht hätte, der sich ihrem Eigensinn entgegenstellte. Letztlich läßt sich zu ihren Gunsten nur sagen – und dazu

hatte die Verteidigung während der Gerichtsverhandlung ausreichend Gelegenheit –, daß Anastasia Tatarski eine altmodische Frau war, die nicht mit ansehen wollte, daß ihre Tochter sich bis tief in die Nacht draußen auf der Straße herumtrieb und ihr kleines Kind ihrer Obhut überließ. Wenn es sich dabei um Ignoranz und Rückständigkeit handelt, bin ich der Meinung, daß wir heute, mehr als vierzig Jahre nach dem gewaltsamen Tod dieser armen Frau, noch mehr davon gebrauchen könnten. Mary Tatarski wurde seinerzeit wegen des Mordes an ihrer Mutter verurteilt, aber wir dürfen nicht vergessen, daß auch Joseph Tatarski, der gerade von der Rückeroberung Europas zurückgekehrt war, unter demselben Dach ermordet wurde. Es ist wirklich unglaublich, daß sentimentale Feiglinge nichts Besseres zu tun haben, als aus solch verdrehten Geschichten Märtyrerlegenden zu stricken . . .

Als ich die Bibliothek verließ, regte sich der Wunsch in mir, mehr über diesen Moralapostel zu erfahren. Wahrscheinlich reifte in diesem Augenblick in mir der Entschluß, mir am Nachmittag ein paar Stunden Zeit zu nehmen und der Beisetzung von Neustadt beizuwohnen. Wenn Wise sich nicht über mich lustig gemacht hatte, wäre er dort. Und mir böte sich eine gute Gelegenheit zu beobachten, wie intensiv Abe Wises Gefühle gegenüber dem Toten waren. So würde ich etwas Neues über Wise erfahren, und neue Erkenntnisse konnte ich bei Gott gebrauchen.

10

Ich war noch nicht lange wieder im Büro, als das Telefon klingelte. Es war Lily, Abe Wises zweite Frau, auch wenn ich das nicht sofort realisierte.

»Sie arbeiten für meinen Mann?«

»Wer spricht denn da? Wissen Sie, ich arbeite für eine ganze Menge Männer. Nennen Sie mir einen Namen, oder soll ich Ihnen alle Fälle, die ich gegenwärtig bearbeite, aufzählen?«

»Ein Witzbold! Für die hat Abe immer schon ein gutes Händchen gehabt! Hören Sie, Herr Witzbold, mein Name ist Lilian Wise. Sagt Ihnen das was?«

»Aber sicher, Mrs. Wise. Was kann ich für Sie tun?«

»Der Kerl macht immer noch Witze! Aber Sie sind mir sicher nicht böse, wenn ich später drüber lache. Soweit ich weiß, wollen *Sie* etwas von *mir.*«

»Stimmt, Mrs. Wise. Wann kann ich mich mit Ihnen treffen?«

»Sie bekommen Ihre Spesen ersetzt, also lasse ich mich von Ihnen zum Mittagessen einladen.«

»Wunderbar. Wo soll ich Sie treffen?«

»Es gibt da ein nettes kleines Lokal in der Wellington, gleich nördlich der Church Street. Leider habe ich den Namen vergessen.«

»Ich kenne das Lokal. Um wieviel Uhr?« Sie sagte, ich solle für halb eins einen Tisch reservieren. Es dauerte eine Weile, bis mir der Name des Lokals einfiel. Dann suchte ich die Nummer aus dem Telefonbuch und rief an. Danach blieben mir immer noch eineinhalb Stunden bis zu unserem Treffen. Um die Zeit totzuschlagen, rief ich den Autohändler an, auf dessen Namen Hart Wise den ungedeckten Scheck ausgestellt hatte.

»Ja?«

»Spreche ich mit Gordon Sawchuck?«

»Shaw. Meine Geschäfte mache ich unter dem Namen Shaw. Wer sind Sie überhaupt?« Ich sagte es ihm, und er erklärte sich bereit, sich nach dem Mittagessen mit mir zu unterhalten. Allmählich wurde mein Terminkalender ziemlich voll. Eigentlich hätte ich mir wegen hervorragender Leistungen einen Orden von Wise verdient, aber ich wäre schon damit zufrieden gewesen, wenn er mich in Ruhe gelassen hätte.

Um die Zeit vor dem Mittagessen auszufüllen, ging ich noch mal ins Diana Sweets zurück, wo ich eine Liste der mir bekannten Drohungen gegen meinen Klienten aufstellte. Ich kaute gute zehn Minuten an meinem Bleistift. Frustriert wandte ich mich schließlich dem Kreuzworträtsel in der Vortagesausgabe des *Beacon* zu, und schon verging die Zeit wie im Fluge.

Ursprünglich hatte ich vorgehabt, noch im Buchladen vorbeizuschauen, um ein paar Romane über ferne Länder herauszusuchen, doch Mickey machte mir einen Strich durch die Rechnung.

»Na schön, Mr. Cooperman. Was wollen Sie wissen?« fragte er mich aus einem Hauseingang gleich neben dem Diana Sweets heraus. Als ich an ihm vorbeigehen wollte, packte er mich am Arm und hielt mich fest, als könnte ich ihm davonlaufen.

»Ach, Sie sind's, Mickey. Sie haben mich ganz schön erschreckt.«

»Sie hatten recht bei unserem letzten Gespräch. Ich möchte mich tatsächlich mit Ihnen unterhalten.« Mit diesen Worten zog er mich in die Helliwell Lane und schob mich zwischen den Backsteinbauten zu einem Platz, an dem sich ein paar schicke Cafés und Restaurants befanden. Dort dirigierte er mich zu seinem Wagen, der widerrechtlich an der Kreuzung Brogan Street abgestellt war. »Hier haben wir unsere Ruhe«, sagte er, machte die Tür auf und drückte mich auf den Beifahrersitz. Dann ging er um sein Auto herum und stieg ebenfalls ein.

»Ist das hier ein neues Gespräch oder bloß eine Fortsetzung unserer letzten Unterhaltung, Mickey?«

»Hören Sie auf mit dem Scheiß, Cooperman. Allzuviel Geduld habe ich nicht mit Ihnen. Überlassen Sie die Witze den Talk-Shows im Fernsehen.«

»Sie sind nicht der erste, der mir heute morgen diesen Rat gibt.«

Er zündete sich mit einem Feuerzeug eine Zigarette an und blies mir den Rauch ins Gesicht, um mich zu ärgern, aber tatsächlich war das das Beste, was mir an diesem Vormittag passiert war.

»Okay«, sagte ich und steckte ein Bonbon in den Mund, »wie geht's jetzt weiter?«

»Sie sind doch das Großmaul, also stellen Sie Ihre Fragen.«

Offenbar hatte Wise sich mit Mickey unterhalten, der seine Verärgerung darüber jetzt an mir ausließ. Das war ganz natürlich. Ich überlegte mir ein paar Fragen, die mit meinen Nachforschungen zu tun hatten. Das fiel mir schwerer, als ich gedacht hatte.

»Mickey, wie haben Sie Mr. Wise kennengelernt?«

»Ich habe Mr. Wise über ein paar Leute kennengelernt, mit denen er in den Staaten Geschäfte gemacht hat. Ich hab' damals in Buffalo gewohnt, aber ich habe Verwandte auf beiden Seiten des Flusses. Einen Teil meiner Schulausbildung habe ich in so 'ner blödsinnigen Militärschule am Chippawa Creek gemacht. Die haben uns eins übergebraten, wenn die Münze auf unserem frischgemachten Bett nicht hochgesprungen ist. Ein paar von den Jungs haben damals zusammen mit mir begonnen, für 'nen Typ alle möglichen Sachen mit 'nem Boot über den Niagara River zu transportieren.«

»Oberhalb der Falls?« fragte ich. Er nickte. »Dazu braucht man Mumm«, sagte ich. »Lije Swift hat 'ne Mondscheinkneipe unten in St. David's. Während der Prohibition hatte der 'n schnelles Boot auf dem Fluß.«

»Herzlichen Dank für die Lektion in örtlicher Geschichte. Wirklich interessant. Haben Sie nun Fragen an mich oder nicht?«

»Das heißt also, daß Sie jetzt schon fünf oder zehn Jahre für ihn arbeiten, oder?«

»Er hat mich dem Kerl, von dem ich vorher erzählt habe, vor acht Jahren abgekauft. Am Anfang hab' ich bloß ausgeholfen, wenn Not am Mann war. Damals gab's 'nen anderen, der das gemacht hat, was ich heute tue.«

»Und was ist aus dem geworden?«

»Das geht Sie nichts an.«

»Als der weg war, sind Sie also nachgerückt?« Wieder nickte er. »Mickey, jemand will Ihren Boß umbringen. Meine Aufgabe ist es herauszufinden, wer. Er hat's schon ein paarmal probiert, aber nicht geschafft. Ihr Boß ist ziemlich vorsichtig. Er schaut unter sein Bett, bevor er sich zum Schlafen hinlegt, und wahrscheinlich machen Sie für ihn die Post auf.«

»Aha«, sagte er und strich sich mit dem Finger übers Kinn, »darum geht's also. Warum können meine Jungs und ich das nicht regeln? Warum brauchen wir dafür 'nen Schnüffler von außen?«

»Fragen Sie das mal lieber Wise. Ich hab' ihm die Frage auch schon gestellt und bin nicht weitergekommen. Vermutlich möchte er, daß jemand sein Leben unvoreingenommen betrachtet – seine Geschäfte, sein Privatleben, die Vergangenheit, Gegenwart und Zukunft. Eine saubere Sache wird das nur, wenn man dazu keinen alten Besen nimmt.« Ich bereute den »alten Besen«, sobald ich die beiden Worte ausgesprochen hatte. Mickey zuckte zusammen, ließ seine Hände aber, wo sie waren.

»Deshalb fragen Sie mich also nach Cook, das war der Mann, der vor mir meine Arbeit erledigt hat. Der hatte 'nen Unfall im Ausland.«

»In Panama?«

»Hey, nicht schlecht. Diese Wahnsinnigen. Aber ich sage immer noch, daß ich das mit meinem Insiderwissen besser gekonnt hätte.«

»Die Regeln stelle nicht ich auf, Mickey, sondern Wise. Ich

versuche nur, am Leben zu bleiben. Schließlich war das alles nicht meine Idee, das wissen Sie doch, oder?«

»Also hat jemand Wise im Visier.« Er drückte das Grübchen an seinem Kinn mit Zeigefinger und Daumen zusammen.

»Überrascht Sie das?« fragte ich. »Wise macht sich mit seinem Geschäft eine Menge Feinde. Wahrscheinlich steht er bei vielen Leuten auf der Abschußliste.« Ich probierte da einen Gedanken an ihm aus, um zu sehen, wie er reagierte.

Mickey Armstrong dachte eine Weile nach. Dabei massierte er die Rückseite seines rechten Ohrs. »Klar, die Bullen sind hinter ihm her. Die Leute von der Bundespolizei und die von hier. Die Amerikaner würden ihn auch gern erwischen. Aber ich kann mir nicht vorstellen, daß sie ihn ermorden wollen. Er ist kein Engel, aber auch kein Monster. Er lebt direkt vor ihrer Nase, er ist schlau, aber er verarscht sie nicht, das wissen die. Die wissen, daß er sich an die Regeln hält. Und seine Aktionen laufen alle hinter der Fassade von völlig legalen Geschäften, zum Beispiel von seiner Import-Export-Firma.«

»Und was ist mit seinen Geschäftspartnern und seinen Konkurrenten?«

»Er ist beliebt, weil er sie nicht über den Tisch zieht. Die harten Brocken überläßt er seinen wichtigsten Leuten. Die halten dann den Kopf für ihn hin, wenn's brenzlig wird. Das sind harte Kerle, und die kriegen ihr Geld dafür, daß sie Probleme unkompliziert lösen. Wise hält sein Wort immer, darauf ist er stolz. Wise ist so, wie er sich gibt, der verstellt sich nicht.«

»Ich dachte, es gibt Leute, die ihn hassen?«

»Mr. Wise ist ein knallharter Geschäftsmann. Man muß wissen, was man tut, wenn man mit ihm Geschäfte macht. Aber, wie gesagt, er hält sein Wort.«

»Und was ist mit Hamilton Harbour? Sind die Leute dort wütend auf ihn?«

»Scheiß drauf! Die wollen sich bloß absichern, das ist alles. Wise macht's keinen Spaß, andere Leute in Verlegenheit zu bringen. Er hat keine Lust auf Erpresserspielchen. Die Typen in

Hamilton hat er schon zur Vernunft gebracht. Es läuft alles wieder normal.«

»Tja, bleibt nur noch seine Familie. Soweit ich weiß, geht's da nicht gerade liebevoll zu. Ich habe mich mit seiner ersten Frau unterhalten.«

»Mit Paulette? Manchmal denke ich mir, sie ist die Beste von allen. Klar, sie unterstützt ihn nur, wenn sich jemand mit ihm anlegen will. Aber sie ist einfach 'ne Mutterglucke, und zwar 'ne ziemlich aggressive. Das haben Sie ja wahrscheinlich schon im Gespräch mit ihr gemerkt.«

»Ja, sie versucht ihren gemeinsamen Sohn Hart zu schützen. Soweit ich das beurteilen kann, wär's ihr lieber, wenn ihm nicht so viele Leute ans Leder wollten.«

»Der wird nie völlig abstürzen, solange seine Eltern am Leben sind. Der Kerl hat einfach Massel. Hart ist das größte Schwein, das ich kenne, aber jedesmal, wenn er in der Scheiße sitzt, holt Wise ihn wieder raus. Also macht Hart einfach so weiter. Die Scheißhaufen werden immer größer.«

»Mit dem Geld, das er kriegt, wenn Wise stirbt, könnte er sich eine ganze Flotte Sportwagen kaufen.«

»Obendrein könnte er sich noch 'nen netten Anteil an den englischen und italienischen Fabriken kaufen, wo die hergestellt werden. Und?«

»Könnte Hart der Mann sein, den wir suchen? Schließlich braucht er Geld.«

Mickey drückte seine Zigarette aus und warf sie aus dem Fenster. »Ich weiß bloß, daß ich dem nicht über den Weg trauen würde.«

»Danke. Und das Mädchen?«

»Julie ist ziemlich locker; nur aneinandergeraten darf man nicht mit ihr. Das weiß Wise auch. Sie kann mit Waffen umgehen. Haben Sie das gewußt? Die schießt wie ein Weltmeister.«

»Bis jetzt hat's nur einen Schuß gegeben, und der ging daneben. Wenn Sie so gut zielt, spricht das eigentlich nicht für sie.«

»Vielleicht wollte sie ihn nur warnen oder ihn erschrecken?«

»Vielleicht. Aber derjenige, der den Schuß abgegeben hat, wußte, was er tat. Die Kugel ist in dem Zimmer, in dem wir uns das erste Mal unterhalten haben, im Holzschrank.« Mickey stieß einen Pfiff aus und verzog das Gesicht. Was bedeutete, daß er versuchte, diese Information zu verarbeiten.

»Cooperman, irgendwie blick' ich bei Ihnen nicht durch. Sie haben gesagt, Sie wollen mir ein paar Fragen stellen, und jetzt reden Sie mehr als ich. Warum erzählen Sie mir das alles? Woher wollen Sie wissen, daß ich nicht der bin, den Sie suchen? Vielleicht habe ich ja auch meine Gründe, Wise um die Ecke zu bringen.«

»Daran habe ich auch schon gedacht, Mickey. Es wäre nicht das erste Mal, daß ein großer Gangster von seinem potentiellen Nachfolger aus dem Weg geräumt wird. Aber das Risiko muß ich einfach eingehen. Irgendwo muß ich ja anfangen. Bei Ihnen und Paulette habe ich ein gutes Gefühl. Aber das ist mein Instinkt, nicht mein Verstand. Wenn mein Kopf besser funktionieren würde als dieses Kribbeln in den Kniekehlen, hätte ich mir wahrscheinlich einen sichereren Job gesucht. Warum tun Sie mir nicht einen Gefallen und rauchen noch 'ne Zigarette?« Mickey griff grinsend in seine Tasche, zündete sich die Zigarette an und blies mir eine Rauchwolke ins Gesicht.

»Sagen Sie mir nur noch, wem Wise außer Dave Rogers vertraut.«

»Nun, mir. Aber ich bekomme immer nur die Kurzfassung der Dinge zu hören. Ein einziges Mal hat er sich wirklich intensiv mit mir unterhalten, das war damals, als er gemerkt hat, daß jemand vor der Tür stand, mit dem er nicht unvorbereitet reden wollte. Wissen Sie, manchmal erzählt er Geschichten. Hin und wieder habe ich das Gefühl, daß er sich eine Menge von dem, was er sagt, ausdenkt. Stellen Sie sich das mal vor! Abe Wise!«

»Geben Sie mir mal ein Beispiel.«

»Ach, zum Beispiel damals, als er mir erzählt hat, daß er einmal ungestraft einen Mord begangen hat. Nichts Geschäftliches, sondern eine direkte Konfrontation. Normalerweise brüstet er sich damit, daß er noch nie einer Fliege was zuleide getan hat. Nur deswegen hat er so lange überlebt. Aber einmal, hat er gesagt, hat er jemanden umgebracht und ist ungestraft davongekommen. Ein andermal hat er mir erzählt, er hätte ein Sportwagenrennen gewonnen, als er zwanzig war. Aber als er zwanzig war, konnte er sich die Mitgliedschaft in den Klubs, die solche Rennen durchführten, überhaupt nicht leisten. Das weiß ich, weil er mir ein andermal erzählt hat, wie dreckig es ihm am Anfang gegangen ist. Da hat er noch die guten Wohnviertel nach Schmuck und Bargeld abgegrast. Ich hab' mir ein paar von den Vierteln angeschaut. Wenn er die damals für gut gehalten hat, dann hat er ziemlich weit unten angefangen. Heute sieht er nicht mehr wie ein Einbrecher aus, stimmt's?«

»Ich habe den Eindruck, daß Sie den Mann leiden können, Mickey.«

»Er behandelt mich gut, ich kann mich nicht beklagen. Victoria und mir gegenüber hat er sich immer vorbildlich verhalten. Er hat nie Schwierigkeiten gemacht, als sie nach unserer Heirat im Haus eingezogen ist. Ich glaube, er kann uns beide ganz gut leiden.«

»Das könnte man von dem Polizisten, der diese Woche gestorben ist, nicht gerade behaupten.«

»Neustadt? Diesen korrupten Bullen hat er gehaßt wie die Pest. Wenn Wise sich jemals zu einem Mord hätte hinreißen lassen, dann an diesem Schwein!«

»Warum?«

»Da war irgendwas zwischen den beiden. Er hat mir das nie erzählt. Fragen sie ihn das lieber selber.«

»Ich werd's versuchen. Noch eins: Was ist hinter Wises Büro? Das habe ich in der Dunkelheit nicht sehen können.«

»Bloß die Garage. Die ist ziemlich groß. Passen sechs Autos rein.«

»Danke, Mickey. Sie haben mir sehr geholfen.« Ich zuckte mit den Achseln. »Aber es ist noch zu früh, um etwas zu sagen. Wenn Sie dazu beitragen wollen, daß Abe Wise am Leben bleibt, sollten Sie die Sicherheitsmaßnahmen im Haus verstärken. Versuchen Sie, ihn dazu zu bringen, daß er seine Gewohnheiten verändert, verschieben Sie seine Termine im letzten Augenblick.«

»Ich beherrsche meinen Job, Mr. Cooperman!«

Ich sog gierig die letzte Rauchwolke ein, bevor ich die Wagentür aufmachte. Zum Abschied nickten wir einander höflich zu, als seien wir uns soeben auf der Straße begegnet, ohne den Namen des anderen zu kennen.

11

Das Restaurant Wellington Court befand sich gleich um die Ecke von Paulettes Haus. Wises zweite Frau war noch nicht da, als ich fragte, welcher Tisch in diesem umgebauten Wohnhaus, kaum einen Block vom Geschäftszentrum der Stadt entfernt, für uns reserviert war. Rechts von mir entdeckte ich, nachdem ich mich mit Blick auf den Eingang gesetzt hatte, einige bunte Aquarelle von Türen und Fenstern in sonniger Mittelmeeratmosphäre. Die Bar, die nicht weit von der Tür entfernt war, wirkte auf den ersten Blick, als würde dort nichts Stärkeres als Shirley-Temple-Drinks ausgeschenkt, bei genauerem Hinsehen allerdings stellte ich fest, daß es alle gängigen Getränke sowie ein paar Biere, die hier in der Gegend gebraut wurden, gab.

Als Lily hereinkam, entdeckte sie mich sofort. Sie ging auf mich zu, wurde aber von einer Frau mit blauem Kleid und einer riesigen Menge Salat in einer Schüssel vor ihr abgelenkt. Die Frau stellte Lily ihrer Begleiterin vor. Sie lachten. Dann lachten sie noch einmal, und Lily setzte sich wieder in meine Richtung in Bewegung. Lily Wise war klein und sah aus, als könne sie behaupten, sie wiege noch soviel wie mit fünfundzwanzig. Mittlerweile war sie um die Fünfzig und wirkte ausgesprochen durchtrainiert. Ich stellte mir vor, wie sie mit einem schwarzen Gymnastikanzug Aerobicübungen machte, während eine Stimme aus dem Off das Tempo angab. Sie trug eine Brille mit dicken Gläsern und einem blaßblauen Rahmen sowie einen schicken Kurzhaarschnitt. In ihre schwarzen Haare mischte sich bereits die eine oder andere weiße Strähne. Sie sah aus, als arbeite sie in Ausschüssen und organisiere Menschen und Dinge.

»Mr. Cooperman?« fragte sie, als ich Anstalten machte, mich zu erheben. Als ich bereits stand, fügte sie hinzu: »Bleiben Sie ruhig sitzen«, und ich ließ mich wieder auf meinen Stuhl sinken. Sie streifte ihren Nerzmantel ab und legte ihn achtlos über die Rückenlehne ihres Stuhls, als sei er nichts wert. Heutzutage haben viele Frauen ein schlechtes Gewissen, wenn sie Pelze tragen; Lily Wise bildete da offenbar eine Ausnahme. Sie putzte eine Brille mit einem Papiertaschentuch, und eine Kellnerin brachte ihr ein rotes Getränk. »Die Leute hier kennen mich«, erklärte sie mir. »Deswegen kennen sie meine Leidenschaft für Campari. Was trinken Sie?«

»Ich bin gerade erst gekommen, Mrs. Wise.«

»Sagen Sie lieber Lily oder Lilian zu mir. So scharf bin ich nicht auf meinen angeheirateten Familiennamen.«

»Das gleiche hat Paulette auch gesagt.«

»Tja, das gehört zu den Dingen, über die wir uns einig sind.« Ich bot ihr ebenfalls an, mich beim Vornamen zu nennen, aber sie machte ein Gesicht, als habe sie auf eine Bittermandel gebissen, als ich ihr sagte, wie er lautete. »Wissen Sie, Paulette und ich sind uns über eine ganze Menge Dinge einig.« Ich beschloß, es auch mit ihrem Drink zu versuchen, der sich als bitter herausstellte, doch das war mir gerade recht. Dann bestellten wir etwas zu essen: Lily eine Quiche mit Salat und ich hübsch angerichtete Nudeln mit Gemüse. Solange Wise die Rechnung übernahm, konnte ich mir solche Vergnügungen leisten. Mein Gericht entpuppte sich als gut, besser als das von Lily. Jedenfalls leerte ich meinen Teller, während sie nur in ihrem Essen herumstocherte, als gehöre die Nahrungsaufnahme zu den Dingen, die sie mißbilligte. Beim Essen erzählte sie mir, daß sie als Lehrerin gearbeitet hatte, bevor sie Wise kennenlernte. Sie war in Toronto aufgewachsen und strahlte jene Selbstsicherheit aus, die Menschen aus dieser Stadt oft besitzen.

»Nun, Mr. Cooperman, es wird allmählich Zeit, mit dem Small talk aufzuhören und übers Geschäft zu reden. Was wollen Sie wissen?«

»Wieviel hat Paulette Ihnen schon gesagt?«

»Jemand will Abe umbringen, und Sie versuchen, das zu verhindern.«

»Gut. Haben Sie eine Vermutung, wer als Mörder in Frage kommt?«

»Es gab Jahre, in denen ich selbst Gründe genug gehabt hätte, aber im Laufe der Zeit bin ich gelassener geworden. Ich habe keine Ahnung, mit welcher Frau er zur Zeit ins Bett steigt. Vielleicht würde es sich lohnen, mit ihr zu reden. Vertrautheit fördert Mordgelüste, finde ich.«

»Soweit ich weiß, ist er im Augenblick mit niemandem zusammen. Es gibt zwar eine Frau im Haus, aber die ist mit Mikkey Armstrong verheiratet.«

»Ja, Victoria. Ich habe schon viel über Victoria gehört. Und soweit ich weiß, ist sie nicht gerade der nachgiebige Typ. Das gleiche gilt für Mickey. Nein, ich glaube, die Möglichkeit, daß sie mit Abe ins Bett geht, kann man ausschließen. Vielleicht hat sie einen Grund, warum sie ihn umbringen möchte, aber sexueller Natur ist der höchstwahrscheinlich nicht. Leben nur die drei im Haus?«

»Ich weiß es nicht so genau. Da wären auch noch so ein paar Gangstertypen, die hin und wieder mal die Muskeln spielen lassen.«

»Die wohnen im Haus nebenan. Abe gehören zwei Häuser am Dorset Crescent.«

»Das wußte ich noch nicht, danke. Kommt Ihre Tochter mit ihm zurecht, Lily?«

»Diese Frage muß man Julie immer mal wieder stellen, Mr. Cooperman. Manchmal hält sie ihn nämlich für ihren allerliebsten Daddy, und dann wieder würde sie ihm am liebsten die Gurgel durchschneiden.«

»Mit 'nem Messer hat's der Mörder bis jetzt noch nicht versucht. Das spricht für Julie, obwohl ich gehört habe, daß sie ziemlich gut mit Schußwaffen umgehen kann. Wie verdient sich Julie ihren Lebensunterhalt, Lily?«

»Sie arbeitet nicht«, sagte sie und ließ ihre Verärgerung über mich oder die Frage an einem Salatblatt aus. »Julie hat sich vor kurzem scheiden lassen. Ihr neuer Freund ist in der Modebranche tätig. Haben Sie schon mal was von *Mode Magazine* gehört?«

»Nein, aber das hat nichts zu sagen. Ich frage mal meinen Vater. Der hat über dreißig Jahre lang in der Modebranche gearbeitet – Damenkleider von der Stange.«

»Wie schön für Sie! Aber wir sprechen über unterschiedliche Dinge, Mr. Cooperman. Monsieur Didier Santerre hat noch keinen Nachmittag in der Spadina Avenue in Toronto verbracht, wo sich Ihr Vater, wie ich annehme, die ersten Sporen verdient hat. Ich will Ihnen nicht zu nahe treten, Mr. Cooperman, aber es liegen Welten zwischen der Spadina Avenue und den Champs-Élysées.«

»Ich beginne zu verstehen«, sagte ich. »Aber warum sagen Sie nicht Benny zu mir. Dann würde ich mich wohler fühlen.«

»Mein verstorbener Bruder hieß Benny, Mr. Cooperman. Ich spreche den Namen nur ungern aus.«

»Dann versuchen Sie's mit Ben oder Benjamin, was Ihnen lieber ist. Ich komme mir komisch vor, wenn ich Sie Lily nenne und Sie immer noch ›Mister‹ zu mir sagen.«

»Also, ich kenne Leute, die nennen ihre Putzfrau Mrs. Tarnapol, und sie sagt Harry und Bernice zu ihnen. Wir leben schon in einer merkwürdigen Zeit, Mr. C.«

»Ist schon ein bißchen besser. Wir haben gerade über Haute Couture gesprochen.«

»Sie wissen wahrscheinlich, daß Julies beste Freundin Morna McGuire ist? Von ihr haben Sie doch schon gehört, oder?«

»Der Name sagt mir nichts.«

»Sie sollten sich was schämen. Morna McGuire ist das bekannteste und bestbezahlte Model der Welt. Sie ist wirklich eine Berühmtheit. Außerdem kommt sie aus Grantham.«

»Schön für sie und Pech für uns. Und was hat das mit Julies Beziehung zu ihrem alten Herrn zu tun?«

»Julie würde Abe nie ihren Freundinnen vorstellen! Sie schämt sich für ihren Vater, Mr. C. Sie verwendet auch nicht den Namen Wise… «

»Aber soweit ich weiß, gibt sie sein Geld aus.«

»Kein Grund, aggressiv zu werden! Sie hat ein Recht darauf, Abes Geld auszugeben. Schließlich ist sie seine einzige Tochter.«

»Das ist wohl wahr. Ist sie auch manchmal hier in der Stadt, oder treibt sie sich ständig auf den Champs-Élysées herum?«

»Sie hat eine Wohnung auf der Île St. Louis, aber ihr Haus in Grantham hat sie nicht aufgegeben. Auch Morna und Didier verbringen einen Teil ihrer Zeit hier. Mornas Familie lebt hier, und Morna selbst ist immer noch ein ziemlich einfaches, unverdorbenes Mädchen.«

»Also wahrscheinlich kein Mensch, der es darauf abgesehen hat, Abe Wises Leben zu verkürzen. Was hat dieser Santerre mit dem Magazin und dem Model zu tun?«

»Sie leben wirklich hinterm Mond, Mr. C. Sie sind ein Phänomen.«

»Ja, das sagen mir viele Leute. So ein Magazin ist ziemlich teuer in der Herstellung. Schreibt der Verlag schwarze Zahlen?«

»Die Firmen reißen sich darum, ihre Anzeigen in der Zeitschrift unterzubringen. Didier hat sie gegründet und gibt sie immer noch heraus. Er ist ein wichtiger Mann. Und Morna ist seit dem zarten Alter von vierzehn sein Schützling.«

»Klingt gut. Also haben beide kein Interesse an Abe Wises Kohle?«

»Wohl kaum, Mr. C.«

»Und was finden Santerre und Morna McGuire so toll an Julie? Ist sie Designerin oder was?«

»Julie besitzt die Fähigkeit, die Aufmerksamkeit der Leute auf sich zu ziehen. Die Menschen sehen ihr nach. Die Klatschkolumnisten verfolgen jeden ihrer Schritte. Sie berichten über das, was sie tut, und natürlich über das, was sie trägt.«

»Ich beginne zu begreifen, Lily. Glauben Sie, Hart würde seinen Vater umbringen?« fragte ich unvermittelt.

»Vielleicht würde er das gern«, sagte sie, ohne daß sich ihr

Gesichtsausdruck veränderte, »aber offen gestanden, bezweifle ich, daß er den Mumm dazu hätte.«

»Fällt Ihnen irgend jemand ein, der ein Interesse daran hätte, daß Abe Wise stirbt?« Sie dachte einen Augenblick lang nach, während ich die letzte Gabel Linguine oder Fettucine oder wie das Zeug auch immer heißen mochte, das da noch auf meinem Teller lag, aß.

»Er führt ein merkwürdiges Leben. Es ist gar nicht so leicht, nach jemandem zu suchen, der ihm an den Kragen will. Abgesehen von den Leuten im Verbrechermilieu und denen, die ihm im übertragenen Sinn gern den Hals nach hinten drehen würden, fällt mir niemand ein.«

»Danke für die Hilfe, Lily.«

»Ich hoffe nur, daß die Sache durch mich nicht noch unklarer geworden ist.«

»Ach, noch eins: Was wissen Sie über einen Polizisten namens Neustadt?«

»Der ist doch gerade erst gestorben, oder? War ein merkwürdiger Unfall. Wie wenn man eine Treppe hinauffällt. Abe hat früher öfter über ihn gesprochen. Er hat ihn für korrupt gehalten. Das habe ich von anderen auch schon gehört. Ich weiß, daß Abe ihn nicht sonderlich gut leiden konnte, aber mehr auch nicht. Abe hat viel über Ed Neustadt nachgedacht. Wahrscheinlich ging's Neustadt umgekehrt genauso. Das ist oft so. Ich glaube, er hatte eine merkwürdige Einstellung Frauen gegenüber.«

»Was meinen Sie mit ›merkwürdig‹?«

»Ich habe ihn bei verschiedenen offiziellen Anlässen getroffen. Eine Frau spürt so was.«

»Wenn Neustadt nicht schon tot wäre, würde ich sagen, ich habe den Mann gefunden, der versucht, Ihren Exmann umzubringen.«

»Vielleicht haben Sie ihn tatsächlich gefunden, Mr. C. Haben Sie daran schon mal gedacht? Wann ist er gestorben? Wenn Abe herausgefunden hätte, daß Neustadt hinter ihm her ist, hätte er ihm ziemlich schnell jemanden auf den Hals gehetzt. Vielleicht sind Sie nicht der einzige, der an diesem Fall arbeitet. Vielleicht hat sich Abe Wise schon um die Angelegenheit gekümmert.«

»Und warum sollte er mich dann noch anheuern?«

»Natürlich als Tarnung. Lesen Sie denn keine Kriminalromane?«

12

Brighton Motors befand sich an der Stelle der östlichen Niagara Street, an der früher das alte Bezirksgefängnis gestanden hatte. Ich erinnerte mich noch an das abweisende graue Gebäude, an dem sich das tote Efeu festkrallte. Jetzt wurden dort Gebrauchtwagen, besonders britische und andere ausländische Fabrikate, verkauft. In dem Ausstellungsraum im vorderen Teil war ein alter roter MG zu sehen, dazu kam eine Werkstatt mit einem staubigschwarzen Jaguar auf einer Hebevorrichtung. Auf der anderen Seite befand sich ein ganzes Arsenal wenig vertrauenerweckender Gefährte aus Metall und Gummi, deren Preis mit großen Zahlen auf der Windschutzscheibe notiert war. Auf meinem Weg zum Büro kam ich an drei untätigen Verkäufern vorbei. Sie starrten zum Fenster des Ausstellungsraums hinaus und beobachteten den Wind dabei, wie er Papierabfälle in die schattigen Schneewehen hinter den Häusern blies.

Shaw saß an einem Schreibtisch, der noch unordentlicher war als meiner, wenn ich mitten in einem Fall steckte. Er war ein untersetzter Mann mit Stiernacken und kurzgeschnittenen roten Haaren, die schon bald zugunsten einer besseren Aussicht auf seinem Kopf weichen würden. Das Hemd trug er schon den zweiten Tag, und der Knoten seiner orange-schwarz gestreiften Krawatte war so weit vom offenen Hemdkragen entfernt wie nur irgend möglich. Ich war froh, daß der mit Papieren übersäte Schreibtisch zwischen uns stand.

»Sie sind also Cooperman. Ich habe schon viel von Ihnen gehört.«

»Hoffentlich nichts Schlechtes?«

»Sie haben die hiesigen Juristenkreise ganz schön durcheinandergewirbelt. Daß Sie Julian Newby einfach so ins Gefängnis brachten! Seit dem Giftmüllskandal damals haben wir hier keine solche Sensation mehr gehabt. Teufel!«

»Man tut, was man kann. Was ist Sache zwischen Ihnen und Abe Wises Sohn Hart?«

»Ach! Der alte Knabe hat also Sie vorgeschickt? Ich hab' mich schon gefragt, wann und wie er hier auftauchen würde.« Shaw drehte sich mit seinem Stuhl herum, so daß er mich besser mustern konnte. Davor hatte er seine Aufmerksamkeit hauptsächlich den Jalousien gewidmet.

»Diese Vermutung drängt sich für Sie natürlich auf, Mr. Shaw, aber sie stimmt nicht. Ich habe meine eigenen Gründe, warum ich über die Sache Bescheid wissen möchte. Außerdem hat Hart auch noch eine Mutter.«

»Was versuchen Sie mir da einzureden, Cooperman? Sie arbeiten für den alten Knaben. Machen wir uns doch nichts vor. Setzen Sie sich. Dann können wir uns darüber unterhalten, wie wir beide ein bißchen Geld machen können.« Ich setzte mich auf den durchgesessenen Sessel, aus dem unter den Armlehnen bereits die Füllung hervorquoll, und wartete. Vielleicht würde Shaw den ersten Schritt tun. Statt dessen begann er, seine Sammlung von Kugelschreibern in einer glänzenden schwarzen Verteilerkappe neu zu arrangieren.

»Der Junge kommt hier rein und stellt mir 'nen faulen Scheck aus, Cooperman«, sagte er, nachdem er eine Weile nachgedacht hatte. »Daraufhin werde ich wütend. Ein anderer könnte sich so was nicht erlauben. Aber für ihn ist das nicht schlimmer, wie wenn er sich eben mal im Bett umdreht. Der versucht, nach völlig anderen Regeln als Sie und ich zu leben. Wie würden Sie auf so was reagieren?«

»Es ist ziemlich schwer, die Absicht zum Betrug nachzuweisen, Mr. Shaw. Ist Ihnen noch nie versehentlich ein Scheck geplatzt?«

»Versehentlich? Was reden Sie da?«

»Das wissen wir beide, Shaw. Die Frage ist nur, was Sie in der Angelegenheit unternehmen wollen.«

»Ich habe schon etwas unternommen. Ich habe sofort Whitey York angerufen. Whitey regelt solche Sachen einfach wunderbar. Jetzt liegt der Fall in seinen Händen. Ich brauche nur abzuwarten.«

»Gehen Sie da kein Risiko ein? Angenommen, Wise ist tatsächlich in die Angelegenheit verwickelt. Oder anders ausgedrückt: Angenommen, er nimmt sich der Angelegenheit an, egal, ob dem Jungen das paßt oder nicht. Es heißt, Kniescheiben verheilen sehr, sehr schlecht. Sind Sie dem gewachsen, Mr. Shaw?«

»Ist das Ihre Botschaft von Wise? Ich muß mich wirklich über Sie wundern, Cooperman. Ich hab' gedacht, Sie spielen fair.«

»Wie Sie, Mr. Shaw?« Shaw grunzte etwas und schob dann die Papiere auf seinem Schreibtisch hin und her. Sehr überzeugend war das nicht. »Wer ist Whitey York? Ich hab' den Namen schon mal gehört, aber ich kann ihn im Moment nicht zuordnen.«

»Ich dachte, Sie sind auf dem laufenden. Als Rupe McLay aus der Kanzlei von Wilson, Carleton, Meyers und Devlin ausschied, hat Whitey sein Büro übernommen. Er trinkt nicht so viel wie Rupe und ist auch ein bißchen fixer als er. Whitey ist noch keine Dreißig.«

»Gott helfe uns! Hören Sie zu, Mr. Shaw, das hier ist eine Information aus erster Hand: Abe Wise ist nicht sonderlich gut auf seinen Sohn zu sprechen. Er interessiert sich nicht nur nicht für Harts geplatzten Scheck, nein, es ist ihm auch egal, was mit Ihren Kniescheiben passiert. Was Hart macht, geht nur Hart was an. Wenn der Junge kein Geld auf dem Konto hat, wie soll er dann zusätzlich zu dem Wagen auch noch Ihre Anwaltskosten zahlen? Ich glaube nicht, daß Sie aus der Sache noch was rausholen können.«

»Verstanden, Cooperman, aber ich sehe auch, wer Sie schickt. Sie werden von Wise bezahlt, nicht von Hart.«

»Glauben Sie denn, Abe Wise heuert irgendwelche Privatdetektive an, um solche Belanglosigkeiten zu regeln? Denken Sie mal nach.«

»Ich weiß, daß er großen Einfluß hat. Aber was soll ich mit 'nem ungedeckten Scheck anfangen?«

»Geben Sie ihn mir«, sagte ich und streckte die Hand aus.

»Den hat Whitey.«

»Wunderbar!« Endlich eine handfeste Information, etwas sehr Seltenes in meiner Branche. »Und wie hoch war der Betrag – ich meine, wenn's Ihnen nichts ausmacht, so etwas einem Wildfremden mitzuteilen?«

»Es geht um ungefähr fünfundvierzigtausend Dollar, Mr. Cooperman. Sämtliche Kosten sowie die Abnutzung meiner Nerven schon eingerechnet.«

»Wilson und Carleton sind immer noch in der King Street, gleich gegenüber vom Markt, oder?« Er nickte, und ich setzte meine Mütze wieder auf. Während ich meine Jacke zuknöpfte, schaute ich durch sein hinteres Schaufenster: Hier standen mehr gebrauchte Sportwagen als bei einer Sommerrallye.

»Da draußen liegen immer noch Leichen begraben.«

»Was?«

»Leichen. Sie wissen schon. Das hier war früher das Gefängnis. Die neueren haben sie ausgebuddelt und verlegt, aber sie haben nicht alle gefunden.«

»Sie meinen Leichen von Gefangenen, die während der Verbüßung Ihrer Haft hier gestorben sind?«

»Ja, diejenigen, die der Bezirk nicht begraben wollte. Zwei, die gehängt worden sind, sind auch da draußen begraben. Dieses alte Gefängnis war wie aus einem Roman von Dickens, aus *Große Erwartungen* oder *Oliver Twist*. Die haben das Ding in den sechziger Jahren des neunzehnten Jahrhunderts gebaut; die Mauern waren sieben bis neun Meter dick.« Shaw breitete die Arme aus, nur für den Fall, daß ich mir eine solche Dicke nicht vorstellen konnte. »Aber sechs Gefangene sind entkommen. Dafür, daß der Bau hundert Jahre hier gestanden hat, ist das kein schlechter Schnitt.« Er sah zusammen mit mir zum Fenster hinaus, ohne die Flotte abgewrackter Cabrios und rostender Chromteile wahrzunehmen.

Auf dem Schild von Wilson, Carleton, Meyers und Devlin stand noch kein Whitey York, aber oben, an der Außenseite der neuen burgunderfarbenen Tür, entdeckte ich den Namen »R. B. York« als Juniorpartner der Kanzlei. Es war noch zu sehen, daß der Name »Rupe McLay« erst vor kurzem entfernt worden war.

Ich gab der Dame am Empfang meinen Namen und wartete, bis sie im Terminkalender ihres Chefs nachgeschaut hatte. Als sie mich darauf hinwies, daß ich keinen Termin hatte, schlug ich ihr vor, sie solle mich persönlich bei Whitey York anmelden, um zu sehen, ob das etwas bewirke. Offenbar half es, denn ich hatte erst wenige Seiten des *Maclean's*-Magazin durchgeblättert, als sich schon ein großgewachsener junger Mann mit den blondesten Haaren, die ich jemals an einem Erwachsenen gesehen hatte, über mich und meine Zeitschrift beugte. »Mr. Cooperman? Das freut mich aber! Ich habe soeben einen Anruf von unserem gemeinsamen Freund erhalten. Er hat mir gesagt, daß Sie mich wahrscheinlich aufsuchen würden. Kommen Sie doch in mein Büro.« Er führte mich in den Raum, in dem ich mich drei Monate zuvor ausführlich mit McLay unterhalten hatte. Natürlich war von McLays Inneneinrichtung nichts mehr zu sehen. Alle Dinge, die auf einen Versager hingewiesen hatten, waren verschwunden und durch Designermöbel ersetzt worden. »Möchten Sie einen Kaffee?« fragte York. Ich hatte schon den Kopf geschüttelt, als ich merkte, daß ich doch eigentlich Lust auf eine Tasse Kaffee gehabt hätte. Ich muß irgendwann lernen, besser auf meine inneren Bedürfnisse zu hören.

Nachdem wir die Formalitäten erledigt hatten, setzte sich York hinter seinen Schreibtisch. Ich erklärte ihm, daß ich in der Angelegenheit des ungedeckten Schecks im Auftrag von Paulette Staples, der Mutter von Hart Wise, unterwegs war. Außerdem sagte ich ihm, daß der Betrag und die entstandenen Kosten beglichen würden, wenn der schlechte Scherz hier und jetzt ein Ende fände. Ich wagte mich ziemlich weit vor, hatte aber nicht das Gefühl, daß es zu weit war. »Sie können Abe

Wise nicht in diese Angelegenheit hineinziehen«, sagte ich. »Die Art und Weise, wie Sie dem Jungen zusetzen, beginnt, seine Gesundheit anzugreifen. Wir spielen mit dem Gedanken, gerichtlich gegen Sie vorzugehen.«

»Der Junge? Der Junge ist fünfunddreißig! Und wenn seine Gesundheit kein Formular aushält, dann . . .«

»Sie haben ihm auch telefonisch zugesetzt . . .«

»Zugesetzt? Sie haben sie wohl nicht mehr alle!«

»Wir wollen diese Angelegenheit regeln, Mr. York, und zwar heute.«

»Das muß ich natürlich zuerst mit meinem Klienten besprechen, Mr. Cooperman.«

»Sie haben doch gerade erst mit Ihrem Klienten telefoniert. Oder haben Sie das schon wieder vergessen?«

»Wir wollen uns nicht zu unüberlegten Handlungen hinreißen lassen, Mr. Cooperman.«

»Ich dachte, es geht nur darum, daß Sie das Geld bekommen, das Ihnen zusteht? Habe ich da etwas mißverstanden?«

»Nein, nein. Ich bin immer noch dabei, die Höhe unseres Schadens festzustellen, aber wir freuen uns natürlich darüber, daß Sie nun offenbar zur Vernunft kommen. Es wird ohnehin viel zuviel Zeit für unnötige juristische Vorgänge verschwendet.«

»Sie sprechen mir aus der Seele. Wäre es Ihnen möglich, mir bis heute abend eine Rechnung ins Büro zu schicken?«

»Wir werden uns bei Ihnen melden.«

»Wo ist der Wagen übrigens jetzt?«

»Der Wagen? Ach, der Wagen! Ich glaube, den hat Hart Wise. Fragen Sie da mal lieber Shaw.«

»Das werde ich tun. Danke, Mr. York. Es war mir ein Vergnügen, mich mit Ihnen zu unterhalten.«

Wir gaben einander die Hand, und schon wenige Minuten später schlenderte ich über den Wochenmarkt vor dem Haus. Eigentlich hatte ich schnurstracks in mein Büro gehen wollen, aber statt dessen wanderte ich eine ganze Weile zwischen den

Ständen herum und genoß den Anblick von Würsten und Schinken, Käse und Frühgemüse. Das erleichterte mir das Nachdenken. Hatte ich meine Zeit mit Shaw und York vergeudet? Drohte der Druck, den sie auf Hart ausübten, diesen zu einem Vatermörder zu machen? Das bezweifelte ich.

Hart hatte den Triumph gefahren, als ich ihn bei seiner Mutter gesehen hatte. Es bestand keinerlei Zweifel daran, in wessen Besitz der Wagen sich augenblicklich befand. Aber Whitey York hatte sich ziemlich vage zu diesem Thema geäußert. Weder Shaw noch York verschwendeten einen Gedanken an den Wagen; es war genau so, wie ich es mir gedacht hatte. Die beiden wollten Hart in die Pfanne hauen, um so an seinen Vater heranzukommen. Plötzlich mußte ich an kleine Jungen denken, die mit einem Stock in einem Wespennest herumstocherten. Ich war zufrieden mit dem, was ich erreicht hatte. Blieb nur zu hoffen, daß Abe Wise im Hinblick auf meine Spesen Sinn für Humor bewies.

13

Alle lokalen Größen waren in ihren dunkelsten Anzügen und wärmsten Mänteln erschienen, um Edwin Ernest Neustadt das letzte Geleit zu geben. Sie stellten sich auf die Gräber anderer Männer und Frauen, um dem Sarg so nahe wie möglich zu sein. Von meinem Platz ganz hinten entdeckte ich viele bekannte Gesichter, die mit ernstem Ausdruck auf das grüne Plastikgras über der aufgegrabenen Erde schauten. Wahrscheinlich hätte ich auch die übrigen, die ich jetzt nicht so genau sehen konnte, erkannt. Die Niagara Regional Police war gut vertreten. Die Polizeikapelle spielte einen langsamen Marsch, und der Sarg wurde von sechs strammen Offizieren in ihren Paradeuniformen von der Lafette gehievt. Pete Staziak stand mit düsterem Gesicht neben einem Monument, das hoch in den Himmel aufragte. Ein hoher Offizier der Heilsarmee, der mit dem Verstorbenen befreundet gewesen war, verlas eine Lobrede. Neustadt, so teilte er uns mit, habe im Übermaß alle männlichen Qualitäten besessen. Sein Wort habe er immer gehalten; er habe zahllose Tugenden sein eigen genannt. Während seiner Zeit in der Polizei habe es viele wichtige Veränderungen gegeben, an denen Edwin Neustadt teilgehabt habe. Er gelte als einer der Architekten der Regional Police, die der früheren, weniger gut organisierten Grantham Police Force nachfolgte. Neustadts nicht mehr ganz junge Witwe stand, gestützt von ihrer verheirateten Tochter und deren Ehemann, aufrecht am Grab. Dann wurde eine Hymne gesungen – zumindest versuchten das die Anwesenden –, während die Polizeikapelle sich ihrerseits bemühte, den Takt vorzugeben, und sich dann der Geschwindigkeit der Singenden anpaßte. Wir hörten den Teil der Beisetzungsfeierlichkeiten, in dem von der Asche die Rede war, die wieder zu Asche wurde. Wieder einmal trafen mich diese Worte, als seien sie an mich persönlich gerichtet. Der

Sarg wurde in das offene Grab gesenkt, und die Witwe schüttelte die Hand des Lobredners von der Heilsarmee. Danach löste sich die Versammlung allmählich auf.

Ich hatte Abram Wise schon ziemlich bald ein paar Reihen vor mir neben Mickey und seiner Frau entdeckt. Eigentlich hatte ich Victoria als erste gesehen. Die dunklen Haare hatte sie mit einem Tuch verhüllt. Wise wurde fast von den Leuten verdeckt, die zwischen uns standen. Daß Mickey seinen Boß hierher begleitete, verschaffte mir ein Gefühl der Erleichterung. Ich fühlte mich beinahe frei und schob den Blick über die Schulter, mit dem ich feststellen würde, wer mich überwachte, noch ein bißchen auf.

Ich blieb stehen, während sich der größte Teil der Gesellschaft entfernte. Die Angehörigen der Polizeikapelle sowie die Uniformierten marschierten zackig davon. Staziak jedoch unterhielt sich noch mit einem Beamten in Zivil. Er rieb sich die Hände in der eisigen Luft. Die Dampfwolken, die aus ihren Mündern hochstiegen, zeigten mir, wer gerade sprach, auch wenn ich den Rest ihres Gesichts nicht sehen konnte. Staziak stampfte mit den Füßen auf den Boden, um wieder warm zu werden, und steckte die Hände in die Jackentasche.

Ein Polizeiveteran wurde von einem Mann mittleren Alters, der mit einer Windjacke bekleidet war, weggeführt. »Hatte ich nicht einen Mantel an?« fragte er, ohne zu merken, daß er ebendiesen Mantel am Leib trug. Es war ihm anzusehen, daß er jahrelang eine Uniform getragen hatte. Er schaute sich immer wieder um. »Hatten wir nicht eine Frau dabei?« Der Mann mit der Windjacke schob ihn sanft vom Grab weg.

Auch Wise hatte es nicht sonderlich eilig, das Grab zu verlassen. Er sah sich die Gesichter derjenigen an, die – wie es die Franzosen ausdrücken – gekommen waren, um bei der Beisetzung zu assistieren. Es schien ihn zu amüsieren, wenn er die Leute dabei ertappte, wie sie ihn anstarrten. Als er mich entdeckte, blieb er stehen. »Was machen Sie denn hier, mein Freund?« fragte er, sobald er mich erreicht hatte.

»Sie bezahlen mich dafür, daß ich mich in Ihre Angelegenheiten einmische, Mr. Wise.« Dabei nickte ich Mickey und seiner Frau zur Begrüßung zu. Mickey lächelte zurück. »Sie haben mir gesagt, daß Sie zu der Beerdigung gehen würden. Und ich wollte erfahren, warum.«

»Und – haben Sie's rausgefunden?«

»Noch nicht, aber vielleicht tue ich das ja noch. Schade, daß Chief Neustadt es mir nicht mehr sagen kann.«

»Viel Kummer hat sich zusammen mit Neustadt von uns verabschiedet, das kann ich Ihnen sagen, Mr. Cooperman. Viel Kummer und Böses! Kommen Sie weiter?«

»Ich glaube, es ist mir gelungen, die Angelegenheit mit dem Triumph zu regeln. Das wird natürlich was kosten, aber ich hatte den Eindruck, daß das in diesem Fall nicht das Hauptkriterium ist. Ihr Name wird nicht mit der Sache in Verbindung gebracht werden.«

»Die Angelegenheiten meines zurückgebliebenen Sohnes gehen Sie nichts an, Cooperman. Ich werde die Sache mit Shaw und York auf meine eigene Weise regeln. Wahrscheinlich erwarten Sie jetzt, daß ich Ihnen dankbar bin, oder? Aber vergessen Sie lieber nicht, weswegen ich Sie angeheuert habe. Wenn ich abkratze, kriegen Sie nicht einen Cent.«

»Danke für den Hinweis, Mr. Wise.«

»Sparen Sie sich Ihre Schlagfertigkeit für Ihre Arbeit auf, Cooperman. Ich wünsche Ihnen noch einen schönen Tag.« Er zupfte Mickey am Arm, und die drei gingen durch die sich auflösende Menschenmenge zu dem Wagen zurück, der irgendwo auf dem schmalen, gewundenen Friedhofsweg auf sie wartete.

»Na, was man bei einer Beerdigung so alles erlebt!« Ohne daß ich mich umgedreht hätte, wußte ich, daß das Pete war. Offenbar hatte er sich von hinten an mich herangeschlichen, denn ich schaute noch immer zu dem Fleck hinüber, an dem er vorher gestanden hatte.

»Hallo, Pete. Ein schlechter Tag für die Polizei. Mein aufrichtiges Beileid, Pete.«

»Danke, Benny. Ganz schön viele Leute dagewesen, was?«

»Tja, ist ja auch ein großer Abgang, oder?«

»Der alte Ed hat sich schon vor Jahren aus dem aktiven Geschäft zurückgezogen, Benny, aber das hier war der Abschied, den er sich wahrscheinlich gewünscht hätte: Paradeuniformen, geschmückte Trommeln, ein langsamer Marsch, all so was. Ed hat den Drill geliebt. Ich persönlich gebe nicht viel auf das militärische Trara. Das läßt mich kalt.«

»Das ist bei allen Beisetzungen so. Was hat euren Chief denn aus dem Leben gerissen? Soweit ich weiß, ein Unfall, oder?«

»Er war Deputy Chief, Benny. Er hat's nie bis ganz an die Spitze geschafft.«

»Der Oberst von der Heilsarmee hat eine sehr lobende Abschiedsrede auf ihn gehalten.«

»Der ist Major, nicht Oberst, Benny.«

»Anscheinend war er beliebt, oder?«

»Na ja, ein paar Anhänger hatte er wohl.«

»Aber nicht genug, daß es bis an die Spitze gereicht hätte, was?«

»War auch besser so.«

»Du mußt ihn ja ziemlich gern gemocht haben, wenn du im Schatten seines Grabes so nett von ihm redest, Pete. Kannst du mir die Hintergründe erklären?«

»Die haben schon vor Jahren versucht, ihn loszuwerden, aber er wollte nicht gehen. Er hat uns jahrelang behindert. Er war einfach ein altmodischer Bulle, Benny, und hat den Anschluß an die moderne Zeit nicht geschafft.«

»Ich dachte, er hat die Reformen eingeläutet.«

»Das war eine Lobrede, Benny. Und in Lobreden wird die Wahrheit schon mal ein bißchen verbogen.«

»Also war er ein Opfer des Fortschritts?«

»Wir sind ihn erst losgeworden, als er fünfundsechzig war. Seit seiner Pensionierung hat die Niagara Regional Police große Fortschritte gemacht. Wir haben jetzt fast das gleiche Niveau wie Toronto.«

»Und was für ein Unfall war das, der ihn schließlich ereilt hat?«

»Hast du das nicht in der Zeitung gelesen, Benny? Wenn du's nicht gelesen und wenn du ihn nicht persönlich gekannt hast, was führt dich dann an diesem eisigen Nachmittag hierher? Deine Arbeit?«

»Vielleicht möchte ich nur an der örtlichen Historie teilhaben, Pete. Schau dir bloß mal die ganzen Grabsteine hier an. Auf wie vielen davon steht wohl Staziak oder Cooperman?« Ich sah, wie Victoria Armstrong Abe Wise in den Wagen half. Mikkey stand auf der Fahrerseite und sah mich an.

»Das liegt daran, daß wir eine zähe Rasse sind, Benny. Wir segnen nicht einfach so das Zeitliche. Wir haben Durchhaltevermögen. Hey! Versuchst du, mich abzulenken, oder was? Ich hab' dich gefragt, ob du aus beruflichen Gründen hier bist.«

»Ja. Und ich könnte jede Menge Probleme kriegen, wenn ich in Gesellschaft eines Polizisten gesehen werde, Pete. Bist du heut abend zu Hause? Dann rufe ich dich an.«

»Sag mal, willst du mich verarschen? Ja, ich werde zu Hause sein und mich um meine tropischen Fische kümmern.«

»Gut, ich melde mich dann bei dir.« Ohne ihn anzusehen, entfernte ich mich in die Richtung, in die ich die anderen hatte gehen sehen. Der alte Polizist mit seinem Begleiter tastete gerade all seine Taschen ab, als suche er nach seinem Schlüssel oder seiner Brille, während der Mann in der Windjacke darauf wartete, ihm auf den Beifahrersitz zu helfen. Auch mein Wagen stand irgendwo am Weg, auf dem schmalen Streifen braunen Grases an der hinteren Mauer. Als ich den Blick hob, sah ich, daß die dunklen Äste der Ahornbäume und Buchen Anstalten machten, ihr Frühlingskleid anzulegen. Das hing sicher damit zusammen, daß der Friedhof in südlicher Richtung und weiter entfernt vom See lag. Die Äste wurden allmählich wieder saftig, und die Knospen glänzten. Als ich den gewundenen Friedhofsweg zur Straße hinausfuhr, fing es zu schneien an.

An jenem Abend rief ich Pete von einer Telefonzelle im Foyer der Bibliothek aus an, weil ich das Gefühl hatte, daß mein eigener Apparat möglicherweise abgehört wurde. Wahrscheinlich war ich paranoid, aber es schadete bestimmt nicht, auf Nummer Sicher zu gehen. Pete war tatsächlich zu Hause. Ich erkundigte mich nach seiner Frau Shelley und seinem Sohn, der mich beim Schachspielen immer schlug, und schließlich, um seine ganze Aufmerksamkeit zu gewinnen, nach seinen verdammten Fischen. Dann sagte ich: »Na schön, Pete, nun erzähl mir mal was von Ed Neustadt. Das könnte mir bei dem Job helfen, den ich gerade machen muß.«

»Er war völlig verrückt und ein Schwein und ein erstklassiger Kollege. Für welche Version interessierst du dich?«

»Erspar mir die Lobhudelei. Die habe ich heute nachmittag schon hinter mich gebracht.«

»Tja, Ed und Major Patrick kannten sich schon seit Ewigkeiten. Ihre Familien sind in der Nähe von Bancroft immer zusammen zum Campen gegangen, auf so 'nen Platz für Wohnwagen. Und sie haben sich auch gemeinsam Exekutionen angeschaut.«

»Was? Die Familien?« Einen Augenblick lang mußte ich an eine Szene aus *The Oxbow Incident* denken.

»Nein, Benny, nur Major Patrick und Neustadt. Der Major hat sozusagen den Pfarrer vertreten. Wenn der Gefangene keinen Geistlichen verlangt hat, haben sie Major Patrick geholt. Ich kann das dem Major nicht verdenken. Der hat nur seinen Job erledigt, aber Ed Neustadt hat's genossen. Der hat gern dabei zugeschaut und hinterher drüber geredet. Mir ist immer ganz übel geworden. Tja, die zwei waren schon ein hübsches Pärchen.«

»Hast du ihn deswegen für verrückt gehalten?«

»Auch. Aber man ist nie ganz schlau aus ihm geworden, Benny. Wenn er sich was in den Kopf gesetzt hatte, konnte ihn kein Beweis der Welt mehr davon abbringen. Sobald er der Meinung war, daß jemand schuldig war, hat er nicht eher Ruhe gegeben, bis der Betreffende hinter Schloß und Riegel saß.«

»Würdest du sagen, daß er ein pflichtbewußter Beamter war, der ganz in seiner Arbeit aufgegangen ist?«

»Du weißt ganz genau, daß ich das nicht sagen würde. Der Mann hatte keinerlei Mitleid und auch kein Gefühl für Gerechtigkeit, Benny. Er kannte seine Grenzen nicht. Er war ein Tyrann, ein Tyrann und ein Sadist, ja. Ich will nicht behaupten, daß ich mich über seinen Tod freue, aber ich bin froh, daß er keinen Einfluß mehr hat. Frag doch Chris, sobald er wieder von Zypern zurück ist. Er hat mir jahrelang das Leben zur Hölle gemacht. Das können dir alle bestätigen. Nein, das stimmt nicht. Sie werden alle sagen, einen Besseren als ihn hätt's nicht gegeben. Seiner Witwe und seiner Tochter zuliebe. So sollen die Leute ihn in Erinnerung behalten.«

»Erzähl mir von seinem Unfall, Pete. Ich hab' den Artikel in der Zeitung nicht gelesen.«

»Er hat seinen Wagen auf der Auffahrt zum Haus repariert.«

»Herzinfarkt?«

»Nein, Benny. Irgendwie hat sich der Wagenheber gelöst, während er versucht hat, die Schraubenmutter von der Ölwanne abzulösen. Der Wagen ist auf seiner Brust gelandet. Hat übel ausgesehen. Aber wahrscheinlich ist's ziemlich schnell gegangen.«

Wir schwiegen beide eine Weile und lauschten der Rockmusik, die aus weiter Ferne in unsere Telefonleitung drang.

»Und wie kann sich ein Wagenheber so einfach lösen, Pete? Muß man den nicht Stück für Stück runterhebeln? Oder ist das Ding runtergefallen?«

»Es war ein hydraulischer Wagenheber, wie sie ihn in den professionellen Werkstätten benutzen. Er hat sich nur die besten Sachen gekauft. Du solltest mal seine Garage sehen, die sieht aus wie 'ne Werkstatt.«

»Also senkt sich so ein Wagenheber nicht Stück um Stück?«

»Das geht auch, aber normalerweise öffnet man das Ventil, und der Wagen senkt sich wieder auf die Auffahrt.«

»Pete, wie kann so etwas passieren?«

»Verdammt, Benny! Ich hab' die gleichen Gedanken wie du, aber mir fällt auch keine bessere Antwort darauf ein.«

»Was ist, wenn's jemand auf Neustadt abgesehen hatte?«

»Sprich weiter.«

»Wenn du unter deinem Wagen liegen würdest und ich würde vorbeikommen und wüßte genau, was zu tun ist, dann könntest du nicht viel dagegen unternehmen, oder?«

Wieder schwiegen wir eine ganze Weile. Die Rockmusik hatte einem fernen Gespräch von zwei hohen, schrillen Frauenstimmen Platz gemacht.

»Ich werde diese Theorie genauer untersuchen, Benny. Ich habe nicht den Eindruck, daß sich hier schon jemand intensiver Gedanken darüber gemacht hat. Ich werde einen Blick auf den Bericht werfen, um festzustellen, was wir tun können.«

»Du meldest dich wieder?« fragte ich.

»Den Teufel werde ich tun. Das hier ist Sache der Polizei, eine interne Angelegenheit. Ich werde nicht mal dem Inspector davon erzählen, bevor ich nichts in der Hand habe.« Dann fragte ich ihn nach dem Zypernurlaub unseres gemeinsamen Freundes Savas und wann er zurückkehren würde. Doch keiner von uns schien sich besonders für diese Frage zu interessieren. Als leibhaftig anwesende Person war Savas höchst beeindruckend, aber im östlichen Winkel des Mittelmeers reichte er nicht aus, um die Unterhaltung in Gang zu halten. Also legte ich auf, gerade rechtzeitig, um Phil, den Gangster, dem ich gestern im Halbschlaf einen Kinnhaken versetzt hatte, dabei zu ertappen, wie er vorgab, mich von der Cafeteria aus nicht zu beobachten. Es war ihm nicht aufgefallen, daß die Cafeteria bereits geschlossen hatte. Tja, wenn man eine Deckung braucht, ist sie selten da.

Auf dem Nachhauseweg fiel mir die naheliegendste Lösung zu dem Rätsel des Mords an Neustadt ein: Abe Wise, dieser ausgesprochen langlebige Gangster, weilte im Augenblick nur deshalb noch unter uns, weil er mehr als einen Mann angeheuert hatte, seine Interessen wahrzunehmen. Seine Exfrau Lily hatte recht. Wenn Wises Feind tatsächlich der Deputy Chief im Ruhestand war, dann hatte jemand den Auftrag erhalten, sich um ihn zu kümmern. Es war kinderleicht, eine Auffahrt hinaufzugehen und ein Ventil zu öffnen, während man sich nach dem Weg erkundigte.

Aber wenn Wise für Neustadts Ableben verantwortlich war, warum lenkte er dann die Aufmerksamkeit der Leute auf sich, indem er zur Beisetzung erschien? Er hatte mir gesagt, seine Anwesenheit sei nur ein Schachzug, um Neustadt in den Augen der Leute schlechtzumachen. Aber das war doch ein Scherz, oder? Daß ich das nie mit letzter Sicherheit herausfinden würde, war der einzige Schluß, zu dem ich während meines Spaziergangs gelangte.

Anna wartete bereits auf mich, als ich heimkam. Überraschung! Schon zum zweitenmal in dieser Woche! Noch einmal versuchte ich, sie für einen kurzen Urlaub mitten im Semester zu erwärmen. Aber aus einer Reihe von Gründen ließ sie sich nicht überreden. Am besten gefiel mir folgender: »Weil du nicht mitfährst.« Ich gab mir größte Mühe, kam aber nicht gegen ihre Argumente an.

14

Ich hoffte, daß die Welt am nächsten Morgen freundlicher aussehen würde, aber der Blick aus meinem Fenster war alles andere als vielversprechend: Das Wetter war wieder einmal trübe und kalt. Dafür stellte der Wagen auf der anderen Straßenseite jetzt eine Konstante in meinem Leben dar. Der schwarze Toyota erinnerte mich an mein gestriges unsanftes Erwachen. Plötzlich wurde mir bewußt, daß es einmal eine Zeit ohne Abe Wise gegeben hatte. In meiner Vorstellung war sie zu einer goldenen Ära, fast so etwas wie einem Garten Eden, geworden.

Anna hatte mir frischen, heißen Kaffee auf die Theke in die Küche gestellt, bevor sie gegangen war. Während ich duschte, mich rasierte und anzog, dachte ich an sie. Und beim Kaffee wanderten meine Gedanken zu Ed Neustadt und seinen alttestamentarischen Vorstellungen von Gerechtigkeit. Doch Pete hatte noch etwas anderes erwähnt, er hatte von Wahnvorstellungen, sadistischen Phantasien, gesprochen. Diese Information führte mich weit weg von der eigentlichen Frage, wer Abe Wise umbringen wollte, aber irgendwie wurde ich den Verdacht nicht los, daß sie irgendwie wichtig war.

Worin bestand die Verbindung zwischen dem kürzlich verstorbenen harten Polizisten und meinem Auftrag? Wenn Neustadt Wise bedroht hatte, war er von ihm ausgelöscht worden. Aus meiner Sicht war die Gefahr für Abe Wise damit vorüber, und auch meine Zeit als Handlanger des Gangsters neigte sich ihrem Ende zu. Trotzdem mußte ich jetzt noch vorsichtiger sein als zuvor, weil Wise es nun vielleicht doch als sinnvoller erachtete, mich mit einer Kugel in den Hinterkopf zu bedenken anstatt mit meinem mir zustehenden Honorar.

Da ich an den letzten beiden Tagen Nachtschichten eingelegt hatte, beschloß ich, das Büro am dritten Tag meiner Tätigkeit für Wise ein paar Stunden später aufzumachen. Ich beschloß sogar, den Kaffee ganz auszutrinken und McStus Buch von der ersten bis zur letzten Seite zu lesen. Und genau das tat ich.

Die Geschichte begann mit dem Ende des Zweiten Weltkriegs. Sergeant Joseph Tatarski wurde zusammen mit den Männern seines Regiments in Camp Niagara, nur wenige Kilometer von hier entfernt, aus dem Kriegsdienst entlassen. Nachdem er den größten Teil des Krieges fern der Heimat verbracht hatte, kehrte er nun zu seiner Frau Anastasia, seinen Töchtern Margaret und Mary und seinem Söhnchen Freddy zurück. Alles ging gut, bis Joe eines Nachts im Jahre 1946 einen Einbrecher überraschte. Es kam zum Kampf; Joe erhielt einen Schlag auf den Kopf und starb. Der Einbrecher entkam, mußte jedoch einen Sack mit versilberten Hochzeitsgeschenken zurücklassen. Der Beamte, der den Fall bearbeitete, der junge Corporal Ed Neustadt, lieferte seinem Vorgesetzten einen Routinebericht.

Seltsamerweise kam es fünf Jahre später zu einem Einbruch mit ähnlich tragischem Ausgang. Diesmal wurde Anastasia, Joe Tatarskis Witwe, mit einer Tischlampe erschlagen, während offenbar alle anderen Bewohner des Hauses schliefen. Wieder war Ed Neustadt, mittlerweile zum Sergeant aufgestiegen, für den Fall zuständig. Nach McStus Meinung – die er vorsichtig formulierte, um einer Klage gegen Verleumdung vorzubeugen – ging Neustadt die Ermittlungen voreingenommen an. McStu zeichnete das Bild eines Polizisten, der zu entdecken meinte, daß er im ersten Fall von der jungen Mary Tatarski an der Nase herumgeführt worden sei. Die beiden Einbrüche, die jeweils mit einem Mord endeten, schienen nach Neustadts Auffassung allen gelegen zu kommen; McStu aber zweifelte an dieser Version. Neustadt gelang es seinerzeit nachzuweisen, daß die Hinweise auf einen Einbruch gefälscht waren, und so nahm er ziemlich schnell Mary fest, eine junge Mutter, die keinen Ehemann hatte, der sich für sie hätte einsetzen können. Mary wurde Anfang 1952 der Prozeß wegen des Mordes an ihrer Mutter gemacht. Der Staatsanwaltschaft gelang es, Auseinandersetzungen nachzuweisen, die nach dem Tod des Vaters immer wieder in dem Haus stattgefunden hatten. Die Lage hatte sich noch verschärft, als Mary feststellte, daß sie schwanger war, und einem Mädchen das Leben schenkte. Als ihre ältere Schwester Margaret von zu Hause auszog, wurde alles noch schlimmer. Mary war kaum zu bändigen und hatte viele Freundinnen, die mehr Freiheiten genossen, als die altmodische Anastasia ihr einräumen wollte. Die Nachbarn sagten aus, sie hätten immer wieder Streitereien sowie das Schreien des Babys aus dem Haus gehört. Marys Verteidiger erklärte, seine Mandantin habe nach der letzten lautstarken Auseinandersetzung Schlaftabletten genommen und geschlafen, als der Mord passierte. Mit Hilfe von Expertenaussagen gelang es der Staatsanwaltschaft nachzuweisen, daß Mary die Tabletten auch nach dem Mord eingenommen haben konnte. Offenbar hatte sie so viele geschluckt, daß man von einem Selbstmordversuch ausgehen konnte.

Das Verfahren war kurz. Obwohl die Geschworenen sich dagegen aussprachen, verurteilte der Richter Mary zum Tod. Die Berufung, die hauptsächlich darauf basierte, daß es sich bei einem großen Teil der Beweise um Indizienbeweise handelte, wurde abgewiesen, und so schritt Mary Tatarski am Dienstag, dem 18. Dezember 1952, wenige Minuten nach Mitternacht, zum Galgen. Sie war die vorletzte Frau, die in Kanada gehängt wurde. Es war typisch für sie, daß es ihr nicht einmal gelang, die letzte zu sein und zumindest deswegen in die Annalen einzugehen. Sie war zum Zeitpunkt ihres Todes erst einundzwanzig Jahre alt.

An heutigen Maßstäben gemessen, waren Urteil und Strafe barbarisch. Aber in den fünfziger Jahren passierten viele merkwürdige Dinge. Andere berühmte Fälle wurden wiederaufgerollt; manchmal kam man sogar zu einem anderen Urteilsspruch. Erst vor ein paar Jahren wurde Donald Marshall, ein junger Micmac-Indianer aus dem Gebiet von Sydney, Nova Scotia, nach elfjährigem Gefängnisaufenthalt entlassen, weil man feststellte, daß er an dem Mord, für den er einsaß, keinerlei Anteil gehabt hatte. Natürlich hatte es immer Aktivisten wie zum Beispiel Duncan Harvey gegeben, die ein Interesse daran bekundeten, den Fall Tatarski neu zu verhandeln. Edwin Neustadt nannte sie »Kommunisten und Subversive« sowie »rührselige Weichlinge« und wehrte sich gegen all ihre Versuche, die Ermittlungen wiederaufzunehmen. Neustadt war wirklich ein charmantes Kerlchen. Für ihn teilte sich die Welt in zwei Arten von Menschen auf, in gute und schlechte. Grauzonen oder besondere Fälle existierten nicht. Für einen Polizisten erleichterte das die Sache wahrscheinlich. Aber was war mit Leuten wie Wise? Er war noch nie als Gesetzesbrecher verurteilt worden, unterstützte wohltätige Organisationen und die Künste und spendete Geld für *Tannhäuser,* egal, ob er sich die Inszenierung selbst anschaute oder nicht. Heutzutage operierten viele Geschäftsleute in einer Grauzone, in der das Gesetz ihnen nichts anhaben konnte. Solche Leute wären vermutlich schockiert, wenn man sie als Gangster bezeichnete. Das war das Reich der Wirtschaftskriminalität, in dem jemand wie Neustadt sich mit Sicherheit nicht zurechtgefunden hätte. Subtilität und Zweideutigkeit lassen sich schlecht auf einer Skala von null bis zehn messen. Es stellt sich immer wieder die Frage, wo die Grenzen sind. Plötzlich fiel mir ein Spruch für Neustadts Grabstein ein:

Wurde niemals angeklagt

Bevor ich den Gedanken weiterverfolgen konnte, klingelte das Telefon. Als ich den Hörer abnahm, hörte ich eine hohe, rauhe Frauenstimme. »Mr. Cooperman?« fragte die Stimme, die ich nicht kannte.

»Richtig. Und wer sind Sie?«

»Ich gehöre der Verwaltung der Ontario Provincial Police an.«

»Aha. Was kann ich für Sie tun?«

»Ich habe gerade einen Blick auf eine Liste mit Beschwerden gegen Sie geworfen«, sagte sie. »Sie sind sich wahrscheinlich im klaren darüber, daß unsere Verwaltung kein Interesse daran haben kann, durch die Handlungen zugelassener Privatdetektive in Verruf zu kommen. Wenn sich die Klagen wiederholen sollten, müssen wir unter Umständen über Ihre Zulassung beraten.«

»Das klingt mir sehr nach einer Drohung. Meine Zulassung ist noch ein ganzes Jahr gültig. Und warum rufen Sie mich zu Hause an, um mir das zu sagen? Ich habe ein Büro.«

»Die Zulassungen werden ständig überpüft, Mr. Cooperman. Das ist eine Frage des Qualitätsstandards.«

Ich sagte ihr, sie solle mir das, was sie mir soeben mitgeteilt hatte, schriftlich geben. Das wirkt immer. Am liebsten hätte ich ihr noch vorgeschlagen, den Namen meines Mandanten an die Ontario Provincial Police weiterzugeben, aber irgendwie wäre das wenig loyal und wohl auch überflüssig gewesen, also hielt ich den Mund.

Ich überlegte, aus welcher Richtung die Beschwerden kamen, und langte schon bald bei den Namen Shaw und York an. Schließlich war ich dabei, ihnen ein einträgliches Geschäft zu vereiteln, wogegen sie natürlich etwas hatten. Es gibt keine Regel, die besagt, daß Gangster sich nicht hilfesuchend an die Behörden wenden könnten. Und auch ich erhielt Geld aus Quellen, über die ich lieber nichts Genaueres erfuhr.

Ich begann gerade, ans Mittagessen zu denken, als es an der Tür klopfte. Als ich öffnete, begrüßten mich zwei bekannte Gesichter. »Machen wir wieder eine kleine Spazierfahrt? Möchte der Herr und Meister mich sehen?« fragte ich einen meiner Besucher. »Ich dachte, Ihnen ist der frühe Morgen lieber, Mikkey.« Dann trat ich beiseite, um Mickey und Victoria Armstrong hereinzulassen. Victorias Blick wanderte über all die staubigen Flächen in meiner Wohnung.

»Ich wollte nur mal nachsehen, was los ist mit Ihnen, Cooperman. Sie gehen mitten in der Woche nicht ins Büro, da hab' ich mir gedacht, ich schau' mal, ob Sie mich an der Nase rumführen wollen. Phil Green hat sich den Nachmittag freigenommen. Der muß zum Zahnarzt. Tja, deswegen habe ich jetzt

Dienst. Meine Frau haben Sie ja neulich schon kennengelernt, stimmt's?« Victoria und ich gaben einander die Hand und blickten uns kurz an.

»Ich bin bloß mitgekommen, weil ich dachte, ich könnte vielleicht noch ein paar Einkäufe erledigen«, sagte sie. »Mickey hat immer so viel zu tun, daß wir uns kaum sehen, Mr. Cooperman. Mr. Wise behandelt uns zwar gut, aber er vergißt, daß Mickey auch ein bißchen Freizeit braucht.«

Sie hatte dunkle Haare, große braune Augen sowie eine schöne Haut und wirkte adrett. Ihr schwerer Wollrock und die braunen Stiefel sagten mir, wie das Wetter draußen war, doch ihre pastellfarbene Bluse und der dazu passende Pullover ließen schon den Frühling erahnen, den wir stündlich erwarteten.

»Ich habe gerade darüber nachgedacht, wo ich was essen könnte«, sagte ich. »Will mich jemand einladen?« Die Armstrongs sahen einander an, und Mickey grinste.

»Irgendwo müssen wir ja essen. Und Sie kriegen Ihre Spesen ersetzt.«

»*Sie* vielleicht nicht? Oder gehört die Überwachung zu Ihren ganz normalen Aufgaben?«

Wir gingen weder ins Di noch ins Wellington Court, sondern in das Lokal unter mir, das zur Zeit *Beit al Din* hieß und in dem Reiseplakate von den Schönheiten des Libanon kündeten: Kreuzfahrerburgen, fotografiert durch gotische Bogen, die Meeresklippen vor Beirut. Ich hatte schon seit längerem einen Blick in das Lokal werfen wollen, genauer gesagt, seit das ungarische Restaurant, das sich früher dort befunden hatte, nicht mehr existierte. Hier hatte sich schon ungefähr ein halbes Dutzend Wirte mit ebenso vielen exotischen Ausrichtungen abgemüht. Dieses Lokal war das erste, das bereits länger als ein Jahr überlebte. Eine Kellnerin, die wahrscheinlich große Ähnlichkeit mit der jungen, vollbusigen Paulette hatte, schenkte uns ein breites Lächeln und brachte uns im hinteren Teil des Lokals unter. Mickey und ich konnten nicht allzuviel mit der Speisekarte anfangen, also bestellte Victoria für uns alle.

»Sagen alle Leute Victoria zu Ihnen?« fragte ich. »Das klingt ziemlich förmlich.«

»Ob Sie's glauben oder nicht: Man hat mich nach Queen Victoria benannt. Mein Vater hat immer nur das Beste für mich gewollt. Bevor ich Mickey kennengelernt habe, haben mich alle meine Freunde Vicky genannt, aber ›Mickey und Vicky‹ war einfach zu albern. Und Mickey weigerte sich, sich wieder mit ›Mike‹ oder ›Michael‹ anreden zu lassen. Als ich in der High-School war, habe ich immer ein Mädchen beneidet, das den gleichen Familiennamen hatte wie ich: Lally Tate. Ist das nicht wunderbar? Würden Sie sich nicht auch einen Namen wie Lally Tate wünschen? Sagen alle Leute Benny zu Ihnen?«

»Ich geb's ja ungern zu, aber ich bringe niemanden dazu, mich einfach Ben zu nennen. Ich kann zwar mit Benny oder sogar Benjamin leben, aber irgendwie hoffe ich immer noch, daß sich mal jemand für Ben erwärmen könnte.«

»Ich versuch's mal«, sagte Victoria, als unser Essen kam. Der erste Gang bestand aus einer beigefarbenen Paste – »humus« –, die zu dem flachen Pitabrot gegessen wurde, darauf folgten ein Gemüsesalat mit Reis und Tomaten sowie Hühnchenstücke am Spieß. Als ich Victoria mit einem Blick auf die Auberginen fragte, was das sei, nannte sie mir einen Namen, der wie ein Niesen klang.

»Woher wissen Sie das alles?« fragte ich sie. Victoria warf lachend den Kopf in den Nacken.

»Ich bin zwar hier geboren, Ben, aber ich habe schon fast überall gelebt, unter anderem auch in Old Greenwich, das ist nördlich von New York, und die hatten die gleiche Speisekarte. Es gibt Dutzende solcher Lokale in Toronto und New York. Mein erster Mann war Börsenmakler, und weil er so viele Mandanten aus dem Mittleren und Fernen Osten hatte, haben wir die betreffenden Küchen gut kennengelernt. Haben Sie schon mal was von Madhur Jaffreys Kochbüchern gehört?«

Ich verneinte. Dann begann sie, von traditioneller jüdischer Küche zu erzählen, und ich mußte feststellen, daß ich davon genausowenig Ahnung hatte. »Ich ernähre mich ziemlich einfach«, sagte ich. »Suppe, hin und wieder ein Sandwich. Haben Sie sich schon immer fürs Kochen interessiert?«

»Ja, schon immer. Für mich ist die Küche das Herz des Hauses. Ich habe seit jeher gern gekocht.« Darauf ließ sich kaum noch etwas sagen, also schwiegen wir eine Weile.

»Wie haben Sie beide sich kennengelernt?« fragte ich, neugierig auf die Antwort. Sie antworteten gleichzeitig.

»Victoria kam zum Kochen . . .«

»Mickey arbeitete als . . .« Wir mußten alle lachen und zogen so die Aufmerksamkeit der Kellnerin auf uns, die lächelnd herüberschaute.

»Mr. Wise hatte in Old Greenwich zu tun, und als er gehört hat… « Victoria sah Mickey hilfesuchend an.

»Victorias Mann ist bei einem Bootsunglück verschwunden. Man hat ihn nie gefunden.«

»Tut mir leid«, sagte ich lahm.

»Also bin ich mit nach Grantham gezogen«, sagte sie, nahm Mickeys Hand und fügte hinzu, »und das hab' ich bis heute nicht bereut.« Fast wäre Mickey rot geworden.

»Ich hab' die Kugel aus dem Schrank in Mr. Wises Büro rausgeholt, Benny«, sagte Mickey und biß in ein rundes, fleischloses Fleischbällchen. »War ein kleineres Kaliber.«

»Ist das spezielles Glas in dem Büro?«

»Alt, genau wie alles andere in dem Haus. Aber ich verstehe schon, was Sie meinen: Es war kein kugelsicheres Glas, sondern ganz normales Fensterglas.«

»Wise hat mir von zwei Mordanschlägen erzählt, von dem Schuß und von der Manipulation der Lenkung an seinem Volvo. Wissen Sie noch von anderen Versuchen, ihn umzubringen?«

»Wir beobachten ihn ziemlich genau«, sagte Mickey. »Victoria kocht für alle, die im Haus wohnen. Die Jungs von nebenan müssen selber sehen, wie sie zurechtkommen. Die essen Fast food, hauptsächlich Pizza.«

»Tu ihnen nicht unrecht, Mickey. Zum Frühstück brutzeln sie sich immer selber was zusammen.«

»Wenn sie sich nicht gerade den Bauch vollschlagen, sind sie wirklich ein gutes Team.«

»Ich hab' nicht so genau gesehen, wie das Haus gelegen ist. Können Sie den Verkehr draußen gut beobachten?«

»Deswegen hat Wise sich dieses Haus ausgesucht. Dorset Crescent ist eine Sackgasse, da gibt's keinen Durchgangsverkehr. Und alle Autos, die in die Straße reinfahren, werden überprüft.«

»Mr. Wise ist in dieser Hinsicht ziemlich streng, Benny«, sagte Victoria. »Die Post wird nebenan abgegeben, und die Jungs sortieren sie und überprüfen Päckchen, die merkwürdig aussehen.«

»Eine Briefbombe würde nie bis zu Mr. Wise gelangen«, fügte Mickey hinzu. »Und wenn jemand was in sein Stadtbüro schickt, fangen die Jungs es dort ab.«

»Erzählen Sie mir mehr von dem Stadtbüro, Mickey.«

»Das ist sein legales Geschäft – Wisechoice Import/Export.«

»Aha. Können Sie mir noch mehr über die Sicherheitsmaßnahmen sagen?«

»Er fährt nicht mal die ganze Zeit mit dem Volvo. Aber wenn er überhaupt einen der Wagen selber lenkt, nimmt er am liebsten den.«

»Folglich muß der Kerl jemand sein, der Mr. Wise ziemlich gut kennt«, sagte Victoria. Sie sprach damit nur die Gedanken aus, die mir auch schon durch den Kopf gegangen waren.

Kurz darauf brachte die vollbusige Kellnerin den Kaffee in kleinen Messingkannen. Victoria ertappte mich dabei, wie ich den Busen der Kellnerin bewunderte, und wir lächelten beide. Der Kaffee war süß und dick, und er schmeckte mir. Zum Abschluß bekamen wir noch Blätterteigstückchen mit honiggetränkten grünen Pistazien. Auch die schmeckten mir. Anna hätte sicher ebenfalls ihren Spaß an dem Essen gehabt. Ich nahm mir vor, das *Beit al Din* vorzuschlagen, wenn ich das nächste Mal an der Reihe war, mir etwas einfallen zu lassen.

»Gibt's einen besonderen Grund, warum Sie sich noch mal mit mir unterhalten wollten, Mickey? Schließlich haben wir erst kürzlich in Ihrem Wagen miteinander geredet.«

»Eigentlich wollte ich bloß aus dem Haus. Seit der Beerdigung von dem Bullen gestern ist er unausstehlich. Er hat mich sechs- oder siebenmal runtergemacht. Ich war ganz froh, daß Phil einen Abszeß gekriegt hat.«

»Wo liegt die Verbindung zwischen Wise und Neustadt? Das würde mich interessieren.«

»Da geht's halt um Gangster und Bullen. Daran ist nichts Merkwürdiges«, sagte Mickey.

»Doch, da ist noch was anderes. Und das würde ich verdammt gern herausfinden.«

»Der Deputy Chief hat Mr. Wise nie was nachweisen können«, meldete sich Victoria zu Wort. »Das behauptet Mr. Wise die ganze Zeit. Aber warum ist er dann so wütend? Ich verstehe, was Sie meinen, Ben.«

»Die ganze Angelegenheit ist mir wirklich ein Rätsel. Mikkey, war Mr. Wise auch schon vor dem Ableben von Neustadt so nervös?«

»Mr. Wise konnte den Bullen nicht leiden. Er hat nie sonderlich viel darüber geredet, aber nach Neustadts Unfall kannte er fast kein anderes Thema mehr.«

»Das kann ich bestätigen«, sagte Victoria.

»Wenn Wise Neustadt so wenig leiden konnte, Mickey, hat er vielleicht etwas gegen ihn unternommen. Wüßten Sie darüber Bescheid?«

Mickey nahm einen Schluck Kaffee und sagte dann: »Ich bin sein Verbindungsmann zu den üblichen Leuten. Aber er hat ein zusätzliches Telefon im Büro und neben dem Bett. Er kennt Leute, die solche Dinge erledigen. Mehr kann ich zu dem Thema nicht sagen.«

Ganz konnte ich den plötzlichen Frieden zwischen Mickey

und mir nicht verstehen. Vielleicht hatte seine Frau etwas damit zu tun. Wahrscheinlich war es aber einfach nur leichter, mich im Auge zu behalten, wenn man am gleichen Tisch wie ich saß. Besser, als in einem kalten Wagen zu warten oder dem eisigen Wind auf der St. Andrew Street ausgesetzt zu sein, war es allemal. Ich persönlich hatte auch nichts dagegen, den beiden gegenüberzusitzen. Gesichter lassen sich aus der Nähe leichter beobachten. Und Victorias Gesicht, das ich am Montagmorgen kaum wahrgenommen hatte, ging mir nun nicht mehr aus dem Kopf. Sie war auf sehr viel subtilere Weise als die Kellnerin attraktiv und verbarg ihr Alter gut. Dazu hatte sie einen ganz eigenen Stil, sich zu kleiden. Ein bißchen wie eine Kunststudentin. Vermutlich hatte sie ihre Modetips nicht von Julie.

Als die beiden sich verabschiedeten, hatte ich das Gefühl, daß ich mich an die Arbeit machen mußte.

15

Im Büro teilte mir mein Anrufbeantwortungsdienst mit, daß ich einen Anruf von der Ontario Provincial Police sowie eine Nachricht von Har Twize erhalten hatte – so wurde mir der Name jedenfalls buchstabiert. Ich bedankte mich bei der Dame vom Antwortservice dafür, daß sie meine Privatnummer weitergegeben hatte, und riet ihr, es nie wieder zu tun. Als ich dann die Nummer von Hart Wise wählte, meldete sich nur ein Anrufbeantworter, der mich auf die beste Idee des ganzen Tages brachte. Ich hinterließ meine Nummer und legte die Füße auf den Schreibtisch, wo ich sie zu einem »V« formte – »V« für »Victory«. Ich mußte daran denken, wie Joe Tatarski den Krieg überstanden und zu Hause ein frühes Ende gefunden hatte. Pech, egal, wie man die Sache betrachtete.

Dann wählte ich die Nummer von Duncan Harveys Büro. Abgesehen davon, daß er zusammen mit McStu am meisten über den Fall Tatarski wußte, arbeitete er mit einigen Leuten zusammen, mit denen ich auf der High-School gewesen war. Als sich Pat Voisard meldete, erinnerte ich mich wieder daran, wie er früher die Sportergebnisse verlesen hatte. Sein atemloses Stakkato gab mir das Gefühl, wieder jung zu sein. Ich nannte Pat meinen Namen und wurde schon nach kurzer Zeit mit Duncan Harvey verbunden, dem ich erzählte, ich habe McStus Buch gelesen und würde gern mit ihm darüber sprechen.

»Architekten haben heutzutage alle Zeit der Welt, Mr. Cooperman. Wahrscheinlich ist das wirtschaftliche Klima Ihnen auch nicht gerade zuträglich. Wollen Sie zu mir ins Büro kommen, oder sollen wir uns lieber draußen treffen?«

»Ihr Büro ist wunderbar«, sagte ich. Nachdem wir einen Termin für eine Stunde später ausgemacht hatten, legte ich auf. Ich war ziemlich überrascht und fühlte mich auch ein wenig geschmeichelt, daß ich ihm mein Anliegen nicht erklären mußte.

Denn wenn ich nach Duncan Harvey gehen konnte, wußten die meisten Leute darüber Bescheid, daß ich Privatdetektiv war.

Ich nahm einen Block mit gelbem Kanzleipapier und schrieb ein paar Namen auf die erste Seite:

Margaret Tatarski (Schwester)
Freddy Tatarski (Bruder)
Mrs. Neustadt
Neustadts Tochter
Dave Rogers
Major Patrick

Dann wählte ich die Nummer von Dave Rogers und die des Heilsarmeeangehörigen, der so gut mit Neustadt befreundet gewesen war. Die Familie des Polizisten konnte warten, denn seine Angehörigen hatten vermutlich genug damit zu tun, sich ihrer Trauer hinzugeben. Möglicherweise würde ich sie niemals belästigen müssen. Wenn ich die gewünschten Informationen nicht von Harvey oder McStu bekäme, würde Pete Staziak mir dabei helfen herauszufinden, wo sich die übrigen Tatarskis aufhielten. Jedenfalls standen sie nicht im örtlichen und auch nicht im Telefonbuch von Buffalo oder Hamilton. Also versuchte ich es mit Toronto und strich dann die betreffenden Namen durch, nachdem ich ein paar falsche Nummern bekommen hatte.

Während ich die Zeit damit totschlug, auf Rückrufe zu warten, verglich ich die Fotos aus *Eile zum Galgen* mit den angegebenen Namen. Da war zum Beispiel Joe, ein Feldwebel in Uniform, die Arme verschränkt, den Mund zu einem breiten Grinsen verzogen. Er trug Kampfkleidung, einen kurzen Uniformrock und eine Mütze schräg auf dem Kopf. Er wirkte so, als sei die Armee für ihn eine zweite Heimat gewesen. Er schien sich wohl zu fühlen, wie ein Vorarbeiter, dem seine Arbeiter eine Flasche reichen. Offenbar hatte er seine Erfüllung im Soldatentum gefunden. Da er 1946 ermordet wurde, hatte er nur ein paar Monate Zeit gehabt, sich wieder ans Zivilleben zu gewöhnen.

Auf der anderen Seite befand sich ein unscharfes Foto seiner Frau Anastasia. Sie war nach ihren Armen und ihren Schultern eine grobknochige, kräftige Frau und ein entschlossener Mensch, wenn ihr Kinn keinen falschen Eindruck vermittelte. Ihre dunklen Haare wurden fast ganz von einer Mütze verdeckt. Sie war attraktiv gewesen, aber auf diesem Bild, das laut dem angegebenen Datum kurz nach dem Mord an Joe aufgenommen worden war, sah sie aus wie eine Frau mittleren Alters, vielleicht sogar älter. War das das Mädchen gewesen, zu dem Joe zurückgekehrt war?

Auf der nächsten Seite waren Fotos von den Kindern dieses ungleichen Paares: Margaret mit randloser Brille, die die Uniform einer Krankenschwester oder Rot-Kreuz-Helferin im Krieg trug; Freddy, ein schlaksiger Junge in Pfadfinderuniform, mit einer großen Rolle, vielleicht Aluminiumfolie, in der Hand, und schließlich das größte Foto: Mary Tatarski, die zweitletzte Frau, die in Kanada gehängt wurde, noch ziemlich lebendig, als wolle sie gleich zum Tanzen gehen. Sie hatte die ausgeprägten Gesichtszüge ihrer Mutter, dazu kamen jedoch Leichtigkeit und Lebhaftigkeit. Auf ihren roten Lippen, die auf dem Bild fast schwarz aussahen, lag ein Lächeln, das ihre ebenmäßigen Zähne gut zur Geltung brachte. War dies das Gesicht einer Mörderin? fragte ich mich. Auf den ersten Blick nicht.

Ich erkannte Duncan Harveys Gesicht sofort wieder, als ich ihn in seinem hellen, atelierartigen Büro sah. Es war mir im Lauf der Jahre schon oft in der King Street und in anderen Teilen der Stadt begegnet – ein kantiges, attraktives Gesicht, ein Gesicht, das gut zu Skikleidung und Berggipfeln paßte. Hier, hinter seinem Schreibtisch, trug er konventionellere Kleidung, aber er hatte immer noch das Flair des Naturburschen, und der sonnendurchflutete Raum war so naturbelassen, wie er in einer Stadt nur sein konnte. Als ich hereinkam, unterhielten sich Pat Voisard und er gerade übers Geschäft. Ich hörte »Abu Dabi« und »Shiraz«, Orte, die ich wahrscheinlich ganz gern einmal besucht hätte, aber die beiden unterbrachen das Gespräch, als sie mich sahen. Nachdem ich Pat begrüßt hatte, verließ dieser uns, und Duncan Harvey lehnte sich auf seinem Stuhl aus schwarzem Leder und Chrom zurück. Noch einmal sagte ich ihm, daß ich soeben McStus Buch über den Fall Tatarski gelesen hatte, was er mit einem Lächeln quittierte.

»McStus Buch ist eine wunderbare Einführung in das Thema, Mr. Cooperman. Sie finden darin alle Fakten. Er hat wirklich hervorragende Arbeit geleistet. Jetzt müssen wir nur noch genug Publicity bekommen, damit der Fall noch einmal aufgerollt wird.«

»Aber die Frau ist tot, Mr. Harvey. Ich verstehe nicht ganz, warum Sie sich für sie einsetzen.«

»Manche meiner Freunde würden sagen, weil ich ein Narr bin. Andere meinen, ich sei der geborene Kreuzritter. Von denen gibt's nicht mehr allzu viele. Ich weiß die Antwort auf Ihre Frage auch nicht so genau. Vielleicht hat's damit zu tun, daß man solche Dinge nicht durchgehen lassen darf. Vielleicht. Wahrscheinlich möchte ich beweisen, daß man mit menschlichem Leben sorgsam umgehen muß. Sehen Sie sich doch nur mal den Fall Marshall an. Wer hat sich darum geschert, was aus ihm geworden ist? Niemand außer Harry Wheaton, das war der Mountie, der die entlastenden Beweise ausgegraben hat. Manche von uns müssen eben mit dem Banner in der Hand vorausmarschieren, damit die anderen wissen, wo's langgeht. Ich weiß es auch nicht so genau. Natürlich ändert das nichts an der Tatsache, daß Mary Tatarski nicht wieder von den Toten aufersteht, auch wenn ihr Fall noch einmal aufgerollt wird.«

»Es interessiert mich, welche Rolle Ed Neustadt in der Geschichte gespielt hat«, sagte ich. »Und außerdem würde ich gern wissen, was mit den Überlebenden passiert ist.«

»Ja. Niemand übersteht ein solches Trauma ohne dauerhafte Schäden. Marys Schwester . . .«

»Margaret«, sagte ich.

»Ja, genau. Sie ist weggezogen, wie die anderen. Sie hat, ungefähr vier Jahre nach Marys Hinrichtung, in Sarnia Selbstmord begangen. Niemand kann mir erzählen, daß diese beiden Todesfälle nichts miteinander zu tun hatten.« Ich schüttelte ungläubig den Kopf.

»Sehen Sie, Mr. Cooperman ...«

»Sagen Sie doch Benny zu mir.«

»Nun, Benny, ein Fall wie dieser ist wie ein großer Flugzeugabsturz. Es gibt nicht nur jede Menge Verletzte, sondern auch alle möglichen indirekt Betroffenen. Verletzte, die nicht in dem Flugzeug saßen; Leben, die von dem Zeitpunkt an völlig anders verliefen; Karrieren, die abrupt endeten; Beziehungen, die nie mehr so waren wie früher. Dieses Prinzip wirkt auch in dem vorliegenden Fall. Margaret ist nur das dramatischste Beispiel. Auch Fred, ihr jüngerer Bruder, mußte die Stadt verlassen. Er wuchs in Pflegeheimen auf. Allerdings ist er später unter anderem Namen zurückgekehrt und hat großen Erfolg gehabt. Wenn man seinen Alkoholismus und die eine oder andere Gewalttätigkeit außer acht läßt, hat er der Kinderhilfe alle Ehre gemacht.« Harvey sprach mit tiefer Stimme und leichtem englischem Akzent, obwohl ich jede Wette eingegangen wäre, daß er gebürtiger Kanadier war. Vielleicht hatte er im Ausland gearbeitet oder eine englische Frau.

»Das gibt den Gegnern der Todesstrafe noch ein paar Argumente mehr an die Hand.«

»Ja, jetzt sind wir klüger; schade, daß wir das alles damals noch nicht gesehen haben.«

»Wann ist Fred Tatarski gestorben?«

»Vor etwas mehr als zwei Jahren. Er hatte Knochenkrebs.«

»Wie ist er so erfolgreich geworden?«

»Haben Sie schon mal was von der Werkstattkette Nuts & Bolts gehört? Die hat Fred Tatarski gegründet. Allerdings erst, nachdem er seinen Namen in Tait umgeändert hatte.«

»Hatte er Familie?«

»Ja, einen Jungen, Charles Edward, der gestorben ist, als er noch klein war. Hirnhautentzündung oder so etwas Ähnliches. Und Drina. Sie ist Marys Tochter. Er hat sie aufgezogen wie sein eigenes Kind, sobald er Arbeit hatte. Joe Tatarski hatte einen Bruder, der früher mal für Patterson und Corbin gearbeitet hat. Wahrscheinlich ist er inzwischen im Ruhestand. Auch er hat seinen Namen geändert. Er heißt jetzt Bill Tarson und wohnt drüben in Eastchester, in den Glengarry Apartments. Wir haben den Komplex damals in den Siebzigern gebaut. Der müßte mal auf Vordermann gebracht werden, aber wir können nicht...«

»Augenblick mal. Wer war denn der Vater von Marys Kind, und was ist mit ihm passiert?«

»Tja, die Antwort auf diese Frage hilft nicht sonderlich weiter. Er war ein Junge, der die Schule geschmissen hatte. Ist mit ihr zusammen aufgewachsen. Er ist immer mit Mary weggegangen, wenn es ihr gelungen ist, aus dem Haus zu schlüpfen – Anastasia hat die Türen bewacht wie ein Wachhund –, und er war schon wieder passé, als sie wußte, daß sie schwanger war. Er hat auf einem Weingut in Jordanien gearbeitet und ist dann nach Delhi gegangen, um sich auf den Tabakplantagen zu verdingen. Ich habe ihn in Kitchener aufgespürt, wo er in einem Wohnhaus für arbeitslose Männer gearbeitet hat. Allerdings konnte er mir nicht viel Neues sagen. Das hatte nichts damit zu tun, daß er die Erinnerung an das alles loswerden wollte, nein, er konnte sich wirklich nicht mehr allzugut an Mary erinnern und hatte bis dahin auch noch nicht gehört, daß er eine Tochter hatte.«

»Wie heißt er?«

»Thaddeus Nemerov.«

»Thaddeus Nemerov«, wiederholte ich.

»Erzählen Sie mir bloß nicht, daß Sie sich den Namen einprägen wollen.«

»Nun, vielleicht taucht er irgendwann wieder auf. Man kann nie wissen.«

»Wie Herr Shaw immer sagt.«

»Was – Shaw?« Harvey schien ziemlich überrascht über meine lebhafte Reaktion. »Gordon Shaw?«

»Einen Gordon Shaw kenne ich nicht; ich spreche von dem Schriftsteller George Bernard Shaw. Benny, fehlt Ihnen was?«

»Mir geht's gut, Duncan, keine Sorge«, sagte ich und entspannte mich wieder ein bißchen. »Ich weiß, daß davon nichts in dem Buch steht, aber wissen Sie irgend etwas von einer Verbindung zwischen Abram Wise und dem Fall Tatarski?« Das war lediglich ein Versuchsballon, aber was konnte es schaden?

»Abram Wise? Sie meinen den Gangster? Nein, seinen Namen habe ich im Zusammenhang mit diesem Fall noch nie gehört. Das hatte nichts mit organisiertem Verbrechen zu tun, sondern nur mit Nachlässigkeit bei den Ermittlungen und mangelnder Sachkenntnis des Verteidigers. Neustadt war für beides verantwortlich.«

»Und wieso war Neustadt Ihrer Meinung nach so versessen darauf, daß Mary Tatarski gehängt wurde? Kannte er die Familie?«

»Nein. Ich habe eher den Eindruck, daß er einfach seine eigenen Fehler kaschieren wollte. Er war ein sturer Bock. Natürlich war er der erste Beamte, der nach dem Mord an Marys Vater am Tatort erschien. Das steht in dem Buch. Also kannte er die Familie. Warum, kannten Sie ihn, Benny?« Ich schüttelte den Kopf. »Er wollte verhindern, daß ich McStu bei den Recherchen zu dem Buch behilflich bin, weil er wußte, daß er dabei nicht gut wegkommen würde. Und er hatte recht. Er ist gerade rechtzeitig gestorben.«

»Nicht ganz. Soweit ich weiß, hatte er noch Zeit, Leserbriefe an die Zeitungen zu schicken, in denen er das Buch niedermacht.«

»Was sollte er auch sonst machen? Wenn unsere Theorie über Mary Tatarski stimmt, ist seine zwangsläufig falsch. Allerdings möchte ich nicht den Richter über Neustadt spielen, denn er war ein dankbares Opfer – gefangen in seinen altmodischen Ideen und seiner eigenen Inflexibilität.«

»Glauben Sie, daß er auch unehrlich war?«

»In gewisser Hinsicht schon. Er hätte das aber wahrscheinlich nie so ausgedrückt. Seiner Meinung nach war es völlig legitim, die Fakten ein wenig zu verbiegen, damit sie einen Schluß bestätigten, den man bereits gezogen hatte. Wenn ihm irgendeine unangenehme Tatsache dazwischenkam, hat er sie irgendwie aus dem Weg geräumt, genau wie wir alte Häuser abreißen müssen, um neue errichten zu können.«

»Das Gesetz sieht das aber anders. Wenn die Fakten nicht zur Theorie passen, muß man eben nach einer anderen Theorie suchen. Erst so wird eine Wissenschaft daraus.«

»Das brauchen Sie mir nicht zu sagen. Ich weiß das. Und die meisten Beamten der Niagara Regional wissen das auch. Aber Neustadt war ein Fossil, ein Dinosaurier, der nicht begriffen hat, daß er eigentlich ausgestorben war.«

»Was würden Sie sagen – wer hat ihn am besten gekannt?«

»Unterhalten Sie sich mal mit Major Colin Patrick. Mit dem war er eng befreundet.«

»Das habe ich schon gehört. Würden Sie sagen, daß Ed Neustadt eine... nun, sagen wir mal .. sadistische Seite hatte?«

»Fragen Sie mich das aus bloßer Neugierde, Benny, oder sind Sie da etwas auf der Spur? Ich weiß, daß Sie Privatdetektiv sind. Kann es passieren, daß ich eine Aussage machen muß?« Meine Frage hatte Harvey argwöhnisch werden lassen. Ich wollte herausfinden, warum.

»Ich glaube nicht. Aber es steckt mehr als Neugierde dahinter. Ich habe den Eindruck, daß bei dem Fall Sadismus mit im Spiel war. Ist Ihnen der Gedanke schon mal gekommen?«

»Klar! Aber darüber konnte ich nichts sagen, solange Neustadt noch am Leben war. McStu hat schon mit seinem Verleger über eine neue Auflage von *Eile zum Galgen* gesprochen. Wir leben in einer harten Welt, Benny. Aber ich muß sagen, daß ich keine Angst vor Verleumdungsklagen mehr habe. Die Alpträume habe ich hinter mir.«

»Was ist eigentlich aus Mary Tatarskis Tochter geworden? Gibt's die noch?«

»Sie hat ein Jahr an der Napier McNabb University in Hamilton studiert. Danach verliert sich jede Spur von ihr. Natürlich ist sie zur Beisetzung ihres Stiefvaters 1992 erschienen. Doch danach ist sie verschwunden.«

»Verschwunden?«

»Vielleicht klingt das ein bißchen melodramatisch. Ich glaube, sie hat geheiratet und sich irgendwo niedergelassen.«

»Ist wahrscheinlich auch eine Möglichkeit zu verschwinden.« Harvey mußte lachen und fragte, ob ich eine Tasse Tee wolle. Ich nahm an.

Am liebsten hätte ich Harvey erzählt, daß ich meinen Klienten im Verdacht hatte, Neustadt ermordet zu haben, aber das verkniff ich mir. Klienten bei Dritten anzuschwärzen hat meistens schlimme Folgen. Pat Voisard gesellte sich zu uns, als das Teewasser kochte, und wir führten zu dritt das Gespräch fort. Pat erzählte uns von seiner Kindheit auf dem Land und seiner Schulzeit an der Pelham Road. Harvey zeigte uns ein paar Fotos, die er bei seinem letzten Skiurlaub gemacht hatte. Bevor ich ging, sagte Harvey, ich solle mich doch mal wieder blicken lassen, wenn mir etwas Neues zum Fall Tatarski einfiele. Ich versprach es ihm.

16

Ich verbrachte eine oder zwei Stunden damit, mir zu notieren, was ich bisher Interessantes im Fall Wise herausgefunden hatte. Es war so wenig, daß ich einen breiten Rand ließ, um den Text umfangreicher erscheinen zu lassen. Ein paar Leerzeilen zwischen den Absätzen konnten auch nicht schaden. Unter gestalterischen Gesichtspunkten sah das Ganze jetzt sehr viel besser aus.

Ich wurde zweimal beim Tippen gestört, beide Male von einem von Wises Kindern. Hart reagierte auf meinen Anruf von vorhin, als hätten wir uns nicht mittlerweile schon unterhalten, und Julie setzte sich vermutlich auf Anregung ihrer Mutter mit mir in Verbindung. Mit Hart verabredete ich mich für neun Uhr abends in einer Kneipe in der Nähe der Secord University. Klang recht vielversprechend für den verlorenen Sohn.

Mit Julie lief es nicht so gut. Sie rief mich an, um mir zu sagen, daß sie sich nicht mit mir unterhalten wolle.

»Warum haben Sie mich dann überhaupt angerufen? Weil Ihre Mutter Sie darum gebeten hat?«

»Genau. Sie sind wirklich ein guter Detektiv.«

»Würde Ihr Vater denn einen schlechten anheuern?«

»Beantworten Sie Fragen immer mit Gegenfragen?«

»Wenn ich die Gelegenheit dazu bekomme. Sie wissen, daß jemand versucht, Ihren Alten Herrn umzubringen?«

»Seit ich denken kann, rechne ich mit der Nachricht, daß jemand ihn ermordet hat. Früher habe ich sogar davon geträumt. Immer wenn ich meinen Wagen auf einem Flughafenparkplatz abstelle, kommt mir in den Sinn, daß mein Daddy dort gefunden werden könnte, zum Beispiel im Kofferraum eines BMW.«

»Sie haben wirklich eine lebhafte Phantasie, Julie.«

»Tja, dabei habe ich Ihnen die wirklich interessanten Sachen noch gar nicht erzählt. Mummy sagt, Sie sind wirklich zum Anbeißen – macht sie sich lustig über mich?«

»Ja, sie macht sich lustig über Sie. Außerdem würde Ihre Mummy sich wohl nicht so ausdrücken, oder?«

»Aber mir gefällt Ihre Stimme. Die ist irgendwie sexy. Sie sind Löwe, stimmt's? Die sind unberechenbar und sexy.«

»Nein, ich bin Pistazie. Sage ich jedenfalls immer.«

»In welchem Monat haben Sie Geburtstag?«

»Julie, ich habe keine Zeit für solche Gespräche. Wenn Sie sich mit mir treffen, wunderbar, dann machen wir einen Termin aus. Und wenn nicht, hat's mich gefreut, mich mit Ihnen unterhalten zu haben.«

»Warum nennen Sie mich beim Vornamen, Mr. Cooperman? Ich bin kein Kind mehr.«

»Sagen Sie mir, wie ich Sie nennen soll, Julie, dann notiere ich mir das irgendwo, ja? Haben Sie 'ne Idee, wer Ihren Alten Herrn umbringen möchte?«

»Ich zum Beispiel.«

»Das wäre ja schon ein Anfang. Und wieso?«

»Er ist ein lausiger Vater. Als Kind hab' ich ihn nie zu Gesicht bekommen. Und als ich dann im Teenageralter war, konnte ich mich gar nicht mehr vor ihm retten.«

»Sprechen Sie von Mißbrauch?«

»Ich spreche davon, daß er mir nie meinen Spaß gegönnt hat. Er hat mich nicht aus den Augen gelassen, wie ein Wachhund. Für seine wertvolle Julie war niemand gut genug, also habe ich zu Hause rumgesessen und *Vogue* und *Elle* gelesen.«

»Haben Sie deshalb so jung geheiratet? Damit Sie von zu Hause wegkommen?«

»Damit ich von *ihm* wegkomme! So war das. Der arme Teufel damals hat nicht gewußt, daß ich mit ihm bloß Daddy ärgern wollte.«

»Und – hat's funktioniert?«

»Nein. Daddy hat die Ehe annullieren lassen, bevor der Trottel raushatte, wie man 'nen Büstenhalter öffnet. Beim zweiten

Mal hatte ich dann mehr Glück. Sind Sie noch dran, Mr. Cooperman?«

»Ja. Warum nennen Sie mir nicht einfach ein Lokal, in dem Sie zu Abend essen wollen, dann treffe ich Sie dort. Mein Büro ist voll mit Klienten, und meine Assistenten hören jedes Wort mit, das wir reden.«

»Abendessen geht nicht. Wo sind Sie so gegen eins?«

»Nachts? Hoffentlich im Bett. Wir wär's mit morgen?«

»Wenn Sie mich wirklich sehen wollen, dann kommen Sie um eins ins Patriot Volunteer am Fluß. Bis dann«, sagte sie und legte auf.

Der Name Patriot Volunteer kam mir bekannt vor. Es handelte sich um ein Rasthaus an der Straße von Lewiston nach Youngstown, um ein Tanzlokal, in dem hauptsächlich Leute aus New York State sowie Kanadier verkehrten, die sich nicht unbedingt direkt vor ihrer Haustür treffen wollten. Ich war vor Jahren mal dort gewesen, hatte aber völlig vergessen, daß es das Lokal gab.

Als ich mich wieder meinem Bericht zuwandte, kam ich ins Grübeln, ob ich wirklich das Geld wert war, das mein Klient mir zahlte. Mittlerweile hatte ich mit den meisten Leuten gesprochen, die wichtig waren in seinem Leben, aber noch immer keine Verschwörung aufgedeckt, die dazu dienen sollte, ihn ins Jenseits zu befördern. Wenn es eine solche Verschwörung gab, war sie so klug eingefädelt, daß ich sie nicht erkannte. Trotzdem schrieb ich alles auf, was ich sicher wußte, und fügte noch ein paar Dinge hinzu, die ich vermutete. Aber selbst mit sehr breitem Rand füllte das noch nicht sehr viel Papier.

Es war später am Nachmittag. Die Schatten waren inzwischen an den Wänden entlanggewandert. Wahrscheinlich war ich auf meinem Stuhl eingedöst, wie ich es manchmal tue. Ich gab dem Mittagessen die Schuld dafür – vermutlich hätte ich ein Verdauungsschläfchen auf einem orientalischen Diwan halten müssen, um die rosenwassergetränkte Nachspeise zu bewältigen. Ich meinte zwar, ich schlief, aber eigentlich schlief ich nicht, als es passierte. Wenn so etwas im Film passiert, ist der Knall lauter. Ich hörte lediglich das Eindringen einer Kugel in die Wand. Unmittelbar darauf splitterndes Porzellan. Eine große Tasse, die ich auf dem Aktenschrank gleich über meiner linken Schulter abgestellt hatte, lag plötzlich in Scherben auf dem Schrank und dem Boden. Die Unterlagen vor mir auf dem Schreibtisch waren mit Splittern übersät. Ich ließ mich gerade noch rechtzeitig auf den Boden fallen, als ein zweiter Schuß durchs Fenster drang. Ich zog das Telefon zu mir herunter und wählte die Nummer 911. Dem zuständigen Beamten erklärte ich, jemand schieße von der anderen Straßenseite auf mich; wahrscheinlich vom Russell House aus. Allerdings hatte ich nicht vor, das genauer zu überprüfen. Inzwischen befanden sich zwei saubere Löcher in meiner Fensterscheibe. Der zweite Schuß war mit einem lauten »Ping« in meinem Aktenschrank aus Metall gelandet. Auf der anderen Straßenseite hatte sich das sicher lauter angehört. Ich als Ziel bekam nicht viel von den Abschußgeräuschen und dem Mündungsfeuer mit.

Derjenige, der es auf mich abgesehen hatte, hatte sich wahrscheinlich schon davongemacht. Er konnte nicht mit letzter Sicherheit wissen, ob er mich mit seinem zweiten Schuß getroffen hatte, weil ich fast zum gleichen Zeitpunkt auf dem Boden landete, als die Kugel durchs Fenster drang. Er mußte schnell aus dem Hotel verschwinden. Wenn das derselbe Kerl war, der auch auf Wise geschossen hatte, war er immer noch nicht nahe genug dran, um mit Sicherheit sein Ziel zu treffen. Ein Profi hätte sich keinen solchen Schnitzer erlaubt.

Ich kroch auf dem Boden in Richtung Tür, zog meine Jacke herunter und warf dabei den Garderobenständer um. Das war das lauteste Geräusch des ganzen Zwischenfalls. Ich zerrte meine Jacke hinter mir her in die Praxis von Dr. Bushmill gleich nebenan. Frank war Orthopäde, ein gebildeter Mann und mein Freund. Er hatte sich meinetwegen schon die eine oder andere Beule am Kopf eingehandelt. Im Wartezimmer saßen zwei

Frauen mittleren Alters sowie eine junge Mutter mit einem kleinen weinenden Jungen. Ich stürzte hinein und schaute zu dem Fenster hinaus, das sich am weitesten von meinen eigenen entfernt befand. Das Hotel stand noch immer an der Stelle, an der es immer gestanden hatte. Der Schuß war ziemlich genau von gegenüber gekommen, aus einem Fenster im ersten oder zweiten Stock. Am liebsten wäre ich die Treppe hinunter, und hinübergelaufen, aber möglicherweise zielte der Schütze auf meine Haustür. Ich suchte die Fenster des ersten Stocks mit den Augen ab. Eins davon stand offen, die anderen waren geschlossen. Das Stockwerk darüber sah menschenleer aus. Ich warf einen Blick auf die Tür des Hotels. Niemand kam heraus. Auf der Straße war auch niemand stehengeblieben. Und niemand schaute herauf zu meinen Fenstern.

»Benny? Was führt dich hierher?« fragte Frank Bushmill.

»Tut mir leid, daß ich einfach so hereingeplatzt bin, Frank, aber ich wollte mal eben bei dir zum Fenster rausschauen.« Ich erwähnte lieber nichts von den Schüssen. Ich war mir ziemlich sicher, daß da nicht jemand zufällig auf mich geschossen hatte, was bedeutete, daß Franks Patienten nicht gefährdet waren. Außerdem saßen sie ohnehin an der sicheren Wand.

»Soviel Schnee ist um diese Jahreszeit selten«, meinte Frank. Schnee? Den hatte ich gar nicht bemerkt.

Ich nahm meine Jacke und ging damit zur Rückseite des Gebäudes, wo ich zum erstenmal seit mehr als fünfzehn Jahren wieder die Feuertreppe hinunterkletterte. Es schneite tatsächlich – alles war weiß, aber die rostige Treppe wurde dadurch weder ungefährlicher noch geräuschärmer.

Mein Büro ging nach hinten auf einen Abhang raus, an dessen unterem Ende sich eine Textilfabrik befand, so daß ich weiter hinunterklettern mußte, als ich eigentlich erwartet hatte. Von der Rückseite gesehen, lag mein Büro im dritten Stock des Hauses. Ich versuchte, den ganzen Schrott, der mir durch den Kopf schoß, zu ignorieren. Wahrscheinlich war das der Schock, vielleicht auch die Panik.

Ich ging die ansteigende Straße zwischen meinem Haus und der gegenüberliegenden Bank hinauf. Es waren immer noch keine Sirenen zu hören, dafür bewegte sich etwas hinter mir.

»Jesus, Maria und Josef, Benny, was ist denn los?« Das war Frank. Anscheinend war er hinter mir hergeklettert. Ich hatte ihn nicht gehört.

»Frank, gerade hat jemand von Russell House zwei Kugeln durch mein Fenster geschossen.« Frank zog die schneebedeckten Augenbrauen hoch.

»Was? Hast du schon die Polizei gerufen?«

»Ja, aber die lassen sich ganz schön Zeit.« Große, dicke Schneeflocken wirbelten durch unseren dampfenden Atem.

»Danke, daß du meine Patienten nicht erschreckt hast. Kann ich dir noch irgendwie helfen? Wenn nein, gehe ich wohl lieber zu ihnen zurück. Mrs. Sampson hat noch den ganzen Fuß naß. Also, tschüs dann«, sagte er und schlitterte die Straße hinunter in Richtung von Mrs. Sampsons Frostballen.

Als ich wieder zur St. Andrew Street hinüberschaute, standen zwei Streifenwagen vor der Tür der Hotelbar, die auf die James Street ging. In dem mir näheren Wagen saß ein Mann. Den Fußgängern schien nichts aufzufallen; sie kamen wie üblich aus den Läden heraus und überquerten die Straße bei Rot oder Grün, den Mantelkragen zum Schutz gegen die Kälte hochgeschlagen. Nach kurzer Zeit traten drei uniformierte Beamte aus der Bar. Eine Passantin amüsierte sich mit einer Freundin darüber und sagte etwas, was sie beide kichern ließ. Als ich die beiden beobachtete, entdeckte ich den Kahlgeschorenen, der bei der Fahrt zu Wise am Montagmorgen ebenfalls dabeigewesen war. Es war derselbe Mann, daran bestand kein Zweifel – er war tätowiert und trug Ohrringe. Seine blauangelaufene Haut hätte ich überall wiedererkannt. Hatte er die Schüsse abgegeben? Oder war er nur an der Reihe, mich zu überwachen? Die drei Polizisten sprachen mit dem Mann im Streifenwagen, der zu meinem Büro hinüberdeutete. Der Kahlgeschorene mischte sich unter die Passanten auf der St.

Andrew Street. Die drei Uniformierten überquerten die Straße. Ich empfing sie an der Haustür.

»Hallo«, sagte ich. »Mein Name ist Cooperman. Die Schüsse auf mein Büro kamen von der anderen Straßenseite, vom Hotel.«

»Dann sehen wir uns mal Ihr Büro an«, sagte einer der Beamten.

»Die Kugeln laufen Ihnen nicht weg, der Schütze schon. Meinen Sie nicht, daß Sie das Hotel durchsuchen sollten?«

»Hören Sie, Mr. Cooperman, das Hotel wird nur noch zum Teil genutzt. Dort laufen überall Handwerker rum. Wir haben das Zimmer gefunden, aus dem der Schuß abgegeben wurde...« Als er das sagte, zeigte mir einer der anderen Polizisten einen durchsichtigen Plastikbeutel mit zwei langen Patronenhülsen. »Ein Schreiner hat uns gesagt, er hätte einen Typ mit einem dikken Parka gesehen, der ist mit einer Sporttasche durchs Foyer gegangen. Ist ungefähr drei Minuten, bevor wir hier aufgetaucht sind, durch die Bartür raus. Also frage ich Sie, welchen Sinn es hat, die ganze Stadt zu durchkämmen, wenn wir von oben eine Täterbeschreibung über Funk durchgeben können, während wir uns die Löcher in Ihrer Wand anschauen.«

Da keine Chance bestand, den flüchtigen Schützen sofort aufzugreifen, führte ich die Beamten hinauf in mein Büro, wo sie die Einschußlöcher für ihre Kollegen mit einem Spezialstift markierten und versuchten, die genaue Schußlinie zu ermitteln. Wir konnten alle deutlich sehen, daß sie ganz genau zu dem leicht geöffneten Fenster auf der anderen Straßenseite führte. Hinter dem Fenster entdeckte ich eine Gestalt, auf die ich die Beamten aufmerksam machte, doch diese Gestalt winkte uns zu, als sie uns bemerkte.

Nachdem ich einem jungen Beamten erklärt hatte, daß der Schütze gut und gern einer meiner ehemaligen Klienten oder eine ihrer Ehefrauen gewesen sein konnte, verabschiedete sich die Niagara Regional Police von mir. Allerdings nicht, ohne mir vorher geraten zu haben, daß ich vorsichtig sein solle. Außerdem schlug man mir vor, ein paar Tage aus der Stadt zu verschwinden. Einen Augenblick lang spielte ich mit dem Gedanken, diese Empfehlung an meinen Auftraggeber weiterzuleiten.

Die Spurensicherung bestand aus einem einzigen Mann, der aussah wie jemand vom Telefonstördienst. Er holte eine der Kugeln aus der Wand und zeigte mir, wo sich die andere durch mehrere Dutzend Akten im Schrank gebohrt und eine Spur hinterlassen hatte, die durchaus auch von einem hungrigen Hamster hätte stammen können.

Als die Beamten wieder weg waren, ging ich zu Frank hinüber, der mir einen irischen Whiskey aus einer Flasche einschenkte, auf der sein Name stand. Eigentlich hätte ich ihn gern gefragt, wie es dazu gekommen war, aber ich brachte nicht die Energie auf. Statt dessen trank ich meine Medizin und ließ mir noch mal nachschenken. Beide Male ohne Eis. Schon bald hörten meine Hände auf zu zittern. Die Stimme in meinem Kopf, die mich mit ihrer ruhigen Art in Krisensituationen immer fast zum Wahnsinn treibt, war mittlerweile verschwunden, um ein anderes verängstigtes Wesen zu drangsalieren. Ich wünschte mir jetzt nur noch einen Ort, an dem ich ungestört mein Schläfchen fortsetzen konnte. Auch dabei war Frank mir behilflich. »Ich lasse dich jetzt allein, Benny. Ein Kissen und eine Decke findest du im Schrank.« Ich hatte keine Ahnung, was er mit seinen letzten Patienten anfing, und ich fragte ihn auch nicht danach. Er legte den Haken an seiner Praxistür um, damit ich jederzeit hinaus konnte, und bat mich, ihn wieder hochzudrükken, wenn ich ging. Als er weg war, schenkte ich mir noch einen Whiskey ein, rollte mich auf seiner Couch zusammen und schlief ein. Ich wachte, zugedeckt mit meiner Jacke, erst nach Einbruch der Dunkelheit wieder auf.

17

Auf der Straße, die sich das Escarpment zur Secord University hinaufwand, hatte ich seinerzeit meine Fahrstunden absolviert. Sie war schmal, kurvig und steil und hatte sich erstaunlicherweise in den letzten zwanzig Jahren nicht verändert. Es gibt dort alle möglichen Kreuzungen, die regelmäßig von der städtischen Baubehörde aufgerissen werden und einen unverstellten Blick nach allen Seiten ermöglichen. Über die Baustellen beklagte ich mich nicht, denn in meiner Heimatstadt gibt es bei Gott wenig genug, was noch so ist wie früher.

In jener Nacht war der Hügel voller Schnee und Matsch. Die abendliche Rush-hour hatte keinen klaren Pfad auf der Straße hinterlassen, sondern den Anstieg nur beschwerlicher gemacht. Und man hatte weder Salz noch Kies gestreut, um es den Autofahrern leichter zu machen. Ich entdeckte die Spuren eines Wagens, dessen Fahrer auf dem Weg nach unten stark auf die Bremse getreten hatte. Das Auto stand jetzt neben einem Gebüsch am Straßenrand. Als ich oben ankam, sah ich rechts vor mir die Secord University, benannt nach einer heroischen Frau, die einem britischen Offizier, dessen Hauptquartier sich ein Stück die Straße hinunter befand, die Kunde von einer bevorstehenden Schlacht gebracht hatte. An den Überresten des Hauses war eine Erinnerungsplakette angebracht, auf der es – durchaus zweideutig – hieß, Laura Secord habe zusammen mit Leutnant (später Oberst) Fitzgibbon drei Nächte unter diesem Dach verbracht.

Die Universität war in einem riesigen Turm am Rand des Escarpment untergebracht, von wo aus sie den Menschen in der daruntergelegenen Ebene (ganz zu schweigen von den vorbeifahrenden Booten auf dem See) die Tugenden der höheren Bildung verkündete.

Smart Alex war ein Treffpunkt für Studenten. Inneneinrichtung und Atmosphähre und nicht zuletzt die Gäste zeugten von frühem Zynismus und idealistischen Werten, die bei Brezeln und preiswertem Bier vom Faß diskutiert wurden. Der runde Raum war auf zwei oder drei Ebenen in geschwungene Bereiche eingeteilt, und an der einen Seite befand sich eine Theke, an der sich all jene trafen, die Zuhörer suchten. Das Lokal war mit Zeugen der Vergangenheit ausgeschmückt: Galionsfiguren, Ankern, Kaugummiautomaten, Pennywaagen und altmodischen Ladenschildern.

Ich setzte mich auf einen Hocker, bestellte mir ein Grindstone-Lager vom Faß und wartete. Es war erst sieben vor neun. Im Spiegel hinter der Theke beobachtete ich drei junge Frauen mit kurzen Haaren, die zwischen jungen Männern mit Bürstenschnitt, augenscheinlich Footballspielern, eingezwängt waren. Sie hatten alle einen Mordsspaß und bestellten Hamburger und Kartoffelchips. Als eine der jungen Frauen ein Schild mit der Aufschrift »Busenvergrößerer« entdeckte, begann sie, die selbst einen solchen Vergrößerer am allerwenigsten nötig hatte, dem nächstgelegenen jungen Mann auf die Brust zu hämmern. Sie fanden das alle schrecklich lustig. Während sie aßen, leerten sie ihre Biergläser, und schon bald bestellten sie Nachschub.

»Hallo! Sind Sie auf Talentsuche?« fragte Hart Wise, auf die Minute pünktlich. Hart war immer für eine Überraschung gut. Ich wandte den Blick von den hübschen Studentinnen ab und der teueren – natürlich schwarzen – Lederjacke sowie der Bluejeans von Abram Wises Sohn zu. Die steife Brise, die den Schnee gebracht hatte, hatte sein Gesicht rot werden lassen, fast so rot wie seine Haare. Unter der Jacke, die Hart ausgezogen und auf seinen Hocker gelegt hatte, bevor er sich setzte, trug er einen grauen Pullover. Eine Wollmütze stopfte er in den herunterhängenden Ärmel der Jacke. Wise bestellte Faßbier von einer anderen kleinen Brauerei in Ontario, und schon bald hatten wir beide einen Schnurrbart aus Schaum auf der Oberlippe.

»Wie werden Sie im Testament Ihres Vaters bedacht?« fragte ich, als wir unsere leeren Gläser auf die Theke gestellt hatten.

Hart lächelte, wahrscheinlich über meine Dreistigkeit, und sagte: »Verpissen Sie sich.« Da er dabei nicht aufhörte zu lächeln, ignorierte ich seinen Vorschlag einfach.

»Sie wissen, daß jemand versucht hat, ihn umzubringen?«

»Gibt's sonst noch Neuigkeiten? Das bringt sein Leben so mit sich. Er hat sich seinen Sarg schon vor vielen Jahren ausgesucht.«

»Aber Sie versuchen nicht, ihn vorzeitig hineinzubringen, oder?«

»Hoppla, immer mit der Ruhe! Wir wollen doch die Form wahren. Ich könnte mich gar nicht schlechter mit meinem Vater verstehen. Wir können einander nicht ausstehen. Dazu haben wir einfach schon zuviel miteinander erlebt. Doch seit meine Mutter mir von der Sache erzählt hat, habe ich versucht herauszufinden, wer dahintersteckt. Aber sagen Sie dem Alten Herrn nichts davon, ja?« Ich nickte überrascht, eher, um mein Gehör zu überprüfen, als um irgend etwas zu versprechen.

»Und was haben Sie herausgefunden?«

»Die Leute, die für ihn arbeiten, sind die schlimmsten Typen, die er je gehabt hat. Außer Mickey, der nicht richtig dazugehört und von Anfang an über jeden Verdacht erhaben war. Aber den anderen würde ich persönlich nicht über den Weg trauen.«

»Mickey ist nicht über jeden Verdacht erhaben. Das ist die erste Regel. Niemand ist über jeden Verdacht erhaben. Sonst brauchen wir uns gar nicht mit dem Fall zu beschäftigen.«

»Na schön. Kapiert. Aber die anderen . . .!«

»Wo hat er die aufgetrieben?«

»Wenn sie sich bei 'nem Job bewährt haben, zieht er sie sich immer näher ran, Stück für Stück. Und irgendwann arbeiten sie dann fürs Haus. Phil Green ist nach Mickey am längsten dabei. Er ist nicht ganz so dumm, wie er aussieht, aber auch nicht viel intelligenter. Sidney, das ist der Fahrer, hat ein Vorstrafenregister, das reicht bis in die Siebziger zurück. Als Fahrer ist er toll, aber ansonsten weiß er nicht mal, auf welcher Seite der Briefmarke der Kleber ist.«

»Bleibt noch einer.«

»Sylvester ist mal vom Motorrad gefallen und meinem Alten Herrn praktisch direkt vor die Füße gerollt. Der hat ihm dann neue Klamotten gekauft und ihm den Job gegeben. Syl ist loyal, solange er Geld kriegt, und hart, aber das ist alles. Dad meint, man könnte ihn bei einem Angriff als Bollwerk benutzen. Ausprobiert hat er das bis jetzt noch nicht.« Dann fügte er hinzu: »Soweit ich weiß.«

»Hat ihr Vater eigentlich viele Waffen im Haus? Ich habe nicht viel davon gesehen.«

»Mit den Waffen, die da drin sind, könnten Sie die gesamten Marines der Vereinigten Staaten ein paar Stunden lang aufhalten. Das Haus ist gut ausgestattet und hat 'nen Fluchttunnel, der hinterm Haus endet.«

»Ich hatte schon vor dem Gespräch mit Ihnen Kopfschmerzen. Die haben sich jetzt verstärkt. Warum streiten Sie eigentlich ständig mit Ihrem Vater?«

»Hat meine Mutter Ihnen das nicht erzählt?«

»Sie hat mir erzählt, was sie denkt. Aber das ist nicht dasselbe, wie wenn ich Sie frage.« Er hatte sein drittes Bier schon halb geleert, während ich gerade erst mit dem zweiten anfing. Er dachte eine Weile nach. Gute Idee.

»Wir liegen uns in den Haaren, solange ich denken kann. Er hat meine Mutter vergrault. Zwar hat er versucht, mir das zu erklären, aber das hat's nur schlimmer gemacht. Er hat gesagt, sie würde immer für mich dasein, aber jedesmal, wenn ich sie gebraucht hätte, hat's ›nicht gepaßt‹. Das gleiche war's mit meinem Hund Sparky. ›Der Hund gehört immer noch dir, Hart. Er lebt nur nicht mehr hier bei uns.‹ Wundert Sie's da, daß wir uns ständig gestritten haben?«

»Also machen Sie ihn für Ihr Leben verantwortlich?«

»Ich habe mich nicht darum gerissen, geboren zu werden, Cooperman! Ich hatte auch nicht vor, der Sohn von Abe Wise, dem tollen Gangster, zu werden. Also machen Sie mir lieber keine Vorwürfe!«

»Tut mir leid. Ich versuche bloß, die Situation zu verstehen. Alle Leute, mit denen ich mich bis jetzt unterhalten habe, sind davon überzeugt, daß die Bedrohung von jemandem ausgeht, der ihn sehr gut kennt, daß es niemand von seinen Geschäftspartnern ist. Was halten Sie von der Theorie?«

»Für einen Gangster ist er ziemlich ehrlich. Er redet nicht mit den Bullen, dafür stellen sie ihm auch keine Fragen. Das ist ein merkwürdiges Spiel. Die Regeln stellen sie selber auf – auf welcher Grundlage, weiß ich nicht –, aber sobald diese Regeln bekannt sind, halten sich alle dran.«

»Ist es nicht seltsam, daß er nie erwischt worden ist?«

»Er ist clever. Er hält den Mund und gibt seinen Leuten Geld, damit die das gleiche tun.«

»Gibt er den Polizisten auch Geld?«

»Ha! Das würde er jetzt gern hören. Aber da gibt's einfach zu viele unterschiedliche. Und außerdem bekommen Polizisten hin und wieder mal moralische Anwandlungen. Das wäre eine schlechte Investition.«

»Ich habe mich über Deputy Chief Neustadt erkundigt. Wissen Sie etwas über den?«

»Nein. Ich habe nie das Vergnügen gehabt. Was hat er mit der Sache zu tun?«

»Möglicherweise ist er ermordet worden. Wahrscheinlich sogar. Und es könnte sein, daß Ihr Alter Herr dahintersteckt. Vielleicht hat er etwas gegen Neustadt unternommen, bevor der ihm etwas antun konnte. Es hat böses Blut zwischen den beiden gegeben. Soviel ist bekannt.«

»Ich weiß nichts davon.«

»Ich habe neulich Ihren TR 2 bewundert.«

»Hab' ich's doch gewußt, daß Sie noch auf den Wagen zu sprechen kommen würden.«

»Und?«

»Nun, ich habe also einen ungedeckten Scheck ausgestellt.

Ich werde den Betrag begleichen, das habe ich Ihnen schon gesagt.«

»Sie wissen, daß Shaw und sein Anwalt York versuchen, Sie zu benutzen, um an das Geld Ihres Alten Herrn heranzukommen?«

»Nun machen Sie kein so finsteres Gesicht, Cooperman.« Er trank sein Bier aus und wischte sich den Mund ab, bevor er weiterredete. »Haben Sie sich schon mit meiner Schwester getroffen?«

»Noch nicht. Aber vielleicht habe ich ja noch Glück.«

»Wenn Sie sie sehen, richten Sie ihr einen schönen Gruß von mir aus«, sagte er mit höhnischem Lächeln. Zum erstenmal erinnerte er mich wieder an den Hart, den ich im Haus seiner Mutter kennengelernt hatte, und das nach fast einer Stunde hier im Smart Alex.

»Mach' ich«, sagte ich. Er legte einen Geldschein auf den Tresen und grinste mich an, bevor er seine Jacke nahm und an den drei Studentinnen und ihren Footballhelden vorbei zu seinem TR 2 ging. Ich trank mein Bier aus und bestellte einen Hamburger und Curry-Pommes bei einer Kellnerin, die in mir den Eindruck erwecken wollte, als habe sie größte Mühe, all die vielen Tische zu betreuen, obwohl die meisten dank des Schneesturmes draußen leer waren. Während des Essens, das besser als erwartet war, versuchte ich mir über all das klarzuwerden, was ich soeben gehört hatte, und überlegte, ob sich mein Wissen seit dem Morgen wesentlich vergrößert hatte.

18

Der Baum, gegen den Dulcie Osborne seinerzeit gefahren war, stand immer noch an der scharfen Kurve des Lewiston-Youngstown Highway. Sogar durch den Schneesturm hindurch war zu erkennen, an welcher Stelle sie und viele andere Fahrer die Kurve falsch eingeschätzt hatten. In ihrem Fall war die Lenkung manipuliert gewesen, so daß es sich im strengeren Sinn nicht um einen Unfall gehandelt hatte. Das war vor Jahren passiert, als ich gerade angefangen hatte, in Niagara Falls als Detektiv zu arbeiten. Seitdem hatte ich diese Straße nicht oft genug benutzt, um mich an das plötzliche Auftauchen des Baumes in der Kurve zu gewöhnen. Mittlerweile hatte man eine Leitplanke aufgestellt. Also war ich sicher vor der tödlichen weißen Eiche, obwohl ich in dieser Nacht schon mehrfach fast die Gewalt über den Wagen verloren hätte.

Auch das Patriot Volunteer hatte sich nicht verändert. Die Live-Band hörte man schon vom Parkplatz aus. Um fünf vor eins morgens war der Bär los in dem Raum, und wenn man den Nummernschildern der abgestellten Autos glauben durfte, zahlten die meisten anwesenden Gäste kanadische Steuern. Das Mädchen an der Garderobe nahm mir die Jacke ab und schüttelte den Schnee vom Kragen, als habe sie ein wertvolles Stück in der Hand. Die meisten Garderobenfrauen haben keinen Sinn für Humor. Der Oberkellner fand erst dann einen leeren Tisch für mich, als ich ihm einen Geldschein zusteckte. Er führte mich zu einem Tischchen gleich bei der Küchentür.

Das Patriot Volunteer war wie ein Fort aufgemacht; die Kellner trugen Soldatenuniformen und die Kellnerinnen Reifrökke. Der Raum war geschmückt mit einer Musketensammlung, Trommeln sowie roten, weißen und blauen Fahnen und Wimpeln. Dazu kamen Bilder mit Szenen aus dem Unabhängigkeitskrieg: die Überquerung des Niagara River am Morgen der

Schlacht von Queenston Heights; der Beschuß von Fort Niagara, der Brand von Niagara-on-the-Lake. Die New Yorker verwechselten gern – übrigens genau wie wir – den Unabhängigkeitskrieg mit dem Krieg von 1812. Bei beiden handelte es sich um Kostümstücke mit dreizipfeligen Hüten und Tonpfeifen.

Die Band, die aus sieben oder acht Mann bestand, bemühte sich nicht um historische Genauigkeit und paßte so auch besser zu den Gästen. Die meisten Männer trugen Krawatte und Jakkett, die meisten Frauen Cocktailkleider. Ein paar erschienen sogar im langen Kleid – das Lokal war also immer noch ein Ort, den man als krönenden Abschluß eines gelungenen Abends aufsuchte.

Als der Kellner darauf bestand, mir das Warten mit einem Drink zu versüßen, versuchte ich es mit dem roten Zeug, das ich im Wellington Court zum erstenmal getrunken hatte: Campari-Soda. Der Kellner runzelte die Stirn, als habe ein solches Getränk im kolonialen Amerika nichts zu suchen. Meiner Meinung nach paßte der Drink wunderbar hierher, denn der Cocktail war auf der Straße nach Lewiston erfunden worden.

Julie kam mit einem Troß von fünf Menschen herein, drei Männern und zwei Frauen. Die drei Frauen wogen zusammen wohl nicht mehr als hundert Kilo. Die eine war blond, sah aus, als sei sie mit dem Kopf in eine Schafschur geraten, und trug ein langes Herrenunterhemd, mit dem sie noch weniger Eindruck machte, als ich es darin getan hätte. Ihr Schlüsselbein war die hervorstehendste Partie ihres Oberkörpers. Die andere junge Frau, ebenfalls ein Model, wie ich vermutete, gab sich burschikos mit ihren roten, eng am Kopf anliegenden Haaren. Trotzdem sah sie ein bißchen weiblicher aus als die erste – das war sofort zu erkennen, als sie sich zu mir herumdrehte. Sie trug ein langes Kleid in Erdfarben und lächelte kein einziges Mal. Die drei Herren hatten Smokingjacken an, eine in Pink, eine in Weiß und die dritte mit pastellfarbenem Blumenmuster. Die Herren umschwärmten Julie, die sich in ihrem Glanz sonnte. Ich erkannte sie sofort: Sie war ungefähr so groß wie ihre Mutter und hatte deren scharfe Gesichtszüge sowie die Lebhaftigkeit ihres Vaters geerbt. Sie trug ein bernsteinfarbenes Kleid, das wie eine zweite Haut anlag. Sie hatte einen schönen Körper, wenn auch ein wenig unterernährt, und das Lächeln aus ihren großen braunen Augen war einfach toll

Sie marschierten zwischen den Tischen hindurch, gefolgt von einem ganzen Zug Soldaten, Bedienungshilfen und Kellnern, die sich um meinen winzigen Tisch formierten und dann in einer Reihe zu einem großen Tisch mit einem »Reserviert«-Schild und Blumen gingen. Ich wurde als Geisel mitgezerrt. Noch ein bißchen näher an der Band, und wir hätten mitmusizieren müssen. Den Campari nahm ich selbst mit, das Soda brachte mir ein Soldat. Wie Julie mich erkannte, werde ich nie erfahren. Schon bald wurde der Tisch mit einer Magnum-Flasche Champagner versorgt, das obere Ende mit pinkfarbener Folie umwickelt. Die Mädchen jedoch tranken Cola Light und Pepsi sowie Mineralwasser.

»Ich bin Julie Long«, stellte sich Julie vor, über deren Nachnamen ich mir bereits Gedanken gemacht hatte. »Mom hat mir gesagt, wie Sie aussehen. Wenn ich Sie nicht erkannt hätte, wäre ich nach der Stimme gegangen. Das hätte Spaß gemacht.« Dann stellte sie mir den Typ mit der pastellfarbenen Smokingjacke und der blauen Fliegerbrille als Didier Santerre, den Herausgeber des *Mode Magazine*, vor. Die burschikose junge Frau war Morna McGuire, unser örtliches Supermodel; die Namen der anderen bekam ich nicht ganz mit. Ich hörte lediglich noch, daß die Blondine Christa hieß, einer der Männer, Pierre, fürs Make-up zuständig war, und der andere, Felix, aus New York kam und Regenbekleidung entwarf. Letzterer schien auch zu zahlen.

»Wie sollen wir uns so nahe bei der Band unterhalten?« fragte ich. Julie verdrehte nur die Augen.

»Sie müssen schon entschuldigen, wir haben den ganzen Tag mit Fotoaufnahmen auf der *Maid of the Mist* verbracht. Sie können sich gar nicht vorstellen, wie kalt das war. Außerdem hätten wir beinahe das Boot versenkt mit unserem Generator, weil wir soviel Strom fürs Licht gebraucht haben!«

»Konnten Sie nicht einfach warten, bis Frühling ist?«

»Kaum zu glauben, dieses Wetter, was? Es ist… «

»In diesem verrückten Geschäft müssen wir immer gegen das Wetter ankämpfen«, sagte Santerre. »Wenn's kalt ist, werden die Sommermoden fotografiert, und wenn's heiß ist, macht man natürlich die Aufnahmen mit Kunstschnee und -eis. Sonst müßten wir uns zu sehr nach den Jahreszeiten richten. Unsere Termine sind ohnehin schon eng genug.« Wir begrüßten einander mit einem Händedruck.

»Wir mußten die dazu bringen, daß sie das Boot früher zu Wasser lassen. Können Sie sich vorstellen, was das kostet?« mischte sich die Blondine ein.

»Und was haben Sie mit all dem zu tun?« fragte ich Julie.

»Julie hat Flair, Stil, *éclat*«, beantwortete ihr Freund meine Frage für sie. Allmählich bekam ich den Eindruck, daß es Geldverschwendung gewesen war, die Brückenmaut zu bezahlen, um hierherzukommen. Julie lächelte scheu über Santerres Lob. Dieses Lächeln stand ihr nicht besonders gut.

Felix, der Designer, dessen pinkfarbener Smoking irgendwie das Revers verloren zu haben schien, schenkte Champagner in viel mehr Gläser, als Leute da waren. Die Models hielten die Hand über ihr Glas. Die eine junge Frau sagte, sie trinke nie Champagner, die andere, sie nehme nach sechs Uhr abends überhaupt nichts mehr zu sich.

»Wer versucht, Ihren Vater umzubringen?« fragte ich, während die Mädchen kicherten und Julie sich auf französisch mit Santerre unterhielt. Nachdem sie kurz den Kopf in den Nacken geworfen hatte, wandte sie sich mir mit einem Lächeln zu und sagte, ihre Mutter habe ihr mit dieser Nachricht den Schlaf geraubt.

»Ein Leben ohne Daddy kann ich mir nicht vorstellen«, sagte sie und biß ein Stück von einem Karottenschnitz ab. »Er hat meine Begeisterung für Mode und Design immer gefördert.«

»Und ich dachte, die haben Sie von Ihrer Mutter.«

»Stimmt. Mommy liebt Kleider, am allermeisten die von Sonia Rykiel. Aber Daddy zahlt.«

»Ich dachte, Sie verstehen sich nicht mit ihm?«

»Ach was! Es gefällt ihm, daß ich jetzt mein eigenes Leben lebe und Didier gefunden habe.«

»Schicksal, Chérie«, erklärte Santerre. Daraus schloß ich, daß das *Mode Magazine* die finanzielle Unterstützung von Abram Wise gut gebrauchen konnte. Solange Wise sein Geld zur Verfügung stellte, konnte Julie den gesellschaftlichen Schmetterling spielen, wenn sie wollte. Aber das Zahlen beherrschte Wise schließlich auch am besten.

»Wollen Sie beide heiraten?« fragte ich mit breitem Grinsen.

»Sobald es geht«, sagte Julie und tätschelte dabei Santerres linke Hand. An Didiers Ringfinger befand sich ein weißer Streifen. »Ich bin noch mit John Long verheiratet, aber nicht mehr lang«, sagte Julie und brachte Didier und Morna damit zum Lachen. Zum Glück waren die anderen in ihre eigene Unterhaltung vertieft. »Meine Scheidung ist in ungefähr drei Monaten durch. Tja, und dann werde ich wohl wieder vor den Altar treten. Wird allmählich zur Gewohnheit, wie's so schön heißt. Aber ich habe das Gefühl, daß es diesmal endgültig ist.«

»Komplimente an die Braut und Gratulation an den Bräutigam oder umgekehrt.« Beide strahlten zuerst mich und dann einander an, bevor sie sich umarmten und küßten.

»Benny«, sagte Julie und beugte sich ziemlich nah zu mir herüber, »würden Sie uns einen Gefallen tun und uns eine weiße Papiertüte holen, die auf dem Vordersitz unseres Wagens liegt?« Sie sagte das mit so verführerischer Stimme, daß ich einen Augenblick lang den Eindruck hatte, sie sei meinem Charme erlegen. In Wahrheit war das genaue Gegenteil der Fall. »Ich habe nämlich schreckliche Kopfschmerzen. In der Tüte sind Tabletten.« Sie holte die Wagenschlüssel aus ihrer Handtasche und beschrieb mir den Wagen. Ich nahm die Schlüssel und ging hinaus in die Dunkelheit und den Schnee.

Der dunkelrote Le Baron war von einer Schneeschicht bedeckt. Ich holte die Tüte mit den Tabletten heraus. Beim Gehen fiel mir auf, daß einer der Scheinwerfer beschädigt war. Das würde teuer werden. Es war kalt; meine Finger prickelten. Schon bald war ich wieder vom Lärm und Licht des Patriot Volunteer umhüllt.

»Sie sind wirklich ein Engel, Benny!« sagte Julie, als sie zwei Tabletten mit einem Schluck Champagner hinunterspülte.

»Es ist scheußlich da draußen«, sagte ich und schlang die Arme um den Körper, um warm zu werden.

»Tja, dann bleiben wir einfach hier drin«, sagte Christa, die einen Strohhalm zwischen den Fingern hielt, mit undeutlicher Stimme und versuchte, mir in die Augen zu schauen. Auch Felix und Pierre hatten plötzlich Strohhalme, obwohl sie Champagner tranken. Didier spielte mit seinem herum und ließ ihn dann unterm Tisch verschwinden. Santerre nahm konventionellere Aufputschmittel als die, die die anderen gerade zu sich genommen hatten. Ich rückte ein wenig näher an Julie heran und versuchte, mich auf den Fall zu konzentrieren.

»Julie, hat Ihr Vater jemals mit Ihnen über seinen Haß auf Ed Neustadt gesprochen?«

»Ist der nicht gerade gestorben?« Ich nickte. »Ich glaube, er hat mir mal erzählt, daß der der einzige war, der ihn je auf einem Polizeirevier verhört hat. Stellen Sie sich das mal vor! Und das bei allem, was er getan hat! Ist das nicht unglaublich?«

»Nun, Ihr Vater ist auch nie verurteilt worden. Das bedeutet, daß Neustadt ihn hat laufenlassen. Zuerst hat er ihn verhaftet, aber dann haben sie ihn nicht festgehalten. Ein schwerer Schnitzer. Warum hat er Ihrer Meinung nach Neustadt gehaßt?«

»Fragen Sie ihn doch selber. Mir hat er's nie erzählt. Vielleicht ist er einfach nur ungern abhängig von anderen. Das kann ich verstehen.« Sie griff nach einem weiteren Glas Champagner und prostete mir damit zu. Sie hatte blendende Laune, wohingegen die meine von Sekunde zu Sekunde mieser wurde.

Alle Leute, die Abe Wise kannten, sagten das gleiche über ihn. Wenn es eine Verschwörung gab, taugte der, der sie eingefädelt hatte, etwas. Ich gähnte in mein Weinglas. Es war Zeit, daß ich nach Hause kam. Die anderen Anwesenden verfolgten jede unserer Bewegungen. Als der Designer aufstand, um mit Christa, der blonden Vogelscheuche in dem Männerunterhemd, zu tanzen, starrten die Kellner die beiden an. Auch Didier erhob sich und zog Julie hinter sich her. Typisch Franzose, dachte ich. Ich persönlich kannte niemanden sonst, der freiwillig zuerst auf die Tanzfläche gegangen wäre.

»Sie sind Detektiv?« fragte Morna. Ich nickte mit traurigem Lächeln.

»Mein Büro ist in der St. Andrew Street«, sagte ich, weil ich nicht wußte, was ich diesem exotischen Geschöpf sonst hätte erzählen sollen.

»Mein Großvater hat fünfunddreißig Jahre lang für Pinkerton gearbeitet. Er hat uns immer von seinen Fällen erzählt. Er hätte wirklich Schriftsteller werden sollen.«

»Ein traditionsreiches Unternehmen Gibt's schon seit dem Bürgerkrieg.«

»Weiß ich. Dieser Schriftsteller, wie heißt er gleich, war früher auch bei Pinkerton.«

»Hammett«, sagte ich. »Dashiell Hammett.« Sie hatte schöne tiefgrüne Augen, die gut zu ihren roten Haaren paßten.

»Wollen Sie tanzen?« fragte sie mit einem reizenden Lächeln.

»Klar«, sagte ich. »Warum nicht?«

19

Anna war schon früh am Morgen gegangen. Als ich aufstand, sah ich, daß sie ihr Frühstücksgeschirr abgespült und mir eine halbe Kanne Kaffee hingestellt hatte. Daneben stand ein Behälter mit Kleie, die ich über meine Frühstücksflocken schüttete.

In der Dusche dachte ich über die Leute nach, die ich in der Nacht kennengelernt hatte. Das war wie ein Guckloch in eine andere Welt gewesen, eine Welt, über die mein Vater hätte Bescheid wissen müssen, wenn er jemals eine Modezeitschrift in die Hand genommen hätte. Doch sein Wissen um Damenmode stammte nicht aus *Vogue* oder *Women's Wear Daily,* sondern von seinen Freunden, den Modefabrikanten entlang der Spadina Avenue in Toronto. Jeden zweiten Mittwoch fuhr er in die Hauptstadt, um sein Lager aufzufüllen und mit seinen Freunden ein paar Runden Gin Rummy zu spielen. Nach einem Sandwich mit Corned beef im Shopsowitz-Deli besuchte er dann die Fabriken und genehmigte sich einen Schnaps in einem der Ausstellungsräume, bevor er noch ein bißchen Karten spielte. So präsentierte sich ihm die Welt der Mode. Für ihn ging's dabei ausschließlich ums Geschäftemachen. Ob mit Herrenbekleidung oder Hüten, wäre ihm völlig egal gewesen.

Aber wenigstens wußte Pa ein bißchen besser über das Geschäft Bescheid als ich, dachte ich, während ich mir das Shampoo aus den Haaren spülte. Er hatte immerhin so viel damit verdient, daß wir über zwanzig Jahre lang keinen Hunger leiden mußten und immer etwas anzuziehen hatten. Er hatte Sam das Medizinstudium finanziert und hätte mich sicher auch durchs College gebracht, wenn ich das gewollt hätte. Mein Vater verdiente für jemanden, der die High-School abgebrochen hatte, ziemlich gut und kannte sich gut genug in der Modebranche aus, um Erfolg zu haben. An einem Ort wie diesem aber war das nicht viel. Ich persönlich wußte lediglich, wie man Kleider- und Hutkartons aus der Pappe machte, die Pa unter den Kleiderstangen aufbewahrte. Sam und ich lernten das Geschäft kennen, indem wir an Sonntagnachmittagen für jeweils einen Penny die Ober- und Unterteile der Schachteln zusammenbastelten, während Pa seine Abrechnungen durchging oder eine Anzeige für den *Beacon* entwarf.

Auch ich las die *Vogue* nicht. Anna jedoch sagte mir, Morna McGuire sei nicht nur ein Model, sondern ein Supermodel, was bedeutete, daß sie ihren edlen Leib tatsächlich erst für zehntausend Dollar aufwärts aus dem Bett trug.

Nachdem ich mir die Zähne zum zweitenmal geputzt hatte, um die Kleiereste zu beseitigen, machte ich mich auf den Weg zum Büro. Mein Anrufbeantwortungsdienst hatte Nachrichten von Dave Rogers und Major Colin Patrick für mich. Beide wollten sich mit mir unterhalten, der eine um elf, der andere um zwölf. Davor verfaßte ich noch schnell einen vorläufigen Bericht für Wise.

Dann saß ich Dave Rogers ein zweites Mal gegenüber. Diesmal jedoch hockten wir auf Drahtrollen in seinem Hof an der North Street. Auf dem Schild draußen stand: »C. Rogers & Sons: Stahlherstellung«. Zuvor hatten wir gemeinsam die schluchtartigen Gänge, die mit Haufen aller erdenklichen Arten von Metall gefüllt waren, durchschritten. Auf der rechten Seite des Weges durch diesen rostigen Wald stapelten sich Drahtballen: leuchtendrotes Kupfer, grünes, oxidiertes Kupfer, große, ineinander verschlungene Stahlreifen, die aussahen wie riesige, durch den Regen ein wenig angeschmuddelte Wollknäuel. Auf Daves Seite lagerten schulterhoch Stahlträger. Zwischen den Ballen huschten drei oder vier Katzen auf der Suche nach Beute herum. Dave zündete sich eine Zigarette an, und ich holte das letzte Halls aus der Packung.

»Ich hab' Wise gesagt, daß ich mich einmal mit Ihnen unterhalten würde. Ich habe ihm nicht versprochen, daß ich Ihnen bei jedem Essen Gesellschaft leisten würde. Haben Sie vor, mich jedesmal, wenn ein Problem auftritt, anzurufen? Was sind Sie eigentlich für ein Detektiv?«

»Es geht um das Leben Ihres Schulfreundes, Mr. Rogers.«

»Sagen Sie endlich Dave zu mir, und erzählen Sie mir, was Sache ist.«

»Erzählen Sie mir von Neustadt.« Er ließ sich Zeit mit der Antwort. Aber ich konnte es mir leisten zu warten.

»Hat er Ihnen über den nichts erzählt?« Ich schüttelte den Kopf.

»Er hat mir ein paar Sachen gesagt«, antwortete ich, »aber nichts Wichtiges. Warum war Abe so froh darüber, daß der Bulle gestorben ist? Warum hat er praktisch an seinem offenen Grab getanzt?«

»Das haben Sie gesehen? Tja, kann ich mir vorstellen, kann ich mir wirklich gut vorstellen.«

»Schön für Sie. Und jetzt raus mit der Sprache.«

»Wissen Sie, Abe ist ein Selfmademan. Dem hat niemand unter die Arme gegriffen. Er konnte auch nicht auf ein Erbe aufbauen. Darauf ist Abe stolz. Aber Neustadt hat ihn laufenlassen, als er noch ein Junge war. Er hat ihm 'ne zweite Chance gegeben, wie sie ihn mit 'nem Kissenbezug voller Silbermesser und -gabeln erwischt haben. Sie hatten ihn auf frischer Tat ertappt, doch Neustadt hat ihn laufenlassen. Ein anderer wäre Neustadt dafür sein Leben lang dankbar gewesen. Aber doch nicht Wise! Der hat ihn dafür gehaßt. Er hat ihn für ein Weichei gehalten. Hat kein gutes Haar an ihm gelassen. Na, ist das eine Story?«

»Das erklärt immer noch nicht die Intensität seines Hasses, Dave. Das ist doch alles gleich nach dem Krieg passiert. Wieviel Ballast aus den Fünfzigern schleppen Sie noch mit sich rum? Wahrscheinlich nicht allzuviel, oder?«

»Ach, ich hab' immer den Eindruck gehabt, daß Neustadt ihn eine ganze Zeitlang damit an der kurzen Leine gehalten, ihm Angst eingejagt hat. Aber dann hat er ihn wohl in Ruhe gelassen.«

»Vermutlich haben Sie recht. Trotzdem… «

»Wen würden Sie an Abe Wises Stelle hassen? Jemanden, der Sie schnappt, oder jemanden, der Sie laufenläßt?«

»Hat er je davon erzählt?«

»Anfangs hat er ständig was von wegen ›Versager‹ gefaselt, aber später hat er nie wieder davon geredet. Am liebsten wäre es ihm gewesen, wenn sich die Erde aufgetan und diesen Bullen verschlungen hätte. Mein Gott, war ihm die Sache peinlich.«

»Aber könnten Sie sich tatsächlich vorstellen, daß er den Mann haßte, der ihn laufenließ?«

»Ich kann mir das nicht vorstellen, und Sie wahrscheinlich auch nicht, aber Abe ist eben anders gestrickt als wir. Was taugt schon ein Selfmademan, der sich helfen läßt?«

»Er hätte einem von seinen Jungs den Auftrag geben können, Neustadt in seine Schranken zu verweisen.«

»Daran hat er sicher gedacht. Ganz sicher.« Dave rutschte von dem Stahlträger herunter, und auch ich erhob mich. Auf der Rückseite seines Mantels und, wie ich später entdeckte, auch auf meinem Hosenboden befand sich ein Rostfleck. Wir gingen schweigend nebeneinander her.

»Kehren wir lieber um. Da oben kommen nur noch die Schienen, die mein Vater gekauft hat, als sie die Straßenbahnen abgeschafft haben. Die ist er nie losgeworden; war zuviel Zement dran.«

»Wissen Sie, wie Neustadt gestorben ist?«

»Ja, der hatte 'nen Unfall in seiner Auffahrt.«

»Sein Wagen hat sich vom hydraulischen Wagenheber auf seine Brust gesenkt.«

»Du liebe Güte. Das ist hart.«

»Wie kann sich so ein hydraulischer Wagenheber einfach senken, Dave? Neustadts Arme hätten ungefähr drei Meter lang sein müssen, damit er das selber geschafft hätte. Und von allein bewegt sich das Ventil von so 'nem Wagenheber keinen Millimeter.«

»Mein Gott!«

»Könnte Abe das getan haben, Dave? Um ihn endlich loszuwerden?« Dave dachte über meine Frage nach, während wir uns der Blechhütte auf dem Hof näherten. Schließlich schüttelte er den Kopf:

»Nein. Das kann ich mir nicht vorstellen. Abe ist einfach nicht der Typ für so was. Der ist jetzt seit fast fünfzig Jahren im Geschäft und hat sich mit Sicherheit gesundgestoßen. Der hat alle krummen Sachen gemacht, die man sich denken kann. Aber, und dieses Aber möchte ich betonen, in all den Jahren hat er sich nie für eine private Angelegenheit gerächt. 'ne Menge Leute sind in ihrem Leben schon sauer auf Abe gewesen, und umgekehrt war's auch nicht besser. Aber daraus hat er nie 'ne Sache auf Leben und Tod gemacht. Das ist einfach nicht seine Art.«

»Vielleicht hat einer seiner Leute gedacht, er tut Abe einen Gefallen. Besonders wenn er den Eindruck hatte, daß Abe sauer auf Neustadt war. Haben Sie den Film *Becket* schon mal gesehen? Mit Richard Burton und Peter O'Toole? O'Toole spielt den König und Burton einen Bischof. Burton macht O'Toole jede Menge Probleme, weil er nicht will, daß das Kirchenrecht dem Zivilrecht weicht. Als der King genug hat, ruft er aus: ›Will niemand mich von diesem unbequemen Pfaffen befreien?‹ Natürlich behauptet er später, er hätte es nicht so gemeint, das sei ihm nur so herausgerutscht, aber da ist's schon zu spät, weil vier Ritter ihn gehört und die Sache in der Hoffnung auf eine ordentliche Belohnung für ihn erledigt haben. Sie haben ihn einfach falsch verstanden.«

»Mickey würde nie so übereilt handeln. Und er würde auch dafür sorgen, daß keiner von seinen Jungs so was macht. Nein, ich glaube wirklich, daß Sie da einer falschen Fährte nachgehen, Cooperman. Haben Sie Lust auf eine Tasse Kaffee? Ich glaube, der Kaffee in der Kanne ist frisch.«

Wir betraten die Blechhütte, und Dave Rogers goß Kaffee aus einer alten Thermoskanne in zwei blaue Emailtassen.

»Wissen Sie«, sagte Dave, »das Verhältnis zwischen Abe und

mir ist nicht so leicht zu begreifen. Ich hab' immer mit offenen Karten gespielt, und Abe, na ja, der hatte schon mal ein falsches As im Ärmel, wenn Sie verstehen, was ich meine. Zum Beispiel die Sache mit Julie und Bernie.«

»Wer?«

»Abes Tochter und mein mittlerer Sohn, Bernie. Bernie war Julies zweiter Mann – nach dem Maler, den sie bloß geheiratet hat, um von Abe wegzukommen. Ich hatte den Eindruck, daß Julie und Bernie sich gut verstehen würden. Er hatte schließlich alles, was dem Maler fehlte... aber das war nicht genug. Sie wollte mehr, und dieser Long, den sie als nächsten geheiratet hat, der hat's ihr auch nicht geben können. Jetzt spielt sie mit diesem französischen Zeitschriftenmenschen, der bloß hinter Abes Geld her ist. Komisch, was?«

»Ich kann Ihnen nicht ganz folgen, Dave. Was haben Julies gescheiterte Ehen mit dem Fall zu tun?«

»Man möchte meinen, daß es zu Auseinandersetzungen hätte kommen müssen. Ein bißchen Druck mir und Bernie gegenüber. Aber nein. Abe hat sich nicht eingemischt. Unsere Freundschaft hat sich durch die Tatsache, daß Julie und Bernie unter die *khupe* getreten sind, nicht verändert. Ist das nicht erstaunlich?«

»Doch«, sagte ich.

»Abe organisiert sein Leben in einzelnen Schubladen. Und die Schublade mit Julie und Bernie ist völlig unabhängig von der alten Dave-Rottman-Schublade, die's schon viel länger gibt. Wirklich merkwürdig.«

»Ich verstehe, was Sie meinen.«

»Und seine kriminellen Aktivitäten haben nichts damit zu tun, daß er den Opernball besucht. Er geht sogar zum Polizeiball! Wie finden Sie das?«

Wir tranken zusammen Kaffee und beobachteten durchs Fenster die Schulkinder, die gerade die North Street herunterkamen. Es wurde bald Mittag, und ich hatte eine Verabredung zum Essen, also sagte ich Dave, ich müsse gehen, und er erhob sich von der Armlehne seines Bürostuhls und begleitete mich zum Wagen. Er war fast schon freundlich.

Die Heilsarmee arbeitete von mehreren Büros und einer Kirche in Grantham aus. Im Telefonbuch fand ich Einträge unter »Familienberatung«, »Juristischer Dienst« und »Wohnheime«, und zwar in der Church, Lake und Niagara Street. Ich begann meine Suche nach dem Heilsarmee-Offizier, der Neustadts Grabrede gehalten hatte, mit der ersten Nummer und wurde etliche Male weiterverbunden, bis ich schließlich mit Major Colin Patrick sprach. Ich erklärte mich bereit, ihn vom Corps abzuholen, das sich als Kirche mit Blechdach, nicht weit von Shaws Gebrauchtwagenhandel an der Niagara Street, entpuppte. Als ich ihn so auf der Kirchentreppe stehen und mit einem Kollegen sprechen sah, erinnerte ich mich daran, wie rot sein Gesicht bei der Beerdigung gewesen war. Mit ihren marineblauen Uniformen und dem roten Kragenbesatz machten die beiden Männer vor der hölzernen Kirchentür schon was her. Ich blieb mit laufendem Motor stehen und beobachtete sie eine Weile. Nach drei Minuten, das sah ich auf meiner Uhr im Wagen, verabschiedeten sich die beiden mit einem Händedruck. Ohne Salut. Patrick, der mich gleich entdeckte, kam zu mir herüber und stieg ein. Wir reichten uns zur Begrüßung die Hände.

»Ich habe nur vierzig oder fünfzig Minuten Zeit, Mr. Cooperman. Ein Stück weiter die Straße runter gibt's ein Lokal, wo wir was essen können, wenn's Ihnen nichts ausmacht, daß die nur Sandwiches haben.« Er zeigte mir den Weg, und als wir dort waren, stellte ich den Wagen hinter Paul's Open Kitchen ab. Drinnen versuchten Paul und zwei Gehilfen, dem mittäglichen Ansturm der Kunden Herr zu werden. Der Major bestellte einen Teller Suppe und ein Thunfisch-Sandwich mit dunklem Brot. Ich nahm ebenfalls eine Suppe und dazu das unvermeidliche Eiersandwich mit Weißbrot und ein Glas Milch. Die Milch wurde im Getränkekarton serviert.

»Nein, ich habe keine Ahnung, was los ist, Mr. Cooperman. Vielleicht können Sie mir, um Zeit zu sparen, sagen, was Sie wollen.« Ich erklärte ihm, ohne etwas von meinem Klienten zu erwähnen, daß ich mich mit dem Fall Tatarski beschäftigte, was ihn nicht sonderlich zu überraschen schien. Außerdem sagte ich ihm, ich wisse von Deputy Chief Neustadts Leserbrief an den *Beacon* und durchleuchte den Fall von allen Seiten.

»Hoffentlich wissen Sie, daß McKenzie Stewart, der Kriminalschriftsteller, gerade ein Buch über den Fall geschrieben hat.«

»Ja, ich habe es gelesen. Was halten Sie davon?«

»Ed Neustadt kommt nicht sonderlich gut weg in dem Buch. Ich habe den Eindruck, daß Stewart unbedingt einen Schuldigen finden wollte. Das ist nur natürlich. Ist schließlich eine schreckliche Geschichte. Und wenn wir einen Schuldigen gefunden haben, geht's uns doch allen besser, oder?«

»So eine Art Blitzableiter für unseren Zorn?«

»Genau! Ich habe Ed auch nicht viel besser gekannt als die anderen. Ich habe erst gestern seine Grabrede gehalten. Er ist als verbitterter, unglücklicher Mann gestorben. Ich habe versucht, ihn dazu zu bringen, daß er zu einem Psychologen geht, den ich kenne, aber das wollte er nicht. Der arme Ed hat die meisten Dinge, die ihm wichtig waren und für die er gekämpft hat, den Bach runtergehen sehen. Er war keiner von diesen modernen Moralverwässerern, sondern wollte immer genaue Grenzen zwischen Schwarz und Weiß. Die Grauzonen haben ihn manchmal fast zur Verzweiflung gebracht.«

»Ich habe gehört, daß er im Lauf der Jahre einigen Leuten ziemlich auf den Schlips getreten hat. Major Patrick, wie war er denn so als Freund?«

»Ed? Tja... « Er biß in sein Sandwich, als könne ihn das inspirieren, und begann wie eine Kuh nachdenklich zu kauen. »Er ist gern zum Campen gegangen. War ein Gewohnheitstier, hat jedes Jahr das gleiche gemacht. Es hat ihn furchtbar aufgeregt, wenn unser üblicher Campingplatz voll oder unser üblicher Stellplatz schon besetzt war. Die Routine hat ihm Sicherheit verliehen. Jeden Herbst hat er die Sturmfenster montiert, und jeden Frühling hat er sie wieder abgemacht und in die Garage zurückgestellt. Kennen Sie irgend jemanden, der das noch macht, Mr. Cooperman? Und auf seine Autos ist er immer stolz gewesen. Hat die meisten Sachen dran selber repariert, die Winterreifen montiert, Frostschutzmittel nachgefüllt, den Ölwechsel gemacht. Das war Ehrensache, aber auch Gewohnheit. Er war wahrscheinlich der einzige Mann der Stadt, der letzten Sonntag unterm Wagen lag. Ich erinnere mich noch gut an den Sonntag: Er war sonnig, aber kalt. Der erste Sonntag im März. ›Immer der erste sein‹, hat er gern gesagt. Freddy Tait und ich haben ihn damit aufgezogen, sofern man Ed Neustadt überhaupt mit etwas aufziehen konnte. Wissen Sie, Freddy hat nie einen Cent an ihm verdient, weil er an dem Wagen immer alles selber gemacht hat. Der war eigentlich sein einziges Hobby.«

»Kennen Sie jemanden, der ihn genug haßte, um ihn umzubringen?«

»Tja, zum Beispiel die Tatarski-Familie. Und es gab auch noch andere Fälle, in denen Ed seine Meinung einfach durchgesetzt hat. Von den Tatarskis gibt's nicht mehr viele. Margaret hat unten in Sarnia Selbstmord begangen. Ihr Bruder Freddy ist nach ihrem Tod in Pflegeheimen aufgewachsen. Allerdings ist er wieder hierher zurückgekehrt, mit neuem Namen: Fred Tait. Er hat großen Erfolg gehabt.«

»Sie meinen mit den Nuts & Bolts Werkstätten? Wie war Freddy Tatarski?« Der Major verharrte mit dem Suppenlöffel in der erhobenen Hand, während er über seine Antwort nachdachte.

»Nach außen hin war er ein Erfolgsmensch, das habe ich schon gesagt. War in der Handelskammer, Businessman des Jahres, im Vorstand der Schule. Aber ich habe ihn kennengelernt, weil er Trinker war. Ich habe ihn dazu gebracht, zu den Anonymen Alkoholikern zu gehen. Freddy war innerlich ziemlich zerrissen. Wer wäre das nicht gewesen nach dem tragischen Verlust der Eltern und der Schwestern? Irgendwann hat er mich dann aus einem anderen Grund aufgesucht. Mit dem Trinken hatte er inzwischen aufgehört. Es ging um seine Tochter Drina. Er hatte sich dabei ertappt, wie er sie unsittlich berührte, und er wollte, daß ich ihm half. Er hatte sie außerdem mit dem Riemen verprügelt, mehrmals, und sagte, es könnte sein, daß er sie verletzen würde – oder noch Schlimmeres. Wollte deswegen nicht zum Psychologen. Ich habe für ihn getan, was ich konnte. Aber das Mädchen ist weggezogen. So hat sich das Problem von selbst gelöst.«

»Drina war nicht seine leibliche Tochter, stimmt's?«

»Aber er hat sie aufgezogen, als sei sie es.«

»War er religiös?«

»Im Grunde seines Herzens ja, aber wenn wir immer warten würden, bis die Menschen von sich aus zu Gott finden, hätten wir nichts zu tun. Das geht nicht. Wenn der Allmächtige zu uns kommt, muß er sehen, daß wir nicht untätig herumsitzen. Deswegen sind Mitglieder der Heilsarmee immer unterwegs.«

»Das heißt also, daß Fred Tait Alkoholiker war und seine Tochter mißbraucht hat? Und er hat sich hilfesuchend an Sie gewandt, als er allein nicht mehr damit fertig wurde? Warum wohl?«

»Jemanden wie mich, der schon so lange bei der Heilsarmee ist, überrascht das nicht, Mr. Cooperman. Ich komme aus einer Familie von Soldaten. Schon in der dritten Generation. Freddy war nicht der erste mit einem solchen Problem, und er wird auch nicht der letzte sein. In der Heilsarmee nehmen wir das Leben, wie es kommt. Wir kennen alle seine Höhen und Tiefen. Der arme Freddy war keiner von unseren schlimmsten Fällen; er hat einfach nur zuviel durchmachen müssen.«

»Und wo steckte Drina die ganze Zeit?«

»Sie stand ihrem Stiefvater sehr nahe. Als Teenager ist sie in seiner Werkstatt rumgelaufen wie ein richtiger Mechaniker. Drina war ein cleveres Mädchen, hat sich gut geschlagen an der High-School und ist später weg, an die Uni. Aber die hat sie abgebrochen. Keine Ahnung, warum. Sie war ein paar Jahre lang in Toronto und New York, hat in den Staaten geheiratet. Entweder Freddy hat mir das nicht so genau erzählt, oder ich hab's wieder vergessen. Soweit ich mich erinnere, ist ihr Mann jung gestorben, und da hat sie's noch mal an der Uni probiert. Sie hatte das erste Jahr fast hinter sich, als Freddy die Hiobsbotschaft bekommen hat: Krebs. Der hat ihn zerfressen. Einen riesigen Mann wie ihn. Als ich ihn vor zwei Jahren begraben habe, hat er kaum noch hundert Pfund gewogen.«

»Und was ist danach aus der jungen Frau geworden?«

»Sie hat ihn ein Jahr lang gepflegt. Hat versucht, ihn aufzumuntern. Sie hatte Geschick als Krankenschwester. Danach ist sie wieder weggezogen. Irgendwohin in die Staaten, aber vielleicht täusche ich mich auch. Irgend jemand hat mir erzählt, daß sie wieder geheiratet hat. Vielleicht ist sie in den Westen gegangen. Nein, das war jemand anders. Drina war ein merkwürdiges Mädchen, ein sehr merkwürdiges Mädchen.«

»Wie meinen Sie das?«

»Ich glaube nicht, daß ich das beschreiben kann. Das ist mehr so ein Gefühl. Sie hat mich sehr an ihre Mutter erinnert.«

»An Freddys Frau? Ihre Stiefmutter?«

»Nein, Mr. Cooperman. An Mary. Mary Tatarski. An die Frau, die gehängt wurde.«

20

Sobald ich wieder hinter meinem Schreibtisch saß, sah ich mir den Bericht für Wise noch einmal an. Ich kam gut voran und ergänzte ihn um Informationen, die ich hinzugewonnen hatte. Damit war ich ungefähr eine halbe Stunde beschäftigt. Abschließend schrieb ich eine Rechnung für alle bis zum Freitag, den 11. März, geleisteten Dienste. Danach ging ich über die Straße, um Fotokopien davon zu machen. Als ich wieder zurück war, steckte ich die Kopien in einen Umschlag. Da es sich um vertrauliche Informationen handelte, zog ich die unterste Schublade meines Schreibtisches heraus und nahm ein Stäbchen rotes Siegelwachs mit Docht in die Hand. Ich zündete den Docht an und ließ ein wenig von dem Wachs auf die Rückseite des Umschlags tropfen. Es machte mir Spaß, dem Wachs beim Abkühlen zuzusehen. Einen Augenblick lang fühlte ich mich als Angehöriger eines Berufszweiges, der so alt war wie die Pyramiden, voller Anklänge an das alte Rom, Charles Dickens und Erle Stanley Gardner – ein angenehmes, sicherheitverleihendes Gefühl. Als das Wachs kalt genug war, drückte ich meinen Siegelring hinein, verlor allerdings bei dem Versuch, ihn wieder herauszuziehen, den Jaspis mit dem eingravierten »B«. Ich holte ihn mit einer Büroklammer heraus und blies den Docht aus. Dann zog ich den Ring vom Finger und verstaute den Stein unter den Büroklammern in der obersten Schublade.

Als ich mit meiner Arbeit fertig war, ging ich hinaus auf die St. Andrews Street, um mich nach Mickey Armstrong oder einem seiner fröhlichen Gesellen umzusehen. Doch ich konnte keinen von ihnen entdecken. Ich ging die Straße ungefähr einen Häuserblock hinauf, weil ich hoffte, irgendwo auf Phil oder Sidney zu stoßen, die sich die Schaufenster der Damenwäsche- oder Kinderbekleidungsgeschäfte anschauten. Aber ich hatte kein Glück. Mußte ich tatsächlich eine Briefmarke opfern und meinen Bericht der Post anvertrauen?

Ich wandte mich um und ging die Hauptstraße in westlicher Richtung entlang bis zum Bernstein Travel Bureau. Drinnen unterhielt sich meine alte Freundin Laura gerade mit Kunden, die eine Frühjahrsreise nach Galway in Irland machen wollten. Kaum war ich im Laden, als auch schon Phil Green hinter mir hereinkam. Er sah sich die Broschüren an, während ich Laura lauschte, wie sie von den Schönheiten des West Country erzählte. Doch bevor die Tinte auf dem Scheck besagter Kunden getrocknet war und sie mich entdecken konnte, wandte ich mich Phil zu und reichte ihm das versiegelte Kuvert mit dem Auftrag, es unverzüglich seinem Boß zu überbringen. Phil blinzelte mich an, zerkaute geräuschvoll einen Lifesaver und verließ das Reisebüro, ohne ganz begriffen zu haben, was eigentlich mit ihm passiert war. Ich unterhielt mich darauf ein wenig mit Laura und ging dann zum Di hinüber, um eine Tasse Kaffee zu trinken.

Als ich in meiner Stammnische mit den goldenen Flecken saß und den Stoff schlürfte, der die Welt antreibt, ging mir der Bericht nicht aus dem Sinn: kleine Auslassungen, Verbindungen, Mutmaßungen. Alles in allem war es wirklich ein merkwürdiger Fall. Abe Wise war die Spinne in ihrem eigenen Netz, und alle anderen gruppierten sich irgendwie um ihn herum. Das, was sie unabhängig von Wise trieben, war irrelevant für meine Nachforschungen. Mittlerweile hatte ich mich mit einer ganzen Menge Leute unterhalten. Bei diesem Fall ging es primär ums Reden, um Fragen und Antworten. Obwohl ich mit vielen Leuten gesprochen hatte, bekam ich kein anderes Bild von Wise, als ich es bereits am Anfang gehabt hatte. Wise war für alle gleich. Er hatte nichts Verschlagenes, und das ist ganz schön ungewöhnlich für einen großen Gangster wie ihn. Er hatte sich im Lauf der Jahre nicht wesentlich verändert. Der Wise, den Rogers mir beschrieben hatte, war immer noch der Wise, den Paulette seinerzeit in den Fünfzigern bedient hatte, vielleicht sogar an diesem Tisch.

Ich ging zum Büro zurück. Die erste Phase der Nachforschungen war abgeschlossen. Ich würde einen Anruf von Wise oder auch von Mickey bekommen, und man würde mir zusichern, daß ich in den nächsten Tagen einen Scheck erhielte, oder möglicherweise auch nur, daß man mich am Leben lassen würde. Jetzt war es an Wise zu reagieren, sich meinen Bericht durchzulesen und darüber nachzudenken, was zu tun war. Und ich mußte meinen Schreibtisch aufräumen, Haare und Radiergummireste aus den Büroklammern entfernen, meinen Ring reparieren lassen und darüber nachdenken, was ich tun würde, um mir Abe Wises zweite Rate zu verdienen. Mir fiel ein, daß Anna das kommende Wochenende bei einer Konferenz in der Secord University verbringen und sich zahllose Vorträge anhören würde. Ich dachte an Hart und Julie, an Mickey und Vicky, an Paulette und Lily, an Neustadt und Mary Tatarski. Viele Leute, aber alle nicht sonderlich interessant. Nun, Neustadt hatte das Zeitliche gesegnet, und irgendjemand hatte dafür gesorgt, daß es aussah wie ein Unfall. Staziak würde mich in den kommenden Tagen anrufen, um mir zu erklären, daß Unbekannte das Ventil des hydraulischen Wagenhebers geöffnet hatten. Was bedeutete, daß es Mord gewesen war. Und zwar ein Mord, würde er mir weiter erklären, ohne Hinweise oder Zeugen; was ihn anging, ein Mord ohne Aussicht auf Aufklärung.

Aber welche Art von Mord war das? Ein Mord, der ohne Waffe begangen wurde? Ein geplanter Mord? Wie war das möglich? Schließlich hatte das Opfer unter seinem Wagen gelegen, ohne sich mit dem Mörder auseinandersetzen zu können. Vielleicht hatte der Mörder nur eine Gelegenheit ergriffen, die sich gerade geboten hatte. Egal, wie man die Sache betrachtete – sie war merkwürdig. Ich versuchte, mir die Situation vorzustellen: Der Mörder kam die Auffahrt herauf, wo Neustadt, sein Werkzeug um sich herum ausgebreitet, unter seinem Wagen lag. Es war eine ruhige Wohngegend. Wäre es Sommer gewesen, hätten sicher mehr Männer es Neustadt gleichgetan. Nach dem Motto: Der alte Mann und sein Auto.

Wenn Neustadt überhaupt dazu kam, sich mit seinem Mörder zu unterhalten, tat er es unter der Karosserie liegend. Wenn er die Situation als gefährlich empfunden hätte, wäre er sicher so schnell wie möglich mit seinem Rollbrett darunter hervorgekommen. Nein, offenbar handelte es sich hierbei um ein Verbrechen, in dem alle Beteiligten geschwiegen hatten. Der Mörder kam die Auffahrt herauf, öffnete das Ventil und ging wieder weg, ohne die Aufmerksamkeit der Anwohner zu erregen.

Und woher wußte der Mörder von Neustadts Gewohnheit, seinen Wagen selbst zu pflegen? Wußte er, daß er selbst den Ölwechsel machte? Höchstwahrscheinlich. Der Major hatte gesagt, Neustadt sei ein Gewohnheitstier gewesen. Woraus, wenn meine Kombinationsgabe mich nicht völlig verließ, folgte, daß der Mord an Ed Neustadt eine durchdachte Aktion war. Der Mörder wußte, wo Neustadt wohnte und daß er am ersten Sonntag im März unter seinem Wagen liegen würde. Außerdem wußte er, daß er einen hydraulischen Wagenheber besaß.

Und wer war dieser Mörder? Vielleicht einer der vielen, die er für ein paar Jahre nach Kingston geschickt hatte? Oder jemand, der Neustadts Diensteifer für übertrieben hielt? Jemand, der ihm seit langem Böses wünschte? Dies war kein gewöhnlicher Mord. Möglicherweise hatte der Plan dazu schon seit langem existiert, und die Verwirklichung war hinausgezögert worden, bis alle Umstände paßten. Er mußte allein sein, weil es keine Zeugen geben durfte. Es mußte der Tag sein, an dem Neustadt den Ölwechsel machte. Neustadt war ein Gewohnheitsmensch. Sogar an diesem bitterkalten Sonntag.

Plötzlich riß das Telefon mich aus meinen Überlegungen. Es war Whitey York, der Hart Wise wegen des Geldes angemahnt hatte. »Mr. Cooperman, ich habe Ihnen ja gesagt, daß ich mich wieder bei Ihnen melden würde.«

»Das war vor ein paar Tagen. Aber danke, daß Sie mich noch mal daran erinnern. Und – wie haben Sie sich entschieden?«

»Ich habe mich mit meinem Klienten unterhalten, und er hat

sich gegen Ihr Angebot entschieden. Wir haben vor, die Sache durchzuziehen und vor Gericht zu gehen.«

»Also rücken Sie ihm weiter auf die Pelle?«

»Das kommt auf die Sichtweise an, Mr. Cooperman. Ich habe Sie lediglich angerufen, um Ihnen das mitzuteilen.«

»Verdammt! Wann haben Sie zuletzt mit Ihrem Klienten gesprochen?«

»Gestern am frühen Abend. Wir haben die Angelegenheit gründlich diskutiert. Ich... «

»Heute haben Sie noch nicht mit ihm geredet?«

»Ich habe ihm kurz nach halb elf eine Nachricht in seinem Büro hinterlassen, aber... «

Da legte ich auf und verließ hastig mein Büro. Kaum zehn Minuten später hatte ich meinen Wagen bereits in der Niagara Street, ganz in der Nähe von Brighton Motors, abgestellt. Drinnen erklärten mir die Verkäufer, die Papierflieger durch die Luft gleiten ließen, Gordon Shaw sei seit dem frühen Morgen nicht mehr dort gewesen. Er sei angerufen worden und habe dann das Büro verlassen, ohne zu sagen, wo man ihn erreichen könne.

Draußen dachte ich darüber nach, wohin er verschwunden sein könnte. Daß er sich so direkt mit Abe Wise anlegen wollte, war der reine Wahnsinn. Da konnte er gleich seine eigene Todesanzeige aufgeben.

Der Schnee der vergangenen Nacht schmolz unter der grellen Sonne bereits wieder dahin. Die Autos auf Shaws Hinterhof, wo sich früher das alte Gefängnis befunden hatte, waren immer noch weiß, obwohl einige Schneestücke schon herunterrutschten. Auf einem Wagen war weniger Schnee als auf den anderen. Es handelte sich um einen tollen roten Alfa Romeo. Ich ging hin, um ihn mir genauer anzusehen. Durch die Nullen, die auf der Windschutzscheibe aufgemalt waren, sah ich, zusammengesunken auf dem Fahrersitz, Gordon Sawchuk, der seine Geschäfte unter dem Namen Shaw machte. Ich brauchte die Tür nicht zu öffnen, um zu erkennen, daß er tot war – eine Vermutung, die noch durch den Griff des Messers untermauert wurde, das nur wenige Zentimeter neben der alten Schulkrawatte, die er so gern trug, in seinem Hals steckte. Auf der Beifahrerseite trat ich im Schnee auf ein dunkles Metallteil, das die Form eines Indianerkopfes hatte. Ich entfernte mich von dem Wagen, um mich ungestört übergeben zu können.

21

Normalerweise hätte ich den Verkäufern gesagt, was ich im Hinterhof gefunden hatte, und dann die Nummer 911 gewählt, um die Polizei zu informieren. Aber ich tat keins von beidem, weil ich den Namen meines Klienten so lange wie möglich aus allen polizeilichen Ermittlungen heraushalten wollte. Strenggenommen war das nicht ganz legal, aber wenn ich meinen Fund gemeldet hätte, wären die Beamten bereits innerhalb der ersten halben Stunde auf den Namen Abe Wise gestoßen. Ich würde Pete Staziak Bescheid sagen, sobald ich es irgendwie mit meinem Gewissen vereinbaren konnte – es gibt ein ungeschriebenes Gesetz, das es dem Privatdetektiv verbietet, über den eigenen Auftraggeber zu plaudern. Auch wenn der der größte Gangster des ganzen Bezirks ist. Und besonders wenn er gerade eine Rechnung von besagtem Privatdetektiv erhalten hat.

Als ich zu meinem Wagen zurückging, machte ich einen weiten Bogen um die Schaufenster. Jemandem, der mich beobachtete – und davon gab's ja nun ein paar Leute –, mußten meine Schuldgefühle, als ich die Niagara Street zweimal überquerte, einfach auffallen.

Im Oldsmobile legte ich mir genau zurecht, was ich zu Abe Wise sagen wollte. Dabei ging es um die Umstände, unter denen ich für ihn zu arbeiten begonnen hatte, und die Frage, wie er es sich vorstellte, wegen des Mordes an Ed Neustadt und dann auch noch an Gordon Shaw ungestraft davonzukommen. Natürlich würde er alles abstreiten, und ich würde... was? Ihm den Auftrag kündigen? Hallo, Cooperman! Eine Kündigung kommt nicht in Frage. Hast du das schon vergessen? »Hier gibt's kein Wenn«, hatte er mir an jenem Morgen erklärt.

Tja, was sollte ich also machen? Abwarten und Tee trinken? Weiterhin nach Leuten Ausschau halten, die Abe lieber tot als lebendig gesehen hätten? Das war alles ziemlich sinnlos. Ich mußte mit jemandem reden. Wo steckte Anna, wenn ich sie brauchte? Bei ihren Historikerkollegen, und zwar das ganze verdammte Wochenende. So kam ich nicht weiter. Cooperman, hör auf zu jammern! Schließlich ist Gordon Shaw tot, nicht du. Du hast mit der Sache nicht mal was zu tun. Jedenfalls nicht direkt. Du hast dich vor ein paar Tagen mit Shaw getroffen und wolltest ihn heute noch mal sehen. Die Obduktion wird zeigen, daß er schon einige Zeit vor deinem Besuch in seinem Geschäft tot war. Wieder sah ich Shaws Augen vor mir. Die Augen eines Toten. Möglicherweise war er, schon kurz nachdem er sein Büro verlassen hatte, ermordet worden. Ein Anrufer hatte gefragt: »Würden Sie mir den Alfa Romeo in Ihrem Hof zeigen? Ihn mir vorführen?«

Ich stellte das Oldsmobile hinter dem Murray Hotel ab und ging hinein, um mir die Haare schneiden zu lassen. Es schadete nicht, wenn ich mich in der Stadtmitte blicken ließ, weit weg von der Niagara Street. Vor mir warteten bereits zwei Männer. Ich nahm eine Zeitschrift und wartete mit ihnen.

An der Chestnut Street befindet sich eine Telefonzelle, die von der St. Andrew Street aus kaum zu sehen ist. Von dort aus wählte ich die Nummer 911 und sagte dem Beamten, wo die Polizei nach Shaw suchen sollte. Dann legte ich auf und schlich mich voller Schuldgefühle, aber gleichzeitig auch ein wenig erleichtert, in mein Büro zurück. Zum Teufel mit Wise! Ich hatte ihn nicht verraten, sondern den Beamten nur gesagt, wo sie eine Leiche finden würden. Als das Telefon zu klingeln begann, kaum daß ich mich an meinen Schreibtisch gesetzt hatte, fragte ich mich sofort, wie sie mich so schnell aufgespürt hatten. Aber es war kein Anruf von der Polizei, sondern von Victoria Armstrong. Sie sagte mir, daß Mickey auf dem Weg zu mir sei. Ich versuchte, aus ihr herauszubekommen, was los war, aber sie sagte, sie wisse es nicht.

Diesmal wartete Mickey in dem Volvo auf mich, der vor Russell House, oder, wie ich das Hotel mittlerweile nannte, der »Scharfschützenburg«, stand. Ich stellte Mickey dieselbe Frage, die ich bereits seiner Frau gestellt hatte. »Mr. Wise nennt mir seine Gründe nicht. Er hat mich nur gebeten, Sie zu holen.« Irgendwie klang das so, als würde ich auch wieder zurückgebracht werden. Aber ich konnte nicht allzu klar denken. Wir fuhren schweigend aus der Stadt hinaus und folgten der Straße, die wir am Montagmorgen bereits benutzt hatten. Jetzt sah alles hübscher aus, weil die Sonne auf die Farmhäuser am Wegesrand schien. Ein- oder zweimal erhaschte ich einen Blick auf den alten Kanal. Der Schnee verschwand langsam.

Victoria wartete bereits an der Tür, als wir ankamen. Sie nahm mir die Jacke ab und zuckte mit den Achseln, als ich sie mit einem Blick fragte, ob sie inzwischen schon mehr wisse. Sie trug einen ihrer dunklen, rustikalen Wollröcke. Ich wurde in denselben Raum geführt, in dem schon mein erstes Gespräch mit Wise stattgefunden hatte. Der Kiefernschrank, der große Schreibtisch, die Stühle mit den pfeilspitzenförmigen Rückenlehnen und die kleinen Terrakottafiguren aus der präkolumbianischen Zeit – sie alle waren noch da.

Wise saß, als ich hereinkam, erhob sich jedoch hastig und kam mit einem breiten Grinsen und ausgestreckter Hand auf mich zu. »Herzlichen Dank, daß Sie so schnell gekommen sind, Mr. Cooperman.« Wir gaben einander die Hand, und er ging an mir vorbei zum Barschrank. »Nehmen Sie um diese Tageszeit schon einen Drink?« Er schenkte sich selbst einen Scotch mit Wasser und mir einen Whiskey mit Ginger Ale ein. Woher er wohl wußte, was ich gern trank? »Ich habe Ihren Bericht gelesen, Mr. Cooperman. Sehr beeindruckend, wenn man bedenkt, wie wenig Zeit Sie hatten.«

»Das ist nur ein vorläufiger Bericht. Es steht zum Beispiel noch nicht drin, daß Gordon Shaw irgendwann heute morgen ermordet wurde. Das ist der Autohändler, der Anzeige gegen Ihren Sohn erstattet hat. Sie erinnern sich sicher noch daran, daß Hart einen Triumph-Sportwagen von Shaw gekauft hat.«

Ich hörte den Zorn in meiner Stimme und war froh, daß Wise mir ins Wort fiel.

»Ein Triumph! Sie glauben also, daß es hier um einen Triumph geht, Mr. Cooperman? Wie naiv Sie doch sind. Aber Sie haben schon recht, daß Sie mir davon erzählen. Natürlich meinen Sie, daß ich hinter der Sache stecke. Nun, vielleicht tue ich das, vielleicht aber auch nicht. Aber wir wissen beide, daß Hart in die Angelegenheit verwickelt ist und daß dem Jungen nichts passieren darf.«

»Der Junge ist fast vierzig. Je eher Sie das kapieren, desto eher werden Sie eine Ebene der Verständigung mit Hart finden.«

»Ich habe Ihnen schon letztes Mal gesagt, daß Sie sich nicht als Briefkastentante aufspielen sollen. Also Schluß damit!«

»Warum haben Sie mit dieser Vorladung nicht gewartet, bis ich im Bett war?«

»Cooperman, ich habe keine Zeit für Ihre verletzten Gefühle. Halten Sie mal einen Augenblick den Mund, und hören Sie sich an, was ich zu sagen habe.« Ich setzte mich neben dem Barschrank und einer besonders häßlichen zentralamerikanischen Maske auf einen Stuhl. Als Wise bemerkte, daß er nun allein in der Mitte des Zimmers stand, zog er einen Stuhl zu mir heran, der tiefe Furchen im Teppich hinterließ.

»Ich möchte, daß Sie weiter für mich arbeiten. Ich frage mich zwar, weshalb ich das mache, aber Sie sind der beste Detektiv, den ich im Moment kriegen kann. Bleiben Sie am Ball. Ich möchte alles wissen, was Sie über Julies neuen Verehrer Santerre herausfinden können. Soweit ich weiß, haben Sie ihn heute nacht kennengelernt. Wie finden Sie ihn?«

»Das ist nicht meine Welt, Mr. Wise. Mit dem Geschwätz kann ich nichts anfangen. Ich habe keine Ahnung, was in deren Köpfen vor sich geht. Kokain scheinen sie allerdings genug zu haben. Möglicherweise wissen Sie ja, woher.«

»Hat Julie . . .? Hat sie . . .?« Wir standen beide auf.

»Ich habe sie nicht dabei gesehen, Mr. Wise. Aber Sie wissen, daß solche Leute immer Stoff bekommen, wenn Sie das wollen.« Wise wischte sich die Stirn nachdenklich mit einem weißen Taschentuch ab. Ich weiß nicht mehr, wie lange ich darauf wartete, daß er den Blick wieder hob. Dann endlich sagte er: »Phil Green fährt Sie zurück in die Stadt, Mr. Cooperman. Mickey muß heute nachmittag etwas für mich erledigen. Ich muß Sie wohl nicht daran erinnern, daß es in Ihrem Interesse ist, mich nicht in die Ermittlungen im Mordfall Shaw hineinzuziehen.«

»Warum erinnern Sie mich dann daran?«

Es klopfte, und ich hörte, wie Victoria Wise mitteilte, daß der Wagen gerade vor der hinteren Tür vorfahre. Er gab diese Information an mich weiter, während mir all die Dinge durch den Kopf gingen, die ich meinem Klienten gern noch gesagt hätte, bevor er mir wieder durch die Lappen ging.

»Einen schönen Tag noch, Mr. Cooperman«, sagte er. Ich sah nicht, wie er das sagte, weil ich bereits zur hinteren Tür hinausdirigiert wurde. Offenbar war ich nur gut genug für den Lieferanteneingang. Ich hatte das Gefühl, daß man mich von den interessanten Dingen wegzerrte und nach einem amüsanten Flirt mit Technicolor wieder in mein schwarz-weißes Leben zurückbugsierte.

Als ich zu Hause war, legte ich mich eine halbe Stunde in die Badewanne und hoffte darauf, daß das Telefon mir eine gute Nachricht bringen würde. Doch das tat es nicht. Der einzige Trost für diesen scheußlichen Tag befand sich in dem Umschlag, den Phil Green mir gereicht hatte, als ich aus dem Wagen ausgestiegen war – ein dicker Scheck.

Das freitagabendliche Essen bei meinen Eltern verlief wie gewohnt. Ich aß ein Steak, das auf jeder Seite fünfzehn Minuten lang gebraten war, weil meine Mutter die Angewohnheit hat, das Fleisch tiefgefroren in die Pfanne zu legen. Hinterher gönnte ich mir einen Film. Der Mord und das Treffen mit Wise gingen mir immer noch nicht aus dem Kopf. Wahrscheinlich hatte das damit zu tun, daß ich schon zwei Kit-Kat-Riegel gegessen hatte, bevor der Film überhaupt losgegangen war.

In der Samstagszeitung stand ein Bericht darüber, daß Gordon Shaws Leiche hinter seinem Gebrauchtwagenhandel in der Niagara Street gefunden worden war. Pete Staziak war zuständig für die Untersuchung. Er erklärte, er gehe unterschiedlichen Hinweisen nach und werde die Öffentlichkeit über sämtliche neuen Entwicklungen informieren. In dem Artikel standen Einzelheiten über Shaws Ausbildung, seinen Familienstand und die Auszeichnungen, die er während seiner letzten zehn Jahre bei Rennen im Niagara District erhalten hatte.

Die anderen Nachrichten in der Zeitung wirkten auf mich fremd und merkwürdig bedeutungslos, wie Botschaften aus einem fernen Land. Der *Beacon* berichtete auf der Titelseite über die neuesten Entwicklungen in Europa, während *The Globe* sich mit inländischen Nachrichten befaßte, von denen bisher nichts bekannt gewesen war. Ich las beide Zeitungen von der ersten bis zur letzten Seite und verschlang alles, von den Anzeigen bis zum Leitartikel. Vielleicht war das so etwas wie ein Aufputschmittel für mich. Ich lag gerade mit den ausgebreiteten Zeitungen auf dem Boden, als das Telefon klingelte. Ich spürte einen Stich in der Hüfte, als ich aufstand. Ich kam allmählich in die Jahre.

»Hallo?«

»Benny? Ich bin's, Pete. Was machst du denn gerade?«

»Ich hänge hier rum, während Anna das Wochenende mit irgendwelchen Historikerkollegen oben in Secord verbringt. Und ich habe gerade in den Zeitungen alles über meinen Freund Pete Staziak und seinen neuesten Fall gelesen.«

»Ich verrate dir ein Geheimnis, Benny. Die Öffentlichkeit ist mir behilflich. Du würdest nie erraten, wie viele anonyme Hinweise auf meinem Schreibtisch landen.«

»Haben die Verkäufer dir eine Beschreibung gegeben?«

»Warum kannst du dich nicht an die Regeln halten?«

»Manchmal, Pete, stolpert man über bestimmte Dinge, und man kann sich einfach nicht sofort damit beschäftigen. Das ist die unangenehmere Seite meines Jobs.«

»Das geht so lange, bis du deine verdammte Zulassung verlierst, Benny!«

»Tut mir leid, Pete. Wär's dir lieber gewesen, wenn ich mich einfach davongeschlichen hätte?«

»Hast du das denn nicht gemacht?« fragte er ziemlich wütend. Doch bevor ich ihm eine Antwort geben konnte, hatte er sich schon wieder beruhigt und verfolgte eine völlig neue Taktik. »Wie geht's dir überhaupt, Benny?«

»Unter den gegebenen Umständen ziemlich gut.«

»Unter den gegebenen Umständen. Dann hast du's also schon gehört?«

»Was? Ich hatte gehofft, daß mein Klient Abe Wise mich anrufen würde, um mir ein paar der Fragen zu beantworten, um die er sich bis jetzt immer herumgedrückt hat.«

»Der wird dich nicht anrufen, Benny.«

»Du bist schon immer ein Pessimist gewesen, Pete.«

»Benny, er wird weder anrufen noch schreiben, noch ein Fax schicken. Der Frühling wird kommen, Benny, aber nicht für Abe Wise. Der wird nie wieder ein Hemd auf- oder zuknöpfen. Verstehst du, was ich meine, Benny?«

»Das gefällt mir gar nicht, Pete. Ich hab' noch nicht mal seinen Scheck eingelöst. Krieg' ich das Geld noch von der Bank, oder frieren die erst mal alles ein?«

»Immer mit der Ruhe. Also bestreitest du nicht, für Abe Wise gearbeitet zu haben?«

»Ich schäme mich meiner Arbeit nicht, Pete. Ich war nicht gerade begeistert von den Drohungen, mit denen er mich dazu gebracht hat, den Job anzunehmen, aber als er mich soweit hatte, hat er mich ganz fair behandelt, das muß ich sagen. Was willst du mir mitteilen?«

»Das kannst du dir schon denken. Während wir uns unterhalten, wird dein Klient gerade zu einem Kühlfach in der Stadtmitte transportiert. Die Obduktion findet gleich am Montagmorgen statt. Sonst noch Fragen?«

»Wann ist das passiert? Ich war gestern erst bei ihm! Am

Freitag. Er ist doch sicher nicht plötzlich krank geworden und gestorben, oder?«

»Nein. Eine Neun-Millimeter-Kugel hat ihn direkt zwischen die Augen getroffen. Vorausgesetzt, der Schuß wurde aus der Waffe abgefeuert, die am Boden lag, was irgendwie logisch erscheint.«

»Wie hast du von mir erfahren?«

»Jedenfalls nicht von dir! Du hättest ja was davon erwähnen können, als ich mich am Dienstag mit dir unterhalten habe. Die Haushälterin Victoria Armstrong hat mir eine Liste der Leute gegeben, die in den letzten Tagen im Haus gewesen sind. Daß du die Behörden nicht informierst, wird anscheinend langsam zur Gewohnheit bei dir, Benny. Sieh dich vor!«

»Bearbeitest du den Fall?«

»Solange mir nichts anderes gesagt wird, ja. Meinst du, wir sollten uns unterhalten?«

»Das wollte ich gerade vorschlagen. Pete, bedeutet das, daß wir uns mitten in einem Bandenkrieg befinden?«

»Wenn du den Mord an Shaw dazuzählst, könnte was dran sein. Shaw hatte ganz schön Dreck am Stecken. So was können wir nicht brauchen, Benny. Weißt du noch damals, als es den Kerl oben in dem Turm an den Niagarafällen erwischt hat? Das war ein richtiges Blutbad. Plötzlich konnten hier in der Gegend 'ne ganze Menge Akten geschlossen werden. Aber diesmal weiß ich nicht so recht. Wir haben die Tatwaffe, aber es sind keine Fingerabdrücke dran.«

»Wann willst du mich treffen?«

»Gib mir eine, eineinhalb Stunden, damit ich mir noch ein paar Sachen ansehen kann. Dann kommst du am besten zu Wises Haus. Du bist ja schon mal dort gewesen; also weißt du, wo's ist. Bis gleich, Benny.« Dann legte er auf, und ich behielt den Hörer noch ein paar Sekunden in der Hand, bevor ich auflegte. Verdammt, dachte ich, was würde als nächstes kommen?

Ich verfuhr mich auf dem Weg zu Wises Haus nur ein einziges Mal, aber trotzdem kam ich später, als ich eigentlich vorgehabt hatte. An der Vorderseite standen drei Polizeiwagen, auf der Rückseite der Wagen von Pete. Drinnen nahm Victoria mir die Jacke ab wie in guten alten Zeiten. Ihre Augen waren rot und die Haare zerzaust. Uniformierte und weißbekittelte Leute von der Spurensicherung gingen ihren Aufgaben nach. Pete stand neben dem großen Schreibtisch, der jetzt mit gelbem Polizeiband abgesperrt war. Pete unterhielt sich gerade mit Mickey und einem der Beamten. Er begrüßte mich mit einem Grinsen. Ein paar Minuten später kletterte er über das Plastikband und forderte mich auf, ihn an einer großen, gutausgestatteten Küche vorbei in ein großes Fernsehzimmer zu begleiten, das ich noch nicht gesehen hatte. Auch dort standen überall kleine braune Tonfiguren herum, und an den Wänden hingen Gemälde und Behänge. Dort warteten Victoria, Phil und Sydney. Syl hatten die Beamten, wie ich später erfuhr, in die Stadt gebracht, um ihn zu einer Sache zu befragen, die mit dem gegenwärtigen Fall nichts zu tun hatte. Victoria lächelte mich verstohlen an, obwohl ihre braunen Augen besorgt wirkten.

»Du kennst alle Anwesenden?« fragte Pete und meinte damit auch Mickey und den Beamten, die uns in den Raum gefolgt waren. »Erinnerst du dich noch an Corporal Kyle, Benny? Mit dem hattest du mal in 'ner Einbruchssache zu tun.«

»Danke für die Auffrischung meines Gedächtnisses, Sergeant«, sagte ich mit zusammengepreßten Zähnen. »Hallo, Corporal. Schön, Sie zu sehen.«

Pete stellte den Leuten im Raum ein paar Fragen und wandte sich dann mir zu. Von mir wollte er hauptsächlich Informationen über Zeiten und Termine. Er wollte sich zunächst einmal ein Bild darüber machen, wer wo gewesen war und wer wen wann beobachtet hatte. Ich erfuhr bei dieser Gelegenheit, daß Wise in einem Zimmer über dem Büro geschlafen hatte und daß Mickey und Victoria einen gemeinsamen Raum im zweiten Stock auf der hinteren Seite des Hauses bewohnten. Dazu kamen mehrere Gästezimmer sowie Räume für Hart und Julie im ersten Stock. Pete war noch ganz am Anfang seiner Ermittlungen. Trotzdem sah er aus, als sei er die ganze Nacht aufgewesen.

»Laß uns für ein paar Minuten hier verschwinden«, sagte Pete nach einer Weile zu mir. »Ich hab' keine Zigaretten mehr.«

»Na toll! Für so was sind die Vororte hier wirklich die richtige Stelle. Zigarettenläden, wohin das Auge blickt.« Er flüsterte noch ein paar Minuten mit Kyle in der Küche, bevor wir uns auf den Weg zur Tür machten.

»Wir nehmen meinen Wagen.« Wir stiegen ein. Nach zehn Minuten hatten wir immer noch keinen Laden gefunden, der auch nur entfernt so ausgesehen hätte, als würden dort Zigaretten verkauft. Nach weiteren fünf Minuten entdeckte Staziak einen 7 Eleven Store nicht weit von der Forks Road.

»Abe Wise ist gestorben, bevor sein Werk vollendet war«, sagte ich, als Pete an der Wagentür herumfummelte.

»Wie meinst du das?«

»Tja, diese Gegend hier ist in puncto Zigarettenversorgung immer noch Entwicklungsland. Hatte er seine Finger nicht auch im Tabakgeschäft?«

»Aha, verstehe. Seit mindestens einem Jahr hat er sich nicht mehr so intensiv damit beschäftigt. Bin gleich wieder da.« Ich sah ihm nach, wie er zu dem Laden mit der leuchtend rot-blauen Limonadenwerbung aus Plastik hinüberging. Die kahlen Äste des Baums daneben streiften das Dach. Eine junge Frau, die mit einer silberfarbenen Kartoffelchipstüte aus dem Laden kam, klappte den Mantelkragen hoch, während sie zu ihrem Wagen voller Kinder hinüberging.

Als Pete Staziak zurückkam und sich – wie es aussah – seine erste Zigarette seit langem anzündete, wußte ich, daß er nun bereit war, mir seine Fragen zu stellen. Ich erzählte ihm, wie ich zu dem Job bei Abram Wise gekommen war und daß ich ihn am Freitag zum letztenmal gesehen hatte. Dann versprach ich Pete, ihm eine Kopie meines Berichts an Wise zukommen zu lassen.

»Und?« fragte er, als ich fertig war.

»Und was?«

»In welche Richtung geht dein Bericht?«

»Lies ihn lieber selber, Pete. Ich werde nicht richtig schlau aus der ganzen Sache. 'ne ganze Menge habe ich bloß geschrieben, um irgendwie die Seiten voll zu kriegen. Wenn du von mir wissen möchtest, wer Wise umgebracht hat: keine Ahnung. Das könnten die unterschiedlichsten Leute gewesen sein. Meine Lieblingstheorie sieht folgendermaßen aus: Wiese und Ed Neustadt wurden von ein und derselben Person ermordet.«

»Was? Hör mit dem Unsinn auf, Benny! Was redest du da? Neustadt war in offiziellen Kreisen auch nicht viel beliebter als Wise, aber das – nein!«

»Du hast mich gefragt, und ich habe dir eine Antwort gegeben, Pete. So sieht es aus. Wenn du Beweise möchtest, kann ich dir die nicht liefern.«

»Benny, Abram Wise war einer der Größten im organisierten Verbrechen. Den kann man mit Tony Pritchett von der englischen Mafia vergleichen.«

»Ja, wahrscheinlich hast du recht. Und da es nun mal einen Gangster erwischt hat . . .«

»Ich hab' dir doch schon gesagt, daß seine Obduktion Vorrang hat. Der kriegt 'ne Vorzugsbehandlung.«

». . . ist's euch gar nicht so wichtig, wer ihn kaltgemacht hat, stimmt's?«

»Das ist ziemlich zynisch, Benny.«

»Das war eine Frage. Wenn du der Meinung bist, daß der Mörder auch ein Gangster ist, wäre das doch 'ne tolle Aufgabe für dich, oder?«

»Wir behandeln alle Schwerverbrechen mit dem nötigen Ernst, Benny. Wir geben unser Bestes, wie immer.« Ich war mir nicht so sicher, warum ich Pete in dieser Situation provozierte. Vielleicht hoffte ich, daß er mir verraten würde, was er schon herausgefunden hatte, um mir zu beweisen, daß die Polizei nicht schlief.

»Eins wollte ich dir noch sagen: Die Ontario Provincial Police hat sich bei mir gemeldet, weil sich jemand über mich beschwert hat.«

»Na und? Wir haben alle unsere Probleme. Ich zum Beispiel versuche, in einem Mordfall zu ermitteln. In zwei Mordfällen, um genau zu sein.«

»Versuch rauszufinden, wer mir die OPP auf den Hals gehetzt hat. Das könnte dir bei deinen Ermittlungen helfen. Vielleicht auch nicht. Ist nur so ein Gedanke.«

»Und so ein Gedanke ist wirklich selten in einem Fall wie diesem, Benny.«

»Du darfst nicht vergessen, daß am Mittwoch jemand auf mich geschossen hat. Möglicherweise hat der geübt, Pete.«

Staziak fuhr in nördlicher Richtung am neuen Teil des Welland Canal entlang. Dort wirkte alles ziemlich eintönig. Abgesehen von ein paar Enten, die sich vom Kanal erhoben, bewegte sich nichts. Zwar war die Schiffahrtssaison offiziell schon eröffnet, aber man sah noch nicht viel davon. Alle warteten darauf, daß der Winter endlich aufhörte.

»Wirklich sehr selten«, wiederholte Pete gedankenverloren. »Ich fahre jetzt wohl lieber zum Haus zurück, mein Freund.« Und schon lenkte er den Toyota wieder in die Richtung von Abe Wises Haus.

Als wir wieder in Wises Fernsehzimmer waren, das die Hausbediensteten mittlerweile verlassen hatten, erfuhr ich von einem Beamten, daß Sylvester Ryan in einige Schmuggel- und Entführungsfälle verwickelt war. Er hielt sich zur Befragung im Revier auf, während Sergeant Staziak sich in seinen Mordfall einarbeitete. Da ich mit Pete zusammen gekommen war, durfte ich nun die gelbe Plastikbarriere ins Mordzimmer passieren. Soweit ich sehen konnte, wies nichts auf weitere Verbrechen hin. Es waren keine Schubladen herausgezogen, und ich konnte auch nirgends Spuren von einem versuchten Diebstahl entdecken. Die Fenster waren geschlossen. Die Tatwaffe lag nach Mafiamanier am Tatort.

»Wo waren denn die Leute von Wise, als er erschossen wurde?« fragte ich Pete, der seine Mütze weit in den Nacken zurückgeschoben hatte, statt sie ganz abzunehmen.

»Laut Aussage von Victoria haben alle im Nebenhaus gefrühstückt, als sie ihn auf dem Boden neben dem Schreibtisch fand. Gleich da«, fügte er hinzu, für den Fall, daß ich das Blut oder die Kreideumrisse nicht sah.

»Niemand hat den Schuß gehört?«

»Niemand!«

»Wer hat ihn zuletzt gesehen?«

»Julie, seine Tochter. Ich habe den Eindruck, daß sie 'ne Menge Probleme kriegen könnte. Bis jetzt hilft ihr nur die Tatsache, daß Victoria ›glaubt‹, die Vorder- und Hintertür seien verschlossen gewesen. Die beiden Türen waren ›normalerweise‹ verschlossen, aber sie kann nicht beschwören, daß sie es auch heute morgen waren. In dem großen Raum sind ziemlich viele Leute ein und aus gegangen. Mickey sagt, um halb neun heute morgen war er noch am Leben. Das stimmt mit der Aussage von Mrs. Long, ich meine Julie, überein, aber die scheint ein ziemlich merkwürdiges Zeitverständnis zu haben. Tja, gehen wir also mal davon aus, daß er um halb neun tatsächlich noch am Leben war. Mehr wird uns die Leiche im Kühlfach wahrscheinlich auch nicht verraten. Um halb neun hat er noch gelebt, um Viertel nach neun, halb zehn, nicht mehr. Victoria ist sich nicht so ganz sicher, wann genau sie ihn gefunden hat. Sie hat uns von diesem Telefon aus angerufen, und bis jetzt haben wir darauf auch nur ihre Fingerabdrücke gefunden.«

»Aber ein Schuß hier drin muß doch ziemlich laut sein.«

»Du willst wissen, ob man einen Schuß, den man hier drinnen abgibt, unter normalen Umständen im Nachbarhaus hören kann? Das haben wir überprüft, bevor du gekommen bist. Ja. Eine normale Pistole hört man trotz Corn-flakes-Geraschel und brutzelnden Pizzaresten.«

»Hast du den Schalldämpfer gefunden? Wenn kein Schalldämpfer benutzt wurde, ist er nach deiner Theorie noch am Leben.«

»Wir haben das Haus bereits durchsucht und werden das gleich noch mal machen. Stellst du immer noch eine Verbindung zu Ed Neustadt her?«

»Ich weiß nicht so recht. Beide Morde sind sehr seltsam, und mindestens einer davon war geplant. Kennt Mickey die Waffe?«

»Die gehört Wise. Normalerweise hat er sie in der oberen rechten Schublade seines Schreibtischs aufbewahrt. Er hatte 'nen Waffenschein. Genau wie alles andere hier drin ist sie antik.«

»Was bedeutet, daß kein Schalldämpfer dran war, stimmt's? So ein Ding läßt sich im Klo runterspülen oder in 'ne Regenrinne stopfen.«

»Im Film, Benny, im Film. Im richtigen Leben kann man einen Schalldämpfer nicht einfach in die Tasche stecken. Die Schalldämpfer, die ich bis jetzt gesehen habe, sind alle Spezialanfertigungen gewesen. Die funktionieren wie der Auspufftopf an deinem Wagen.«

»Nicht wie der an meinem Wagen, sonst hätte man nämlich den Schuß gehört.«

»Wir suchen nach einem ungefähr fünfzig Zentimeter langen und fünf Zentimeter dicken Zylinder. Hast du so was irgendwo gesehen?« Er grinste mich grimmig an, um mir zu zeigen, daß das noch eins der trivialeren Probleme war, mit denen er sich herumzuschlagen hatte. »Solche Sachen lieben die Jungs. Wenigstens brauchen wir nicht den ganzen Garten umzubuddeln.«

»Warum nicht?«

»Mein Gott, Benny, nun laß uns wenigstens *diese* Freude!«

22

Ich nahm mir den Rest des Wochenendes frei und las ein paar alte Krimis von McStu, die ich schon kannte und in denen keiner der Menschen vorkam, mit denen ich es im wirklichen Leben zu tun hatte. *Eile zum Galgen*, das Buch über den Fall Tatarski, rührte ich nicht an, weil ich von der Sache erst einmal Abstand gewinnen wollte. Ich brauchte Ruhe. Zuvor hatte ich meine Mutter angerufen und mich selbst zum Abendessen eingeladen, aber Ma hatte mir erklärt, daß sie und Pa ausgehen wollten. Ich hatte keine Ahnung, was sie unternahmen; sie sagte es mir nicht. Aber eine Ausrede war das nicht, das wußte ich.

Aus lauter Verzweiflung machte ich meine Wäsche. Ich ging damit in die King Street, in den Waschsalon, den Billy Watsons Schwester betreibt. Doch statt ihr die Sachen einfach zu geben, machte ich alles selbst. Warum auch nicht? Hatte ich denn etwas Besseres zu tun?

Die Hühnersuppe im Di war gut, aber an die von Ma kam sie nicht heran. Die Sandwiches mit gehackten Eiern hatten mir auch schon mal besser geschmeckt, und die Milch war warm. Allerdings lag das an mir, das war mir klar, denn auf das Di konnte man zählen, genau wie auf den Verkehr, der sich unablässig auf der St. Andrew Street von Westen nach Osten dahinwälzte. Selbst wenn ich das gewollt hätte: Für meine Laune konnte ich das Di nicht verantwortlich machen.

Am Sonntag war es noch schlimmer. Ich machte eine lange Spritztour aufs Land, um meine depressive Stimmung loszuwerden, nachdem ich herausgefunden hatte, daß alle meine Freunde ein erfülltes, ausgesprochen geschäftiges Leben führten, das sich nicht durch spontane Besuche stören ließ. Ich machte einen kleinen Spaziergang über den menschenleeren Golfplatz in Niagara-on-the-Lake, wo mir sogar im Windschatten des alten, verwitterten Fort ein eisiger Wind durch die Jacke blies. Früher einmal hatte ich das Wort für die Flecken gewußt, die das alte Gemäuer überzogen. Tja, wieder mal versagt. Noch ein Grund mehr, mich selbst nicht zu mögen. Ich aß etwas in einem Fischlokal. Es war eisig dort. Das Filet, das ich bestellt hatte, wurde in der Form serviert, in der es vor Monaten, vielleicht sogar Jahren, in seine Verpackung eingeschweißt worden war.

Als ich dann am Montagmorgen die Bürotür aufmachte, passierte es. Dave Rogers – mögen die Götter ihm das lohnen – rief mich an und bat mich, weiter an dem Fall zu arbeiten.

»Was?«

»Sie haben gehört, was ich gesagt habe. Ich möchte, daß Sie weitermachen. Haben Sie verstanden, Cooperman?«

»Ja, Dave, aber ich kann das nicht ganz glauben. Die Polizei ist immer noch mit den Ermittlungen zu Abes Tod beschäftigt. Vielleicht ist noch niemand verhaftet worden, aber lassen Sie den Beamten noch etwas Zeit. Die haben gerade erst angefangen«, sagte ich, wie Pete Staziak es manchmal zu mir sagte.

»Das weiß ich. Aber die werden in sechs Monaten immer noch keine Ahnung haben, wer Abe Wise ermordet hat. Ich kenne doch die hiesige Polizei – die Beamten sind gut und ehrlich, und sie haben verdammt noch mal zuviel zu tun, um sich auch noch um die Sache mit Abe zu kümmern.«

»Ich glaube, da täuschen Sie sich.«

»Tja, das ist Ihr Problem. Mein Problem ist es, daß der Junge, mit dem ich zusammen zur Schule gegangen bin, ermordet worden ist. Ich kann nicht einfach untätig hier rumsitzen, ich muß was unternehmen. Also, Benny, zeigen Sie, was Sie können!«

»Sie sind verrückt, Dave.«

»Vielleicht, vielleicht auch nicht. Aber das geht Sie nichts an. Sind Sie finanziell saniert? Brauchen Sie etwa nicht mehr zu arbeiten? Dann setze ich mich eben mit Howard Dover in Verbindung. Der macht seine Sache gut. Benny, ich hab' die halbe

Nacht mit Paulette telefoniert. Sie erinnern sich doch an Paulette, oder?«

»Klar. Seine erste Frau.«

»Tja, wir sind uns darüber einig, daß ich alles in meiner Macht Stehende tun muß, sonst werde ich keine ruhige Minute mehr haben. Ich muß das einfach machen, verstehen Sie, was ich meine?«

»Sie versuchen, sich Ihren Seelenfrieden zu erkaufen, Dave. Aber den kann ich Ihnen leider nicht verschaffen, weil ich selber grad keinen habe. Warum gehen Sie nicht einfach zu einem guten Psychiater?«

»Hören Sie auf mit dem Quatsch! Ich will Sie! Ich bringe Ihnen heute vormittag Geld vorbei. Ich muß hier noch einen Transport vorbereiten, und mein Junge hat die Grippe. Nehmen Sie 'nen Scheck, Benny?«

»Na schön. Er muß nicht mal unbedingt gedeckt sein.«

»Gut, Sie hören von mir.« Er legte auf, und ich hatte wieder einen Job. Ich hatte versucht, Rogers von seinem Vorhaben abzubringen, aber er hatte sich einfach über meinen augenscheinlichen Unwillen hinweggesetzt. Das mache ich mit allen neuen Klienten: Ich versuche, sie abzuwimmeln. So konnte ich später dann sagen: »Hey, schließlich hab' ich Ihnen das gesagt, als Sie mich angeheuert haben!«

Nachdem der Scheck gekommen war, brachte ich ihn zusammen mit dem von Wise zur Bank. Der Angestellte nahm beide an, ohne nachzufragen. Danach genehmigte ich mir ein wunderbares Mittagessen in dem Lokal in der Wellington Street, wo ich mich mit Wises zweiter Frau Lily getroffen hatte. Unterwegs gab ich eine Kopie meines Berichts für Wise in der Niagara Regional Police ab, wie ich es Pete versprochen hatte.

An jenem Abend gingen Anna und ich in Buffalo ins Theater, wo wir uns ein irisches Stück ansahen. Frank Bushmills Nichte, die mit einer spritzigen Profitruppe von Irland herübergekommen war, führte Regie. Die Aufführung war so witzig, daß wir noch den größten Teil des Heimwegs lachen mußten.

Der Dienstag und damit die Iden des März nahten. Die Sonne schien aus einem höheren Winkel in die Wohnung, als ich erwartet hätte. Sie ließ den grauen Teppich weiß erscheinen und kroch die Wand hinauf, bis sie Anna erreichte, die gerade den Kaffee machte. Ich sah ihr zu, wie sie mit der Kaffeemühle, der Kanne und den Tassen hantierte.

Es versprach ein wundervoller Tag zu werden. Anna nahm einen Schluck Kaffee, holte den Vollkorntoast aus dem Toaster und kam zum Bett herüber. »Stehst du auf?«

»Klar! Seh' ich etwa nicht so aus?«

»Ehrlich gesagt: nein. Du schaust nicht so aus, als wolltest du dich gleich bewegen.«

Ich streckte einen Fuß unter der Decke hervor. »Und wie findest du das?«

»Das wär schon mal ein Anfang. Aber ich habe keine Zeit abzuwarten, ob sich mehr draus entwickelt. Ich muß zu meinen Studenten.«

»Glückliche Studenten.« Anna aß die letzten Krümel ihres Toasts und trank noch einen Schluck Kaffee; beinahe gleichzeitig machte sie Ordnung in der Wohnung. Ihre Bewegungen waren so präzise, daß sie ein wenig wie Ballett aussahen. Dann nahm sie ihren Mantel und hastete zur Tür hinaus, nachdem sie mir einen Abschiedskuß gegeben hatte.

Als ich im Büro war, wählte ich die Nummer von Pete, doch es ging Chris Savas ran, der gerade aus dem Urlaub zurückgekommen war. Er versprach, mir bei der nächsten Gelegenheit alles von seinem Urlaub, dem zypriotischen Wein und den Bergen dort zu erzählen. Doch zuvor würde er Pete ausrichten, daß ich angerufen hatte.

Dann versuchte ich es bei Hart und Julie, aber ohne Erfolg. Offenbar trauerten sogar die Anrufbeantworter. Dafür unterhielt ich mich mit Paulette, die gleichzeitig unglücklich und erleichtert klang.

»Damit habe ich seit vierzig Jahren gerechnet, Benny! Irgendwann mußte das ja mal passieren.«

»Alles in Ordnung?«

»Ach, machen Sie sich mal keine Sorgen um mich, ich werde damit schon fertig. Ich bin hart wie Stahl. Aber Hart – der hat seine Probleme.«

»Ich hab' versucht, ihn anzurufen. Aber er hat den Anrufbeantworter ausgeschaltet.«

»Er ist bei mir, Benny. Er ist wirklich sehr, sehr lieb. Die Sache mit Abe macht ihm sehr zu schaffen. Er sagt, er hätte gerade angefangen, seinen Vater kennenzulernen.«

»Würden Sie ihm bitte ausrichten, daß ich mich mit ihm unterhalten möchte, Paulette?«

»Lassen Sie ihm Zeit, Benny. Er braucht Zeit.«

»Aber klar, ich lasse ihm alle Zeit, die er braucht. Sagen Sie ihm bitte, die Geschichte mit seinem Vater tut mir leid.«

Dann rief ich bei Lily an, um ihr zu sagen, daß ich mich mit Julie unterhalten wollte, wenn diese wieder auftauchte. Soweit ich das am Telefon beurteilen konnte, klang Lily nicht so, als sei sie tief betrübt. Aber ihr fröhliches Geplapper sollte wohl nur kaschieren, daß sie getrunken hatte. Lily war eigentlich keine Trinkerin. Ihr ging es eher wie mir: Es mußte schon viel passieren, bevor wir zum Glas griffen.

Es waren die Iden des März. Habe ich das schon erwähnt? Während ich darauf wartete, daß das Telefon klingelte, hätte man gut und gerne Julius Cäsar und Little Cäsar ermorden können. Ich versuchte, mich an unsere High-School-Aufführung des Shakespeare-Stücks zu erinnern. Damals hatte ich den Dichter Cinna gespielt. Diese Rolle ermöglichte es mir, einen großen Teil der Proben von den leeren Sitzen des Zuschauerraums aus zu verfolgen. Ich glaube, irgendwann konnte ich den ganzen Text auswendig. Und jetzt waren die Iden des März, die Unglückszeit Cäsars, zu einer Zeit des Glücks für mich geworden. Es war gerade eine Woche her, daß Abe Wise mich ziemlich unsanft aus meinem warmen Bett hatte holen lassen. Ich ließ die vergangene Woche vor meinem geistigen Auge Revue passieren. Sie erschien mir wie drei Monate.

Dann las ich meinen Bericht noch einmal in der Hoffnung durch, daß mir der Name des Mörders ins Auge springen würde. Doch das tat er nicht.

Es mußte doch eine Möglichkeit geben, in diesem Fall weiterzukommen. Aber meine eigene Prosa war längst nicht so wohltönend wie Shakespeares Text. Ich konnte mir schon vorstellen, wer ans Telefon gehen würde, wenn ich Abe Wises Geheimnummer wählte, also ließ ich es sein. Schließlich wollte ich Pete keinesfalls ins Handwerk pfuschen. Ein paar Tage lang mußte ich einen weiten Bogen um Mickey und die Jungs machen. Nur für den Fall, daß Pete irgendwo in der Nähe war.

Ich mußte mir darüber klarwerden, wie alles zeitlich abgelaufen war. Wer hatte Wise getroffen und wann? Pete hatte sich mit dieser Frage bereits beschäftigt, aber den konnte ich jetzt nicht belästigen. Ich war schon so sehr in den Fall verwickelt, daß Pete sich ohnehin bald bei mir melden würde, das wußte ich. Aber ich wußte auch, daß ich in der fraglichen Zeit nicht einmal in der Nähe des Tatorts gewesen war.

Er hatte mir gesagt, daß Julie Abe Wise als letzte gesehen hatte. Es war viel los gewesen an jenem Morgen. Hart, Julie und die anderen waren bei ihm gewesen, um sich mit ihm zu unterhalten. Und sein letzter Besucher hatte eine von Wises alten Waffen sowie einen Schalldämpfer mitgebracht. Die Waffe hatte man am Tatort gefunden. Pete hatte gesagt, es hätten sich keine Fingerabdrücke darauf befunden. Auf der Tatwaffe findet man nur selten Fingerabdrücke. Interessanter war da schon der Schalldämpfer. Der Mörder hatte ihn wieder mitgenommen. Warum? Schalldämpfer kann man nicht einfach im Laden kaufen; es handelt sich um Spezialanfertigungen. Vielleicht hätte man zurückverfolgen können, wer das Ding hergestellt hatte. Und wenn der Schuß nicht gehört wurde und der Täter den Schalldämpfer mitnahm, hatte er die Chance, ungeschoren davonzukommen.

Mickey Armstrong und seine Leute waren ausgezeichnete Leibwächter. Sie waren in der Lage, einen Mann wie Abe Wise zu beschützen. Davon war Wise zumindest ausgegangen. Doch in Wahrheit waren die Jungs längst nicht so gut. Sobald sie den Geruch von Pizza in die Nase bekamen, wurden sie abgelenkt. Auch das Frühstück nahmen sie ziemlich ernst. Mickey hatte mir gesagt, sie seien grundsätzlich ein gutes Team – nur nicht, wenn sie aßen. Im Klartext hieß das: Seine Leute paßten nicht auf, und der Mörder wußte das.

Plötzlich wurde ich durch das Telefon aus meinen Gedanken gerissen. Ich griff erst nach dem dritten Klingeln nach dem Hörer, obwohl ich gleich daneben saß. Es war Hart. Er klang aufgeregt und war nur undeutlich zu verstehen. Ich versuchte, ihn ein wenig zu beruhigen, sprach ihm mein Beileid aus und bekam von ihm selbst die Bestätigung für etliche der Dinge, die Paulette mir schon gesagt hatte. Paulette war eine gute Zeugin. Nachdem Hart mir ziemlich wirr von seinen Zusammenkünften mit seinem Vater erzählt hatte, berichtete er mir endlich von seinem allerletzten Treffen mit ihm.

»Es war ziemlich früh, weil er da immer am besten drauf war. Ich habe ihm einen Scheck für den Wagen gegeben, den wollte er anfangs nicht nehmen.«

»Sie meinen den Sportwagen, den Sie von Shaw gekauft haben?«

»Ja, den Triumph. Er hat mir den Betrag für den ungedeckten Scheck vorgestreckt. Da ich jetzt das Geld selber hatte, wollte ich es ihm zurückgeben.«

»Darf ich fragen, woher Sie das Geld hatten?«

»Ich hab' ein paar Sachen verkauft, die ich nicht mehr brauchte. Außerdem bin ich umgezogen und habe meine alte Wohnung untervermietet. So bin ich an ein bißchen Bargeld gekommen.«

»Und Paulette?«

»Klar, die hat mir auch unter die Arme gegriffen. Jedenfalls hat er das Geld dann doch genommen, und wir haben uns über meine Zukunft unterhalten. Zum allerersten mal überhaupt hat er mir zugehört, statt mir zu sagen, was ich seiner Meinung nach tun sollte. Das war prima. Dann mußte er gehen, weil ein paar Leute auf ihn warteten. Wir haben uns die Hand gegeben, und dann hat er mir erzählt, daß Shaw und Whitey York ihn drankriegen wollten. Daraufhin bin ich wütend geworden, und er wurde wieder zu dem Monster, das er immer gewesen ist. Das war mein letzter Eindruck von ihm.«

»Tja, er wollte immer alles unter Kontrolle haben.«

»Stimmt. Als ich noch zu Hause wohnte, hat er mich durch moralischen Druck beherrscht.«

»Die Sache gefällt mir trotzdem noch nicht«, sagte ich kopfschüttelnd. »Shaw und York wollten Ihren Vater also über Ihren ungedeckten Scheck drankriegen – stimmt's?«

»Wenn Sie das sagen.«

»Warum wurde Shaw dann ermordet?«

»Ja, davon habe ich auch gelesen! Wahrscheinlich hat er nicht viel von Teamwork gehalten. Was soll ich dazu sagen, Cooperman?«

»Eins ist jedenfalls sicher: Er wurde nicht wegen einer so banalen Angelegenheit wie der Sache mit dem Auto umgebracht. Ihr Dad hätte zehn Triumphs kaufen können, wenn er das gewollt hätte. Das wären für ihn Peanuts gewesen.«

»Na ja, das ist schon ein bißchen übertrieben, aber ich verstehe, was Sie meinen. Einer wie Shaw hatte wahrscheinlich jede Menge Feinde, nicht ganz so zufriedene Kunden zum Beispiel.«

»Okay. Kommen wir noch mal zu dem Vormittag, an dem Ihr Vater ermordet wurde. Wen haben Sie da im Haus gesehen?«

»Niemand besonderen. Victoria hat gerade in der Küche 'nen Kuchen gebacken. Mickey hat seine Schuhe auf 'ner ausgebreiteten Zeitung geputzt, auch in der Küche. Die anderen Typen habe ich nicht gesehen. Wahrscheinlich waren die im Nachbarhaus.«

»Haben Sie vor oder hinter dem Haus irgendwelche fremden Autos gesehen?«

»Nein. Soweit ich mich erinnern kann, waren überhaupt keine fremden Autos in der Nähe geparkt. Moment mal! Doch, da war ein Chrysler Le Baron. Gleich vor der Straße, in der das Haus steht.«

»Welche Farbe hatte der?«

»Ich glaube, Rot. So eine Art Burgunderrot.«

»Alt oder neu?«

»Ziemlich neu. Allerdings war ein Scheinwerfer kaputt.«

»Ein kaputter Scheinwerfer? Wissen Sie noch, auf welcher Seite?«

»Ich glaube, die rechte. Ja, die rechte. Warum? Wissen Sie, wem der Wagen gehört?«

Ich sagte ihm, daß mir die Beschreibung irgendwie bekannt vorkam, ohne ins Detail zu gehen, bedankte mich für seine Hilfe und erklärte ihm, daß ich mich möglicherweise schon bald wieder bei ihm melden würde. Dann verabschiedete ich mich, weil er anfing, noch mal alles von vorn durchzuhecheln wie bei einer Wiederholung im Fernsehen. Und zur Abwechslung hatte ich tatsächlich einmal was zu tun: Ich mußte versuchen, mehr über den Wagen herauszufinden.

23

Chris Savas war nach seinem zweiwöchigen Urlaub auf Zypern wieder da, und ich vermutete, daß ich ihn zusammen mit Pete Staziak in dem kleinen Café antreffen würde, das ein Cousin von Chris führte. Dieses Café befand sich in der Academy Street, nicht weit von der Bushaltestelle entfernt. Die Gegend verkam immer mehr zu einer Ruinenlandschaft, aus der nur noch ein paar alte Backsteinhäuser ragten. In einem davon war das Spitfire. Ich habe keine Ahnung, warum Chris' Cousin dem Café diesen Namen gegeben hatte, der nun auf dem Plastikschild gleich neben dem rot-weißen Cola-Logo stand.

Als ich das Café betrat, war es leer, und ich kam mir fehl am Platze vor, so als sei ich aus Versehen in die Damentoilette geraten. Der Cousin versuchte, sich zu erinnern, woher er mich kannte, was ihm mißlang. Seine Begrüßung fiel deshalb längst nicht so herzlich aus wie bei meinen früheren Besuchen zusammen mit Savas. Ich setzte mich an einen kleinen Tisch am hinteren Ende und bestellte ein Hühnchen-Kebab. Wahrscheinlich, so dachte ich, hatten sie keine Sandwiches mit gehackten Eiern, die ich normalerweise aß. Ich hatte kaum drei Bissen von dem mit Hühnchenfleisch gefüllten Pita-Brot gegessen, als schon Chris und Pete hereinkamen. Und es dauerte nur wenige Sekunden, bis nicht nur der Cousin, sondern auch die Ehefrau des Cousins sich auf Chris stürzten. Pete Staziak bekam ebenfalls etwas von der herzlichen Begrüßung ab. Obwohl diese Begrüßung auf griechisch stattfand, mußte Pete lächeln. Ich knabberte weiter an meinem Kebab. Zwei Tische wurden zusammengeschoben, die Neuankömmlinge zogen ihre Jacken aus. Pete entdeckte mich als erster. Er machte Chris auf mich aufmerksam, und schon bald war auch ich Teil der herzlichen Atmosphäre und begab mich mitsamt Teller, Gabel und Serviette an ihren Tisch.

Zuerst fragten wir Savas über seinen Urlaub aus. Zwar war sein großes, fleischiges Gesicht nicht braungebrannt, aber seine Augen, die normalerweise kalt wie Stahl waren, leuchteten, als er zu erzählen begann. »Die Insel ist immer noch geteilt«, sagte er und trank den Drink aus, den sein Cousin ihm aufgedrängt hatte. »Es gibt nicht mehr ganz so viele Blauhelme der UN wie beim letztenmal. Die Leute aus meinem Dorf beklagen sich immer noch darüber, daß sie ihre Obstgärten auf der anderen Seite des Bergs verloren haben. Sie sagen, die Verhandlungen gehen weiter, aber die Situation wird einfach nicht besser.« Jetzt mußte Chris lachen. »Das sagen sie, seit die Türken da sind. Haben sie schon damals bei den Venezianern gesagt. Und bei den Engländern.« Pete stellte ein paar schlaue politische Fragen, und wir nickten alle zustimmend, als Chris sie beantwortete.

Chris' Cousin servierte uns ein Festmahl – Bratkartoffeln, *hummus* und dunkelgebratenes Hühnchen- ; Lamm- und vielleicht sogar Ziegenfleisch. Während unsere Gesichter immer zufriedener und rosiger wurden, erzählte Chris weitere Geschichten über seine Reise, seine Familie und die Abenteuer, die er unterwegs erlebt hatte. Als dann schließlich der Kaffee in Messingkännchen, wie in dem libanesischen Restaurant unter meiner Wohnung, auf den Tisch kam, begann Chris, heiser zu klingen. Ich lauschte ihm weiter aufmerksam und kaute an einem Stück Lammfleisch »nach Räuberart«, das zusammen mit Kräutern und Kartoffeln in einem verschlossenen Behälter gebraten worden war.

Erst als wir das Café verließen, sagte Pete etwas, was für mich von Interesse war. Ich erzählte ihm, daß Dave Rogers mich angeheuert hatte und daß mich der Mord an Abe Wise deshalb noch immer interessierte.

»Solange du mir nicht dazwischenfunkst, Benny. Mehr verlange ich nicht von dir.« Er versuchte, mich mit ernstem Gesicht anzusehen, aber sein immer noch fettverschmierter Mund nahm dem Ganzen die Wirkung. Als ich ihn darauf hinwies, wischte er ihn sich mit seinem blau-weiß-gepunkteten

Taschentuch ab. Ich erklärte ihm, daß ich mich soweit wie möglich aus seinen Ermittlungen heraushalten wollte. Dann sagte ich ihm, welche Fragen ich ihm nicht stellen würde. Manchmal funktionierte das bei Pete. Diesmal allerdings nicht.

»Ich hab's doch gewußt!« brüllte er mich so laut an, daß ich vor Schreck fast hingefallen wäre.

»Es hat keinen Sinn, wenn du dein Wissen für dich behältst, Pete. Informationen sind nur zu etwas nütze, wenn man sie austauscht. Dann entwickelt sich was.«

»Benny, ist dir eigentlich klar, was du da machst? Außerdem hast du nichts, womit du tauschen könntest.«

»Immer mit der Ruhe, Pete«, sagte Chris und legte ihm seine große Hand auf die Schulter. »Der muß auch sehen, wie er die Miete für den nächsten Monat reinkriegt. Außerdem hat er damals im Fall Julian Newby keinen Cent bekommen, das weißt du doch noch, oder?«

»Na schön, na schön. Dann schieß los mit deinen Fragen.« Chris verdrehte die Augen und blieb ein paar Schritte zurück, von wo aus er uns besser beobachten konnte. Anscheinend gefiel ihm das, was er sah, nicht sonderlich, denn schon nach kurzer Zeit gesellte er sich wieder zu uns.

»Hart Wise hat mir gesagt, daß er seinem Alten Herrn bei ihrem letzten Treffen Geld gegeben hat. Hast du einen Scheck von ihm gefunden?« Pete schaute mich an, als sehe er mich zum erstenmal. Er dachte eine Weile nach und schüttelte dann den Kopf.

»Warum sollte der Junge lügen?« fragte er Chris und mich.

Chris zuckte mit den Achseln. »Vielleicht hat er die Geschichte mit der Versöhnung nur für uns erfunden. Vielleicht gab's überhaupt keinen Scheck.«

»Was weißt du über Julie Longs Freund?«

»Ach, der. Didier Santerre ist ein aalglattes Bürschchen. Der macht's auf die elegante Weise. Seine Zeitschrift befindet sich seit drei Jahren auf dem absteigenden Ast. Hart Wise ist nicht der einzige, der ungedeckte Schecks ausstellt, Benny. Santerres

Gesicht ist bei den hiesigen Banken so bekannt wie das der Queen.«

»Ha!« rief ich. »Das hab' ich mir schon gedacht. Didier hat sich neulich nacht im Patriot Volunteer nicht gerade drum gerissen, die Rechnung zu übernehmen. Er hat auch einen Dummen gefunden, der für ihn gezahlt hat. Ich hatte den Eindruck, daß er nur Julie beeindrucken wollte. Wenn jemand wirklich Geld hat, hat er's nicht nötig, andre zu beeindrucken. Normalerweise sind's die Armen, die die Rechnungen zahlen.«

»Klar, Klopapier ist immer billiger, wenn man's in der Großpackung kauft. Aber kennst du jemanden, der das macht?«

»Es bringt Unglück, Großpackungen zu kaufen. Es könnte ja sein, daß man stirbt, wenn man noch bei der ersten Rolle ist.«

»Hört mal zu, ihr zwei Komiker, ich bin nicht in diese unwirtlichen Gefilde zurückgekehrt, um mir euren Käse anzuhören. Außerdem hinkt euer Beispiel. Heute ist mein erster Arbeitstag, also, Leute, strapaziert nicht meine Nerven!«

Wir gingen schweigend auf der rechten Seite der Academy Street weiter. Am oberen Ende der Straße sahen wir das Gerüst um das Büro des Folk Arts Festival. Das Gebäude, in dem ursprünglich die »Academy« untergebracht gewesen war, die der Straße ihren Namen gegeben hatte, beherbergte die älteste Realschule von Ontario. Der Stadtrat war stolz darauf und schützte sie vor den Baulöwen. Erst vor kurzem hatte er ein Vorhaben gestoppt, das alte Gebäude mit einem Sandstrahler reinigen zu lassen, weil sich herausgestellt hatte, daß das schwere Schäden zur Folge hätte. Ich wurde jäh aus meinen Gedanken gerissen, als Pete auf einem Stück Eis ausrutschte. Ich versuchte, seinen Arm zu packen, was nur dazu führte, daß wir beide hinfielen. Während wir uns gegenseitig den Schmutz von den Jacken klopften, ohne auf Chris' Gelächter zu achten, fragte ich:

»Hast du noch irgendwas Neues über Ed Neustadts Tod gehört, Pete?«

»Versuchst du immer noch, die Geschichte mit dem Mord an Wise in Verbindung zu bringen?«

»Ich halte nur die Augen offen, das ist alles. Und?«

»Der Wagenheber war völlig in Ordnung, Benny. Jemand muß das Ventil geöffnet haben.«

»Ist es möglich, daß Neustadt es nicht richtig festgemacht hat, bevor er sich unter den Wagen legte?«

»Nein. Man kann den Wagen nicht hochhieven, ohne das Ventil zu öffnen. Der Wagenheber kann nicht gleichzeitig Luft ansaugen und abgeben. Wie bist du überhaupt darauf gekommen? Interessierst du dich neuerdings für Technik?«

»Heißt das, daß es durchaus Mord gewesen sein könnte?«

»Tja, Benny, ich befasse mich mit dem Gedanken, ohne mit ihm hausieren zu gehen. Wir halten so lange den Mund, bis sich der Mörder in Sicherheit wiegt.«

»Okay, Pete, ich sage kein Sterbenswörtchen davon. Lag Neustadt übrigens auf einem Rollbrett mit Rollen?«

»Ja. Warum?«

»Ich habe versucht, mir das Ganze vorzustellen. Und dabei ist meine Phantasie so aktiv geworden, daß ich mir nicht mehr sicher war, ob ich die Beweise nicht erfinde.«

Mittlerweile hatten wir die Niagara Regional Police erreicht. Wir standen noch eine Weile zusammen und stießen heißen, knoblauchschweren Atem in die Luft.

»Ja«, sagte Savas. »Das habe ich zum Glück verpaßt. Mein Gott! Ist wirklich keine schöne Art zu sterben.«

»Hast du ihn gut gekannt, Chris?« fragte ich.

»Benny, sei froh, daß du Ed Neustadt nicht gekannt hast. Sei froh.«

24

Mit dem Mann, der jetzt vor meinem Schreibtisch stand, hätte ich am allerwenigsten gerechnet. Er sah schrecklich aus. Die dichten blonden Haare ließen sein Gesicht nicht mehr frisch und rosig wirken. Whitey Yorks Haut war grau und blutleer, als er nach den achtundzwanzig Stufen zu mir herauf versuchte, wieder zu Atem zu kommen. Der Kamelhaarmantel war aufgeknöpft und an einer Seite völlig verdreckt. Seine Krawatte saß schief, und sein Hemd war ebenfalls schmutzig. Er stank wie Kogan, der frühere Bettler, an den ich jetzt meine Miete zahlte. York sah übel aus, also half ich ihm auf einen Stuhl.

»Wissen Sie, was sie mit Gord gemacht haben?« fragte er, immer noch außer Atem. Ich nickte. Wann war das passiert? Es fiel mir schwer, die Tage nicht durcheinanderzubringen. Es war vor jenem schrecklichen Wochenende gewesen, am Freitag. Ja, Wise hatte am Freitag noch unter den Lebenden geweilt. Und York sah aus, als habe er sich seit Freitag versteckt.

»Sie könnten einen Drink vertragen«, sagte ich. Doch er schüttelte den Kopf und wedelte vage mit der Hand.

»Nein!« sagte er schließlich. »Ich hab' schon genug gehabt.« Auch gut, dachte ich, denn wahrscheinlich hätte ich Frank Bushmill bitten müssen, mir etwas von seinem irischen Whiskey abzugeben. Meine Aktenschränke waren nämlich leer. »Cooperman, was soll ich tun? Ich kann nicht nach Hause. Ich will nicht ermordet werden.«

»Immer mit der Ruhe! Wer will Sie Ihrer Meinung nach umbringen?«

»Die haben Gord Shaw erwischt. Ich bin der nächste.«

»Wieso glauben Sie das? Wise ist tot. Wissen Sie das?«

»Meinen Sie denn, daß es damit vorbei ist? Seine Jungs könnten ... Cooperman, ich habe Angst. Das können alle wissen.«

»Hören Sie, Whitey, Shaw hatte doch nicht nur mit Ihnen zu tun, oder? Wieso kommen Sie auf die Idee, es könnte Wise gewesen sein?«

Ich hatte mir über diese Frage schon meine eigenen Gedanken gemacht, wollte aber eine Antwort von York. »Das war ein abgekartetes Spiel«, sagte er. »Die größte Sache, mit der ich je zu tun hatte.«

»Es ging um einen Wagen, stimmt's? Aber nicht um den alten Triumph. Der war nur ein Vorwand, hab' ich recht?« York nickte erschöpft mit dem Kopf, als sei er gerade eine längere Strecke gerannt.

»Ja. Ja. Der Junge hatte seine Finger natürlich auch mit drin. Das Vater-Sohn-Verhältnis, das war der Dreh- und Angelpunkt der Sache.«

»Erzählen Sie mir mehr davon.«

»Haben Sie schon mal was von der 1964er Alfa Romeo Giulia 1600 Canguro gehört?«

»Könnte ich nicht behaupten. Aber das haben Sie sich wahrscheinlich schon gedacht.«

»Der Wagen ist nie in die Serienproduktion gegangen. Es gab ein paar Prototypen, aber das war alles. Das letzte dieser Testmodelle wurde 1970 zerstört. Abgesehen von ein paar Ersatzteilen, existiert das Canguro-Modell nicht mehr.«

»Reden Sie weiter.«

»Sehen Sie mich nicht an, als wäre ich der Experte. Das hat mir alles Shaw erzählt. Wenn ein Wagen selten ist, Mr. Cooperman, erzielt er einen hohen Preis. Und wenn er praktisch nicht mehr existiert, kann man den Preis selbst bestimmen. Dieser Wagen ist ein paar Renoirs wert, einen van Gogh, einen Rembrandt. Shaw wußte, daß sich das einzige Canguro-Modell der Welt unter einer Plane in einer Garage in Southampton, England, befindet. Er brauchte Geld, um es herzurichten. Wir drei waren Partner. Hart war das Bindeglied zu dem Geld, das wir brauchten.«

»Und das war mehr, als so ein TR 2 kostet, auch wenn er alt ist, oder?«

»Genau. Den Triumph haben wir als Köder benutzt.«

»Also hat's an der Oberfläche so ausgesehen, als wollten Sie Hart wegen des ungedeckten Schecks unter Druck setzen, aber in Wirklichkeit haben Sie drei damit gerechnet, daß Wise Sie auszahlt.«

»Ich habe Shaw gesagt, er soll nicht selber mit Wise reden. Ich hab' ihm gesagt, er soll mich das machen lassen. Aber er war sich ja so sicher… «

»Und er hat mit seinem Leben dafür bezahlt. Wenn Sie der Verbindungsmann gewesen wären… Tja, wer weiß?«

»Shaw hat immer gesagt, sobald wir den Alfa hier hätten, könnten wir unsere Schulden zurückzahlen. Es wäre alles wieder in Ordnung gekommen, wenn wir den Wagen erst gehabt hätten.«

»Wo haben Sie das letzte Wochenende verbracht?«

»Ich habe eine verheiratete Schwester in Guelph. Zu der bin ich, weil ich mir gedacht habe, da findet er mich sicher nicht. Dann habe ich gelesen, daß er ermordet worden ist. Ich weiß nicht, was ich davon halten soll.«

»Haben Sie mit Hart geredet?«

»Das hab' ich versucht, aber er hat aufgelegt. Was soll ich bloß machen, Mr. Cooperman?«

»Soweit ich das beurteilen kann, haben Sie – außer vielleicht von Hart – nichts zu befürchten. Der Mord an Wise hat ziemlich viel Dreck aufgewirbelt. Der legt sich nicht so schnell wieder. Sie können nach Hause gehen und erst mal duschen. Das würde ich Ihnen raten: Gehen Sie heim und duschen Sie.«

Whitey York erhob sich mühsam von seinem Stuhl, sah mich mit gehetztem Blick an und ließ die Tür hinter sich weit offen. Ich hörte ihn die Treppe hinunterpoltern. Fast hätte ich ihn die Feuertreppe am hinteren Teil des Gebäudes hinuntergeschickt, aber dabei hätte ich wahrscheinlich lachen müssen.

Ich wollte gerade die Bürotür abschließen und mich auf den Heimweg machen, als Frank Bushmill bei mir vorbeischaute.

»Na, der würdevolle, wohlgenährte Benny Cooperman«,

sagte er. »Wo hast du dich denn in letzter Zeit rumgetrieben? Hat etwa wieder jemand Löcher in deine Wände geschossen?« Ich erzählte ihm alles, allerdings, ohne zu sehr ins Detail zu gehen. Daraufhin nickte er weise und sah dabei selbst ziemlich würdevoll und wohlgenährt aus.

»Und – sind dir seit unserem letzten Gespräch irgendwelche besonders interessanten Frostbeulen begegnet?«

»Ach, Benny, du hast wirklich keine Ahnung. Die Kunst der Medizin, auch wenn ich sie hauptsächlich unterhalb des Knies praktiziere, macht mir immer noch Spaß, aber mein Privatleben ist schrecklich. Ich will gar nicht näher darauf eingehen. Ein bißchen komme ich mir vor wie der Arzt und Schwerenöter, über den Oliver St. John Gogarty geschrieben hat: Ich habe mir meinen Ruf mit dem Messer erworben und ihn mit der Gabel verloren. Ich verstehe mich selbst als ein Flickschuster, wenn du mir das schiefe Bild verzeihst.« So redete er noch eine Weile weiter. Er warf mit allen möglichen Anspielungen um sich, die meine Intelligenz deutlich überstiegen. Aber er hatte immer etwas Nettes über Anna zu sagen, und deswegen konnte ich ihn gut leiden.

Dann stand plötzlich Chris Savas mit einem Schirm, den der Wind hatte umschlagen lassen, in einer Pfütze Wasser vor mir. Er schien sich nicht sonderlich wohl zu fühlen. Warum, wurde mir erst bewußt, als mir einfiel, wie selten er die Stufen zu meinem Büro bis jetzt erklommen hatte. Nachdem ich Chris Frank vorgestellt und nachdem Frank ein paar Höflichkeitsfloskeln von sich gegeben hatte, zu deren Entschlüsselung ein Genie à la Joyce nötig gewesen wäre, probierte Frank sein Griechisch an Chris aus. Offenbar gibt es unterschiedliche Arten von Griechisch, denn beide sahen ziemlich verwirrt über die Äußerungen des jeweils anderen aus. Also hörten sie schon bald damit auf und beschränkten sich aufs Englische, was es mir ermöglichte, mich wieder ins Gespräch einzuklinken. Es stellte sich heraus, daß Frank Zypern ein paar Jahre zuvor besucht hatte, und erneut war ich vom Gespräch ausgeschlossen, als mir unbekannte Namen durch die Luft des Flurs zwischen unseren Büros schwirrten. Schließlich verabschiedete sich Frank und ging die Treppe hinunter, der eisigen Nacht entgegen.

»Ist Dr. Bushmill ein guter Freund von dir, Benny?« fragte Chris, als sich die Tür hinter Frank schloß.

»Er hat schon ein paarmal Schläge abgekriegt, die eigentlich für mich bestimmt waren. Ja, er ist ein guter Freund. Außerdem gibt er sich größte Mühe mit meiner Bildung.«

»Immer vorausgesetzt, er hat noch nicht zuviel gebechert.«

»Ach, dann kennst du Frank also?«

»Ich wohne in dieser Stadt, Benny, und Frank ist nicht gerade unauffällig.«

»Er ist wirklich ein ziemlich guter Freund, Chris. Ich wünschte, er würde sich nicht immer selber im Weg stehen.«

»Und der St. Patrick's Day steht vor der Tür, da fließt der Alkohol in Strömen. Wenn du mich fragst, landet der bald auf dem Friedhof.«

»Was führt dich in mein Büro?«

»Pete hat mir alles über Wise und Neustadt erzählt. Da habe ich mir gedacht, wir sollten uns vielleicht doch mal unterhalten.«

Er zog einen Stuhl heran, der noch aus dem Laden meines Vaters übriggeblieben war, und ich schob meinen Drehstuhl um den Schreibtisch herum, damit dieser nicht zwischen uns stand. Das hatte ich während meiner Zeit im Amateurtheater gelernt.

»Hast du Wise gekannt?« fragte ich.

»Gekannt? Wer kannte Abe Wise schon? Der war immer schon ziemlich geheimnisvoll. Er ist nur ein einziges Mal verhaftet worden, und das war, bevor du lange Hosen getragen hast. Mein allererster Partner, das war damals noch der gute alte Michael Prescott, hatte seinerzeit das Vergnügen, ihn eines Nachts mit einem Sack voll Diebesgut auf der Louisa Street zu erwischen. Das war seine erste Festnahme, Benny. Das hat er mir eines Nachts in der Lake Street erzählt. Er war angeschossen worden, und ich hab' versucht, ihn am Reden zu halten, bis die Sanitäter kamen. Michael – wir haben nie Mike zu ihm gesagt – war viel älter als ich; er wäre jetzt längst im Ruhestand, wenn . . .«

»Wenn er nicht in Ausübung seines Dienstes gestorben wäre?«

»Michael? Tot? Ach was. Der führt immer noch ein Urlaubshotel oben am Lake Muskoka. Und spielt jeden Morgen Squash wie ein Junger. Außerdem sammelt er Toby-Becher. Zieht sich immer noch an wie ein junger Bursche. Nein, Benny, Michael hat den Dienst bei der Niagara Regional Police quittiert, als er die Nase von Neustadt voll hatte.«

»Und wann war das?«

»Neunzehnhundertneunundsiebzig.«

»Nein, ich meine, wann hat er Wise verhaftet?«

»Neunzehnhundertzweiundfünfzig.«

»Im selben Jahr, in dem der Fall Tatarski verhandelt wurde.«

»Ja. War ungefähr eine Woche, nachdem die Verhandlung begonnen hatte.«

»Pete hat mir erzählt, daß Neustadt Wise freigelassen hat. Stimmt das?«

»Ja. Und das, nachdem Michael soviel Energie in die Sache gesteckt hatte. Weißt du, der hatte den Jungen schon länger beobachtet und auf ihn gewartet, wie er mit der Beute aus 'nem Haus kam. Michael hat sich zum erstenmal wie ein richtiger Polizist gefühlt, als er ihn aufs Revier brachte. Michael hat mir erzählt, daß Neustadt den Jungen die halbe Nacht befragt hat. Dann hat er Michael gebeten, auch ins Vernehmungszimmer zu kommen. Wise saß mit dem Kopf auf dem Tisch da, und Ed ist zu Michael rübergegangen und hat zu ihm gesagt, da ja die gestohlenen Sachen wieder da wären und da der Bursche – er nannte ihn einen Burschen – ja bloß Einbrecher gespielt hätte und da... Jede Menge ›da‹ hat er von sich gegeben. Michael hat schon geahnt, was kommt. Tja, Ed war damals bereits Sergeant, und Michael war noch in der Probezeit . . .«

»Also hat Neustadt Wise laufenlassen.«

»Ja. Das war das letzte Mal, daß Abe Wise ein Polizeirevier von innen gesehen hat.«

»Ed Neustadt wollte Michael Prescott weismachen, daß er Abe Wise bei seinem ersten Verbrechen ertappt hatte und daß dies der richtige Augenblick war, ihn wieder auf den Pfad der Tugend zu bringen, stimmt's?«

»Tja, das war zumindest seine Version.«

»Aber Prescott hat ihm das nicht abgekauft?«

»Aber nein! Der Junge war schon in mehr fremden Häusern gewesen als Santa Claus. Das hat Michael mir jedenfalls gesagt. Und der hatte ihn schon eine ganze Weile beobachtet.«

»Das paßt zu dem, was seine erste Frau mir gesagt hat. Hast du eine Ahnung, warum er Wise freigelassen hat? Oder wußte dein Freund es?«

»Ich hab' die Geschichte alle paar Jahre aus der Mottenkiste geholt, normalerweise, wenn ich wieder mal mit Ed zusammengeprallt bin. Aber ich bin nie dahintergekommen.«

»Allmählich kommt Licht in die Sache. Das Puzzle beginnt sich zusammenzufügen.«

»Was redest du da?«

»Wir wissen, daß Wise in dem Stadtteil als Einbrecher tätig war – in der Welland Avenue und ein bißchen weiter nördlich. Gehen wir doch mal davon aus, daß Wise auch in das Haus der Tatarskis in der Russell Avenue eingebrochen ist. Das ist im gleichen Teil der Stadt.«

»Hey, was willst du damit sagen?«

»Ich sage überhaupt nichts. Ich denke nur laut.« Ich versuchte, mich wieder zu konzentrieren, bevor ich weiterredete. »Wise bricht in das Haus der Tatarskis ein. Unglücklicherweise hört Marys Mutter ihn. Sie geht die Treppe hinunter, es kommt zu einer Auseinandersetzung, sie stirbt. Der Mord geschieht während des Einbruchs. Neustadt ist nicht der erste Polizist, der am Tatort eintrifft, sondern wird später hinzugerufen. Ich würde wetten, er hat sich nicht zweimal bitten lassen, weil er in dem Haus schon mal gewesen ist.

Tja, und als Michael Prescott den jungen Wise schnappt, sagt Neustadt nichts über seinen Verdacht. Er erzählt auch nicht, was er aus Wise herausgepreßt hat. Die Verhandlung gegen Mary Tatarski geht weiter.« Chris starrte zum Fenster hinaus und preßte die Finger unter dem Kinn zusammen. Ich ließ ihn eine Weile nachdenken. »So, so«, sagte er schließlich.

»Ja. Und meldet er sich daraufhin beim Staatsanwalt und sagt ihm: ›Lassen Sie die junge Frau frei, ich habe den wahren Mörder?‹ Oder läßt er lieber den Jungen laufen?

Neustadt war der Hauptzeuge der Anklage. Er hat die Untersuchung geleitet. Er hätte zugeben müssen, daß er alle Beweise falsch interpretiert hat. Seine ganze Karriere hing von diesem Verfahren und diesem Fall ab.«

Savas stieß einen leisen Pfiff aus. »So, so«, sagte er noch einmal.

»Was meinst du, Chris?«

»Benny, ich bin schon mein ganzes Leben bei der Polizei. Wenn du das über irgend jemand anders von der Niagara Regional Police gesagt hättest, könnten dich deine Lieben jetzt im Krankenhaus besuchen. Aber Neustadt... «

»Aber Neustadt... « Wir schwiegen eine Weile.

»Es ergibt Sinn, Benny. Ich hätte nie gedacht... Weißt du, Ed war als erster am Tatort, als fünf Jahre zuvor jemand in das Haus der Tatarskis eingebrochen ist, hast du das schon gewußt? Damals hat er das Mädchen laufenlassen. Aber zweimal wollte der alte Ed sich nicht verschaukeln lassen. Zwei Einbrüche – das war einfach zuviel.«

»Er hat den zweiten Einbruch als Kopie des ersten gesehen. So ließen sich die bekannten Fakten erklären. Es sei denn natürlich, ich habe das Buch von McStu völlig falsch verstanden.«

»Neustadt war ziemlich hartnäckig.«

»Also gab's ein Übereinkommen zwischen Wise und Neustadt, wahrscheinlich stillschweigend. Wise wurde auf freien Fuß gesetzt und hielt dafür den Mund. Und die Verhandlung ging weiter wie geplant.«

»Weißt du, Benny, keiner der Zeugen ist mehr am Leben: Mary Tatarski, die Mutter, Ed und jetzt Wise.«

»Ja, wir werden nur was beweisen können, wenn wir deinen früheren Partner in Lake Muskoka aufsuchen. Das, was du mir gerade erzählt hast, sind nur Gerüchte. Aber sie klingen plausibel.«

»Wahrscheinlich ändert das nichts.«

»Weißt du, Wise hat Neustadt wegen der Geschichte gehaßt. Er war sogar auf der Beerdigung. Soviel Haß habe ich noch nie in den Augen eines Menschen gesehen. Hast du Wise schon gekannt, als du zur Polizei gekommen bist?«

»Er hat's so geschickt angestellt, daß er nie öffentliches Interesse erregt hat. Es sei denn natürlich, es wurde irgendwo ein Wohltätigkeitsball veranstaltet, oder zweihundert von unseren angesehensten Bürgern haben sich im Smoking versammelt. Ich hab' ihn ein paarmal gesehen und auch zusammen mit anderen versucht, ihn wegen irgendeiner Sache dranzukriegen. Mein Gott, wenn sie Al Capone wegen Steuerhinterziehung veruteilt haben, dachte ich mir, werden wir doch Wise dafür vor Gericht stellen können, daß er aufs Trottoir gespuckt hat. Aber wir haben ihm nie was nachweisen können. Der Teil seines Lebens, den wir zu Gesicht bekommen haben, ist – war – vorbildlich.«

»Und Neustadt, Chris? Hat er euch in euren Bemühungen, Wise zu schnappen, unterstützt?«

»Ed war bekannt dafür, daß er Verdächtige in die Ecke trieb. Wenn es noch irgendwelche Fluchtmöglichkeiten gab, hat er gewartet, bis sich die Lage entspannte, und dann haben wir zugeschlagen.« Chris kratzte sich den Bauch ungefähr in Gürtelhöhe, während er über das nachdachte, was ich ihm gerade gesagt hatte. »Bis jetzt ist mir das noch gar nicht bewußt gewesen, aber du hast recht: Ed war allen Gangstern gegenüber unerbittlich, doch bei Wise hat er immer irgendwie den Schongang eingelegt.«

»Klar. Weißt du auch, warum? Weil sich zwischen den beiden stillschweigend so etwas wie eine Erpressungssituation ergeben hat.«

»Nachdem Neustadt Wise freigelassen hat, konnte Mary Tatarski gehängt werden, und da hatte Wise Ed Neustadt in der Hand.«

»Du meinst also, daß Ed Wise die ganzen Jahre bezahlt hat?«

»Nein. Soweit ich weiß, haben sich die beiden nie wieder getroffen. Aber da war dieses Geheimnis. Wenn Neustadt Wise zu nahe auf die Pelle rückte, konnte Wise sagen, was er wußte. Wise hatte Ed Neustadt sowie dessen Karriere in der Hand. Wahrscheinlich ist das anfangs keinem von beiden aufgefallen. Wise mußte erst noch zu dem großen Gangster heranreifen, der er später war, um sich der Macht bewußt zu werden, die er über Neustadt hatte.«

»Aber Ed Neustadt hat Abe Wise doch einen neuen Anfang ermöglicht. Wieso sollte er sich da beklagen?«

»Was bedeutet ein neuer Anfang schon in einer Gesellschaft, die es zuläßt, daß eine unschuldige Frau gehängt wird?«

25

Ich lud Chris ein, zusammen mit Anna und mir in einem Lokal, das Anna in der Nähe von Turner's Corners aufgespürt hatte, zu Abend zu essen. Es handelte sich dabei um einen ehemaligen Postkutschenhalt, der auch schon einmal eine Tankstelle und eine Hamburgerbude gewesen war. Jetzt war er in historischem Gewand restauriert worden, allerdings ohne die Übertreibungen des Patriot Volunteer auf der anderen Seite des Flusses. Das hier war authentisch mit all seinen Fehlern, nicht so, wie sich vielleicht ein Filmemacher ein altes Lokal aus der Siedlerzeit vorstellte. Das schönste daran war ein riesiger Kamin mit einem Drehgrill, an dem die Fleischstücke vor sich hin brutzelten. In diesem Lokal fühlte man sich sofort wohl, auch wenn man, so wie ich, das erste Mal dort war.

Chris und ich vermieden es, über den Fall zu reden, und Anna erzählte auch nicht sehr lange von einer schwelenden Krise im historischen Institut. Das Gespräch drehte sich hauptsächlich um Chris, der uns mit seinen Schilderungen über die Insel, auf der er geboren war, in Atem hielt. Er war wirklich ein guter Erzähler. Und außerdem beherrschte er es meisterhaft, die politischen und gesellschaftlichen Differenzen darzustellen. Als er fertig war, wußten wir beide Bescheid über die gegenwärtige Lage auf der Insel sowie die subtilen Unterschiede zwischen den Menschen, die in den dortigen Dörfern, den kleineren Städten und der Hauptstadt lebten. Das Essen schließlich war solide Hausmannskost: Braten mit Salzkartoffeln und Gemüse. Als Nachtisch gab es Apfelkuchen. Der Restaurantkritiker des *Beacon* hätte das wohl mit dem Begriff »mittelmäßig« bedacht, aber wir waren zufrieden, als wir mit rosigen Gesichtern unsere Jacken anzogen und noch ein wenig benebelt vom Scotch zum Wagen gingen.

Am nächsten Morgen rief ich die Napier McNabb University

in Hamilton an, um mich über Drina Tatarski oder Tait, wie sie sich selbst nannte, zu informieren. Ich brauchte eine ganze Weile, bis ich die Frau am anderen Ende der Leitung davon überzeugt hatte, daß sie mir diese Informationen geben konnte. Zuerst antwortete sie mir mit einem auswendig gelernten Spruch darüber, daß es unmöglich sei, Fremden vertrauliche Dinge über die Studenten mitzuteilen. Ich erklärte ihr, warum sie mir meine Fragen beantworten sollte, sie erklärte mir im Gegenzug die Regeln. Ich schlug vor, sie solle selbst entscheiden, welche Informationen sie für vertraulich hielt und was der Öffentlichkeit zugänglich gemacht werden konnte. Daraufhin schlug sie mir vor, daß ich nach Hamilton kommen und mich persönlich mit ihr unterhalten solle. Ich fragte sie, ob die Regeln sich änderten, wenn man persönlich anwesend sei und ob das nicht eine Diskriminierung von Leuten aus Halifax oder Vancouver darstelle. Ich hörte ein Seufzen am anderen Ende der Leitung, ob aus Frustration oder weil sie kapitulierte, wagte ich nicht zu entscheiden. Ich nutzte meinen Vorteil.

»Sie ist als Alexandrina Tait, nicht Tatarski, eingeschrieben, Mr. Cooperman. Tait ist ihr offizieller Name, sie hat ihren ursprünglichen Namen bei den Behörden umändern lassen. Sie hat das Studium nach dem zweiten Jahr abgebrochen. Ich kann Ihnen ihre Noten nicht sagen, nur, daß sie über dem Durchschnitt der ihrer Kommilitonen im ersten Jahr lagen.«

»Das heißt also, daß sie lesen und schreiben konnte?«

»Sie sind wirklich ein Zyniker, Mr. Cooperman. Offenbar war Miss Tait ziemlich begabt. Sie war Mitglied im Französisch-Klub, im Fechtverein und bei den Bogenschützen.«

»Ist ein Grund für ihren Abbruch angegeben?«

»Es heißt hier, jemand von ihren Angehörigen in Grantham sei krank geworden.«

»Verstehe. Gibt es bei Ihnen irgend jemanden, der sie besser kannte? Vielleicht eine Freundin oder einen Lehrer? Jemanden, der wissen könnte, wo sie jetzt steckt.«

»Sie könnten sich mit Professor Hardy unterhalten. Der gibt

die Unterstufenkurse in Englisch. Vielleicht erinnert er sich an sie.« Dann gab sie mir eine Telefonnummer und wünschte mir viel Glück. Am Ende waren wir wunderbar miteinander zurechtgekommen.

Ich erreichte Professor Hardy nicht unter der Nummer, die sie mir gegeben hatte, also hinterließ ich eine Nachricht auf seinem Anrufbeantworter. Allmählich bekam ich Lust, nach Hamilton zu fahren, um mir die Gegend persönlich anzusehen, aber ich hatte andere Dinge zu tun. Professor Hardy mußte warten.

Julie. Ich beschloß, mich auf Julie zu konzentrieren. Sie und ihr Bruder konnten sich am meisten vom Tod ihres Vaters versprechen. Außerdem hatte sie so etwas wie eine Sparbüchse für jegliches Geld, das sie bekommen würde: das *Mode Magazine*. Ich rief ihre Mutter an. Die hatte Julie nicht gesehen. Ich wählte die Geheimnummer von Wise. Victoria ging an den Apparat und erklärte mir, sie habe Julie seit dem Morgen des Mordes nicht mehr gesehen. Ich trank den letzten Rest kalten Kaffee aus, der sich noch in meinem Styroporbecher befand, und lehnte mich auf meinem Stuhl zurück, um darüber nachzudenken, was als nächstes zu tun sei, als das Telefon klingelte. Es war Julie.

»Sie haben wirklich Glück, daß ich eine so artige Tochter bin, Mr. Cooperman. Ich habe gerade meine Mutter angerufen, und die hat mir gesagt, daß sie sich eben mit Ihnen unterhalten hat. Was kann ich für Sie tun?« Sie klang ein bißchen atemlos, aber es gehörte zu ihrem Image, immer in Eile zu sein. Ich sagte ihr, daß ich sie treffen wolle. Sie schlug The Snug im Beaumont Hotel vor, einer der wenigen Orte der Stadt, an denen es immer noch schlechter Stil war, sich ein Bier vom Faß zu bestellen, und der einzige Ort im Umkreis, an dem auf jedem Tisch Gratiserdnüsse standen. Sie gab mir ein paar Stunden Zeit, um mich auf das Treffen vorzubereiten. Ich konnte mich glücklich schätzen, daß es ihr nicht eingefallen war, sich oben auf dem CN Tower in Toronto mit mir zu verabreden. Einen Teil der Zeit verbrachte ich in der Bibliothek, den Rest am Telefon. Ich unterhielt mich mit Duncan Harvey, dem Architekten und Streiter für den Seelenfrieden von Mary Tatarski.

»Aber sicher erinnere ich mich noch an unser Gespräch, Benny. Wie kommen Sie voran mit Ihrem Fall?«

»Ich bin immer noch bei der Arbeit, Duncan. Ich habe schon eine ganze Menge ausgegraben.«

»Tja, Sie beginnen also zu begreifen, was McStu und ich schon hinter uns haben.«

»Mary hat doch nie etwas gestanden, oder?«

»Nein. Sie hat lediglich zugegeben, daß sie sich am Vorabend des Mordes mit ihrer Mutter gestritten hat und kein sonderlich gutes Verhältnis zu ihr hatte. Sonst nichts. Auch ihre ältere Schwester Margaret ist nicht besonders gut mit ihrer Mutter ausgekommen. Deswegen wollte sie ausziehen. Sie hätte ein genausogutes Motiv gehabt wie ihre Schwester. Mary ist nie von der ersten Version abgewichen, die sie Sergeant Neustadt gegeben hat: Sie hatte nach einer Auseinandersetzung Schlaftabletten genommen und war früh zu Bett gegangen, und sie hatte nichts mitbekommen, bis ihre Schwester sie weckte, weil man die Leiche gefunden und die Polizei gerufen hatte.«

»Hat sie wirklich einen ernsthaften Selbstmordversuch unternommen?«

»Das hat sich Neustadt ausgedacht. Sie hat eine ganz normale Dosis Schlaftabletten genommen und war bereits wieder auf den Beinen, als die Polizei eintraf.«

»Sie hat also keine Einzelheit ihrer Version verändert?«

»Soweit ich das den Gerichtsprotokollen entnehmen konnte, nicht. Ihre Aussage gegenüber Neustadt entsprach praktisch wortwörtlich dem, was sie im Zeugenstand sagte. Ich habe mich mit der Gefängniswärterin Mrs. Strippe unterhalten, die sie von Anfang bis Ende betreut hat. Auch sie sagt, daß Mary Tatarskis Version der Ereignisse sich nie änderte. McStu hat zusätzlich mit den anderen Wärterinnen gesprochen und, abgesehen von ein paar Anekdoten, nichts Neues zutage gefördert.

Wenn sie nicht noch dem Henker etwas erzählt hat, hat sie ihr Geheimnis mit ins Grab genommen.«

»Haben Sie oder McStu mit ihm geredet?«

»Als McStu für das Buch recherchierte, hat Mr. McCarthy sich irgendwo auf den Aran Islands aufgehalten. Wir haben versucht, ihn zu erreichen, aber das ist uns nicht gelungen. Ich habe gehört, daß er nach Ontario zurückgekehrt ist und jetzt in einem Haus in Grimsby wohnt. Ich bezweifle, daß er ihrer Geschichte noch etwas hinzufügen kann. Es heißt, er hat immer ziemlich schnell gearbeitet. Und in dreißig oder vierzig Sekunden kann man nicht besonders viel sagen, stimmt's?«

»So schnell geht das?«

»Das habe ich zumindest gelesen, Benny. Wissen Sie, da werden keine langen Reden gehalten. Der Sheriff verliest das Todesurteil nicht mehr. Da wird nur noch gehandelt. Dazu fällt mir der berühmte Fall Palmer ein... «

Ich fiel Duncan ins Wort und sagte ihm, mein zweiter Apparat klingle gerade. Ich habe mir schon oft gewünscht, wirklich einen zweiten Apparat zu besitzen, aber der imaginäre funktioniert in Notsituationen fast genausogut.

Ich wartete zum verabredeten Zeitpunkt in *The Snug* und hoffte, daß Julie Long allein kommen würde. Ihren Troß würde ich wahrscheinlich nicht noch einmal verkraften. Und wenn ich auch einmal an die Reihe käme, eine Runde auszugeben, wäre ich weg vom Fenster. Dave Rogers hatte nämlich kein Wort von Spesen gesagt.

Der Kellner brachte mir einen Campari. Ich hatte schon fast zwanzig Minuten lang daran herumgenuckelt, als der Kellner mir einen Zettel mit einer Notiz brachte:

Benny,
würden Sie bitte gleich, wenn Sie diesen Zettel erhalten haben, zu mir ins Zimmer 614 kommen? Ich stecke in großen Schwierigkeiten.
Julie

Ich bezahlte meinen Drink, steckte die restlichen Erdnüsse ein, um für das, was mich in Zimmer 614 erwartete, gerüstet zu sein, und ging durchs Foyer des Hotels zum Aufzug, wo ich auf den Knopf drückte.

Die Fahrt in den sechsten Stock verlief ereignislos, erinnerte mich aber daran, daß es so etwas wie ein spezifisches »Aufzuggefühl« gibt, das ich nicht näher beschreiben kann, jedoch jedesmal im Lift bekomme. Zimmer 614 befand sich auf der Seite des Hotels, die auf die St. Andrew Street ging. Es war ein großes Zimmer, ein paar Stockwerke über den großen Konferenzräumen, in denen die Vertreter ihre Kollektionen präsentierten. In dem Zimmer lagen überall Kleidungsstücke herum. Mir kam der Gedanke, daß die Strumpfhose auf dem Stuhl sowie die drei oder vier Blusen auf dem Bett und an den Türklinken den Zustand von Julies Seele spiegelten. Dann mußte ich an meine eigene Wohnung denken und verwarf diesen Gedanken schnell wieder.

»Ach, Benny, ich bin ja so froh, daß Sie gekommen sind!« Sie verschloß und versperrte sorgfältig die Tür. Julie trug ein hauchdünnes Nichts und darüber ein halbtransparentes Etwas; beides hatte die Farbe von Milchkaffee. Sie klang verzweifelt, aber ihr Make-up hatte nicht gelitten, was immer ein gutes Zeichen ist. Ich steckte mir ein paar Erdnüsse in den Mund, während sie ein paar Sachen beiseite räumte, damit ich mich setzen konnte. Schließlich teilte ich mir einen Stuhl mit einem ziemlich intimen Kleidungsstück, das ihr nicht so wichtig erschienen war, als daß sie es weggeräumt hätte. Auf der anderen Seite des Zimmers, gleich neben der Badtür, stand ein Wägelchen mit Essensresten. Wenigstens hat sie einen gesunden Appetit, dachte ich, als mir plötzlich bewußt wurde, daß möglicherweise meine Person als Dessert vorgesehen war.

»Tut mir leid, die Sache mit Ihrem Vater«, sagte ich. Nach so einem Satz konnte sie sich nicht einfach lüstern auf mich stürzen.

»Daran ist er selber schuld!« sagte sie. »Es ist immer nur um Daddy gegangen, die ganze Zeit.«

»Warum erzählen Sie mir nicht die ganze Geschichte von Anfang an?«

»Möchten Sie was zu trinken? Ich habe hier alles.« Ich nahm eine Cola und sah ihr dabei zu, wie sie ein Glas mit Scotch und Soda füllte. »Ich hätte auch noch einen Obstkorb, wenn Sie was essen wollen, Benny. Da sind auch riesige Cashewnüsse drin.«

»Nein danke, Julie. Erzählen Sie mir lieber, was das alles soll. Geht's um den Tod Ihres Vaters?«

»Nein, um Didier!« sagte sie. »Er ist abgehauen! Einfach so. Er hat aus seinem Hotel ausgecheckt und keine Nummer hinterlassen. Ich kann's immer noch nicht fassen! Könnte er entführt worden sein?«

»Alles ist möglich. Wann haben Sie ihn das letzte Mal gesehen? Haben Sie schon mit seinen Freunden geredet? Was ist mit Morna McGuire, diesem Model? Der weicht er doch nicht von der Seite, oder?«

»Didier und Morna? Was reden Sie denn da? Morna hat einen Freund, der lebt in Hollywood, den Schauspieler Byron Aslin, kennen Sie den? Sie dachten doch wohl nicht... ? Nein, Didier war mit mir zusammen. Und jetzt kann ich ihn nicht finden.«

»Wo bringt er denn seine Zeitschrift heraus?«

»Natürlich in Paris! Was hat das damit zu tun?«

»Tja, wieviel von seiner Arbeit kann er wohl vom Welland Canal aus erledigen? Irgendwann mußte er doch wieder zurück, oder?«

»Aber warum hat er mir nichts davon gesagt? Warum ist er . . . einfach . . . verschwunden?«

»Sie haben gesagt, Ihr Vater steckt dahinter. Wieso?«

»Er hat Didier nicht leiden können. Das war bei allen meinen Freunden so. Er hat alles verdorben. Das macht er immer.«

»Hat er immer gemacht«, korrigierte ich sie, nicht, um sie zu verletzen, sondern um ein wenig Realismus in diesen Raum voller unechter französischer Möbel und Riesencashews zu bringen, die ich mittlerweile doch alle aufgegessen hatte.

Julie, die auf der Bettkante saß, beugte sich ein wenig zu mir vor. »Benny, ich muß ihn finden.« Jetzt weinte sie, und das Make-up um ihre Augen wurde auf eine harte Probe gestellt. Das äußere, halbtransparente Etwas, das sie am Leib trug, war ein wenig verrutscht und gab den Blick auf einen großen Teil von Julies Körper frei. Normalerweise reagiere ich ziemlich stark auf solche billigen Reize, aber Julie hatte etwas an sich, das mich Abstand halten ließ. Ich spürte einfach den Regisseur hinter dieser Inszenierung. Julie wirkte irgendwie komisch, und so wurde auch ihr Kummer komisch. Sie war eine attraktive Frau, das mußte man ihr lassen; doch bei mir kam das nicht an. Möglicherweise war ihre Attraktivität ein bißchen zu subtil für mich, vielleicht aber auch zu aufdringlich. Was ich sagen will: Diese ganzen fast durchsichtigen Kleidungsstücke, die Tränen und die flehende Stimme hatten auf mich ungefähr die emotionale Wirkung eines Stücks Cheddarkäse. Anna wäre stolz auf mich gewesen. Aber das hier hatte nichts mit meinen Gefühlen für Anna zu tun. Im Geiste war ich Anna völlig treu, doch ich spürte, daß mein Fleisch ein wenig schwächer war als mein Geist. Ich erinnerte mich an Pia Morley und Helen Blackwood. Und natürlich an die wunderschöne Cath Bracken. Nein, Julie konnte nicht mit ihnen mithalten.

»Erzählen Sie mir von Ihrem letzten Treffen mit Ihrem Vater«, sagte ich.

»Was hat das mit meinen Problemen zu tun?« fragte sie, ein wenig schockiert über den abrupten Themenwechsel.

»Ich möchte mehr darüber wissen. Wie sind Sie zu seinem Haus gelangt?«

»Mit Didier«, sagte sie.

»Und der hat einen roten Le Baron mit einem kaputten Scheinwerfer?«

»Den habe ich kaputtgemacht. In der Nähe von Stowe. Wir sind vom Skifahren in Vermont zurückgekommen. Aber er war überhaupt nicht wütend gewesen.«

»Und er hat im Wagen auf Sie gewartet?«

»Ich glaube schon. Er könnte mir natürlich auch gefolgt sein. Die hintere Tür war offen.«

»Was ist als nächstes passiert?«

»Ich habe mit Daddy geredet und bin wieder gegangen. Das ist alles.«

»Nicht so schnell. Sie sind durch die Tür ins Haus. Wen haben Sie da gesehen?«

»Jetzt erinnere ich mich wieder. Aus der Küche hat's nach frischem Kuchen gerochen, also bin ich reingegangen, um mich ein bißchen mit Victoria zu unterhalten, die gerade gebacken hatte. Ihr Mann Mickey war auch in der Küche, aber der hat sich verzogen, sobald er mich begrüßt hatte. Er ist immer ausgesprochen respektvoll. Victoria und ich haben uns nicht viel zu sagen. Ich habe nicht den Eindruck, daß sie mich leiden kann. Ich glaube, daß sie die Menschen ziemlich streng beurteilt, obwohl sie kaum jemals den Mund aufmacht.«

»Haben Sie Ihren Bruder gesehen?«

»Sie wollen sagen, meinen *Halbbruder*. Nein.«

»Sie sind also von der Küche in das große Arbeitszimmer gegangen, um sich mit Ihrem Vater zu unterhalten.«

»Genau. Wir haben miteinander geredet. Er hat mir einen Vortrag gehalten, übrigens keinen seiner besseren, und dann hat er mir ein bißchen Geld gegeben, damit ich nicht mit schlechter Laune abziehe. Und ich bin auf demselben Weg wieder gegangen, auf dem ich hereingekommen bin.«

»Haben Sie unterwegs jemanden gesehen?«

»Nein, nur Victoria. Aber Didier war nicht im Wagen. Ich habe ein paar Minuten auf ihn warten müssen.«

»Wie lange genau? Das könnte wichtig sein.«

»Nicht länger als fünf Minuten. Oder vielleicht doch länger. Ich hatte ja meinen Pelzmantel an, also war mir nicht kalt. Der Wagen war offen; ich habe mich einfach hineingesetzt und gewartet.«

»Was hat Didier gesagt, als er wieder zurückkam?«

»Nichts. Er hatte schlechte Laune.«

»Wie praktisch.«

»Sie haben kein Recht, das zu sagen! Sie sehen Künstler ziemlich zynisch, Benny. Didier ist ein außergewöhnlich begabter Künstler. Aber was verstehen Sie schon davon!«

»Wieviel Geld hat Ihr Vater Ihnen gegeben?«

»Fünfunddreißigtausend Dollar.«

»Tja, soviel Geld hilft sicher gegen schlechte Laune. Hat er es Ihnen bar gegeben?«

»Nein, als Scheck. Er hat nie größere Geldbeträge im Haus. Ich meine, hatte er nicht.«

»Was haben Sie mit dem Geld gemacht?«

»Geht Sie das etwas an?«

»Ich bin kein Klatschmaul, Julie. Ich versuche nur, so viele Informationen wie möglich zu bekommen, weil ich hoffe, so auf etwas zu stoßen, was von Bedeutung sein könnte. Aber ich kann mir vorstellen, was mit dem Scheck passiert ist. Sie haben ihn eingelöst und das Geld Didier gegeben. Stimmt's?«

»Und?«

»Tja, vielleicht haben Sie ihm so den Rückflug nach Paris ermöglicht. Haben Sie die Sache schon mal so gesehen?«

26

Ich saß in meinem Büro und versuchte die Akten zu sortieren, die die Kugel durchlöchert hatte. Sie waren völlig zerfetzt, zum Teil wegen der Kugel, zum Teil auch wegen der Bemühungen des Manns von der Spurensicherung, der versucht hatte, besagte Kugel inmitten der Konfetti zu finden. Es war der Morgen des folgenden Tages, des St. Patrick's Day, und ich war mächtig stolz auf mich, weil ich es geschafft hatte, tugendhaft wie eh und je aus Julies Hotelzimmer herausgekommen zu sein. Sie hatte nicht ernsthaft vorgehabt, mich zu verführen; das war nur so etwas wie ein Reflex gewesen. Als sie sich ein wenig beruhigt hatte, waren wir einmal die St. Andrew Street auf und ab gegangen. Dabei hatte ich ihr vorgeschlagen, einen Teil ihres Erbes in die Sanierung der geschlossenen Geschäfte zu beiden Seiten der Straße zu investieren. Damit hatte ich sie ein paar Minuten von Didier abgelenkt, und genau das hatte ich vorgehabt.

Meine Aufräumungsarbeiten wurden von einem Professor Hardy aus Hamilton unterbrochen. »Wer?« fragte ich, und er wiederholte seinen Namen: »Lee Hardy von der Napier NcNabb University.«

»Ach so!« sagte ich, als mir plötzlich diese Richtung meiner Nachforschungen wieder einfiel. »Ja, Professor. Danke für Ihren Rückruf. Ich versuche, eine Ihrer Unterstufenstudentinnen der früheren Jahrgänge aufzuspüren, eine Alexandrina Tait. Erinnern Sie sich an sie?«

»Und ob. Mrs. Wood vom College hat mich nämlich schon angerufen, um mir von Ihren Nachforschungen zu berichten.«

»Wirklich eine gründliche und verantwortungsbewußte Frau, diese Mrs. Wood. Ich erinnere mich noch gut an mein Gespräch mit ihr.«

»Ihr Gespräch über Drina. Tja, aber trotz dieser Vorwarnung

fällt mir nicht allzuviel zu ihr ein. Die junge Frau war ein bißchen gestört, wenn Sie mich fragen... Wir dürfen nicht mehr *Mädchen* sagen, Mr. Cooperman; die Gedankenpolizei überprüft uns auf Schritt und Tritt. Meiner Meinung nach ist die neue political correctness das gleiche wie die alte Prüderie. Aber Sie haben mich nach Drina gefragt; stimmt's? Ich habe ›gestört‹ gesagt. ›Geistesabwesend‹ wäre vielleicht ein besserer Ausdruck. Damit meine ich nicht, daß sie sich ständig mit dem Studium beschäftigt hätte – soweit ich mich erinnere, war sie fast so etwas wie eine Einzelgängerin. Sie ist mir im Gedächtnis geblieben, weil sie irgendwie merkwürdig war und trotzdem intelligent.«

»Was ist aus ihr geworden?«

»Tja, das ist die große Frage. Sie hat mir aus New York geschrieben, daß sie einen Geschäftsmann geheiratet hat, einen Mann, der mit Trader Bonds handelt, was auch immer das sein mag. Danach habe ich noch ein paar Postkarten aus Connecticut bekommen, aber das war's dann auch schon.«

»Haben Sie sie auch privat gekannt, Professor?«

»Nun, sie gehörte zu einer Gruppe von Studenten, die manchmal zu mir nach Hause kamen, um Bach zu hören und dabei ein Bierchen zu trinken.«

»Erinnern Sie sich noch an andere Dinge?«

»Sie konnte sich unglaublich konzentrieren, wenn sie das wollte. Und sie ist immer sehr systematisch vorgegangen. Ach ja, noch eins: Sie wußte alles nur Erdenkliche über Autos und Motoren. Einmal hat sie sogar einen MG-Sportwagen für mich repariert, den meine Werkstatt nicht mehr hinbekommen hat. Sie war wirklich ein bemerkenswertes M... eine bemerkenswerte junge Frau.«

Ich bedankte mich bei Professor Hardy und notierte mir das, was er gesagt hatte.

Während des Mittagessens im Di, das wegen des St. Patrick's Day mit grünen Fahnen und Ballons geschmückt war, unterhielt ich mich mit Ned Evans über sein Vorhaben, das alte Stück *Disraeli* wieder auf die Bühne zu bringen. Einmal hatte mein

Bruder Sam dann die Rolle des Premierministers gespielt. Wahrscheinlich verwechselte Ned mich deshalb immer noch mit Sam. Jedenfalls zog er die Aufmerksamkeit der anderen Gäste auf uns, als er die Szene nachspielte, in der Disraeli den Direktor der Bank of England bedroht. Auf dem Höhepunkt der Szene brüllte Ned: »Ich werde die Bank vernichten!« Und zwar aus voller Kehle. Ich tat so, als sei ich einer der Buchstaben, die jemand in das Holz der Nische geritzt hatte, in der wir saßen.

Von der Telefonzelle draußen rief ich Pete Staziak an. »Was kann ich für dich tun, Benny? Hast du schon wieder 'nen neuen Fall? Oder wartest du immer noch darauf, daß ich dir was Neues über Wise verrate? Ich weiß ja, daß du dir dein Geld auch verdienen mußt.«

»Pete, als du dir den Raum angeschaut hast ... «

»Was für einen Raum?«

»Den Raum, in dem Wise erschossen worden ist, Pete. Es ist wichtig. Was hast du auf dem Boden gefunden, neben der Leiche und der Waffe?«

»Nichts Ungewöhnliches. Staub, Büroklammern, Haare von Wise, ungefähr drei Cents. Kanadische. Und ein bißchen Mehl, weil Victoria das Telefon benutzt hat, um uns zu holen.«

»Ist das alles?«

»Ja. Abgesehen vom Blut. Das hatte ich vergessen.«

»Kann ich dich später im Haus von Wise treffen? Könntest du das arrangieren? Ich würde mich gern mit allen deinen Verdächtigen unterhalten. Könntest du die für mich zusammentrommeln?«

»Hast du jetzt völlig den Verstand verloren, Benny? Oder spielst du wieder mal Ellery Queen?«

»Es ist mein Ernst, Pete. Ich glaube, ich kann beweisen, wer Abe Wise ermordet hat und wie er es getan hat. Und ich denke, ich weiß auch, wer Ed Neustadt und Shaw ermordet hat. Kannst du nicht deine Verdächtigen und Zeugen bitten, ins Haus von Wise zu kommen? Schließlich bittest du sie doch auch hin und wieder in dein Büro.«

»Könntest du mir den Namen des Täters mal durchs Telefon flüstern?« fragte er mit zweifelnder, ein wenig belustigter Stimme. Ich flüsterte ihm den Namen zu.

»Du liebe Scheiße!« sagte Pete. »Und das kannst du beweisen?«

»Ich glaube schon«, sagte ich.

»Wo bist du heute abend?« fragte er.

»Ich bin daheim und warte auf deinen Anruf.«

»Ich ruf' dich an«, sagte er. Und wiederholte den Namen.

27

Von außen sahen Abe Wises zwei Häuser am Ende des Dorset Crescent aus wie immer, doch diesmal verband sich für mich mit ihnen weniger Schrecken als bei meiner ersten Fahrt dorthin. Unterschiedliche Autos waren in der Straße, die zum Crescent führte, abgestellt. Darunter befanden sich auch ein paar Streifenwagen und ein großer grauer Polizeitransporter, der gleich neben Pete Staziaks Auto stand. Ich parkte meinen eigenen Wagen ganz in der Nähe der Polizeiflotte, um meinem Auftreten mehr Gewicht zu verleihen.

Auch das Innere des Hauses war bis auf die gelben Plastikbänder, die die Polizei am Tatort angebracht hatte und die ziemlich traurig herunterhingen, unverändert. Man hatte Stühle aus dem Fernsehzimmer ins Büro getragen, und als ich den Raum betrat, unterhielten sich gerade ein paar der Leute, die ich seit jenem Montagmorgen, an dem ich so unsanft geweckt worden war, kennengelernt hatte, mit Pete Staziak. Von einer Überfüllung des Zimmers konnte man nicht gerade sprechen, denn wenn einem die Polizei nichts nachweisen kann, kann sie einem auch nicht vorschreiben, einfach zum Dorset Crescent zu fahren, um ihr bei ihren Ermittlungen behilflich zu sein. Paulette und Lily waren nicht erschienen. Das gleiche galt für Dave Rogers, Whitey York und Major Patrick. Duncan Harvey konnte ich nirgends entdecken, und von Wises Leuten war nur Syl Ryan da, der neben einem Beamten auf einem Stuhl saß. Didier Santerre, der offenbar großes Selbstmitleid hatte, stand ein wenig abseits der Gruppe, gleich neben einem weiteren Beamten. Das Ganze sah nicht gerade wie das Schlußbild von *The Thin Man* aus. In den Kulissen lauerten keine Verdächtigen. Ich würde nicht schreien müssen, um mich über das allgemeine Gemurmel hinweg verständlich zu machen. Aber die Situation hatte auch ihr Gutes. Sowohl die Kinder von Abe Wise als auch die Armstrongs waren da und natürlich McStu. Den hatte ich höchstpersönlich eingeladen, denn schließlich wußte er alles über den Fall Tatarski.

Ein paar Minuten lang betrachtete ich eine Early-American-Terrakottafigur mit einem abgebrochenen Ohr, dann forderte Pete die insgesamt acht Anwesenden auf, sich zu setzen. Er rekapitulierte noch einmal, was über den Tod von Abe Wise bekannt war – stahl mir damit ein bißchen die Show – und stellte mich als jemanden vor, der ein berechtigtes Interesse an den Ermittlungen habe. Dann erwähnte er ein paar der erfolgreich von mir gelösten Fälle – nicht alle – und winkte mich vor den alten Schreibtisch von Abe Wise.

»Die Antwort auf die Frage, warum Abe Wise umgebracht wurde, liegt auf der Hand«, fing ich an. »Man hat ihn getötet, weil man ihn haßte. ›Haß‹ ist ein starkes Wort, aber Sie werden zugeben müssen, daß es hier paßt.«

»Willst du uns einen Vortrag halten, Benny?« fragte McStu mit Unschuldsmiene. »Warum setzt du dich nicht wieder hin und unterhältst dich ein bißchen mit uns?« Er grinste mich an, und dabei entblößte er die Lücke zwischen seinen Schneidezähnen. Ich holte mir einen Stuhl, und wir setzten uns alle in einen Kreis, bis auf die Armstrongs, die auf einem Samtsofa saßen.

»Tja«, sagte Mickey. »Niemand behauptet, daß Mr. Wise ein Heiliger gewesen ist, aber wenn man bedenkt, mit welchen… «

»Fragwürdigen Aktivitäten«, führte McStu den Satz für ihn weiter.

»Kriminellen Machenschaften in der Vergangenheit und Gegenwart«, mischte Pete sich ein.

»Egal«, sagte Mickey und schüttelte den Kopf. »Mr. Wise war ein angesehener Bürger dieser Stadt, in der er tätig war. Ich kann's nicht glauben, daß er von einem anderen … von einem Geschäftspartner ermordet worden ist. Denn er ist immer fair gewesen. Er hat mir mal gesagt, daß man fair sein muß, wenn man die Regeln nicht selbst festlegen kann.« Victoria nahm seine Hand, als er aufhörte zu reden.

»Ich pflichte Mickey bei«, sagte ich. »Das, was Mr. Wise zugestoßen ist, hatte nichts mit seinen kriminellen Aktivitäten zu tun. Er wurde wegen eines Vorfalls umgebracht, der schon Jahre zurückliegt.«

»Ich hätte mir ein Sandwich mitnehmen sollen«, flüsterte Syl Ryan Victoria zu.

»Abe Wise wurde neunzehnhundertzweiundfünfzig, als er noch ein junger Einbrecher war, mitsamt seiner Beute erwischt, und zwar von Michael Prescott von der Niagara Regional Police. Der Mann war ein fairer Polizist. Er hatte Wise schon geraume Zeit beobachtet und erst geschnappt, als dieser so viel belastendes Material dabei hatte, daß man ihn ein paar Jahre lang nach Kingston oder in eine Jugendstrafanstalt hätte schicken können. Aber Ed Neustadt, der damals der Vorgesetzte von Prescott war, ließ Wise laufen. Warum? Um das zu erfahren, werden wir Prescott aus Muskoka holen müssen. Im Augenblick wissen wir nur, daß Wise Neustadt nicht leiden konnte. Er hat mir selbst gesagt, daß er nur zu seiner Beerdigung gegangen ist, um auf seinem Grab zu tanzen und seinen Ruf durch sein Erscheinen zu schädigen. Daraus können wir eigentlich nur schließen, daß es zwischen den beiden so etwas wie ein schmutziges Geheimnis gegeben haben muß. Gehen wir mal davon aus, daß es sich dabei um etwas handelte, was der junge Einbrecher wußte und der ehrgeizige Polizist auch. Was könnte das gewesen sein?

Neunzehnhundertzweiundfünfzig war das Jahr, in dem der Fall Tatarski verhandelt wurde. Ich habe nachgesehen, wann Wise verhaftet wurde und wann der Fall Tatarski vor Gericht kam. Es war gerade der achte Verhandlungstag. Er wurde am folgenden Nachmittag den Geschworenen übergeben. Für diejenigen unter Ihnen, die alt genug sind, sich daran zu erinnern: Die Sache war damals ein ziemlicher Skandal und sorgte in allen Zeitungen für Schlagzeilen, weil an dem Fall auch eine junge, alleinerziehende Mutter beteiligt war. Ed Neustadt führte die Ermittlungen, und ich gehe davon aus, daß das Geheimnis, das ich vorher erwähnt habe, mit dem Fall zu tun hatte. Was konnte ein junger Bursche wie Wise über die Tatarskis wissen? Wohnte er in ihrer Nachbarschaft? Nein. Ging er in dieselbe Schule? Nein. Kannte er ihr Haus, weil er schon einmal dort eingestiegen war? Höchstwahrscheinlich. Schließlich hatte man ihn, während die Verhandlung bereits lief, in der Nachbarschaft geschnappt.

Aber Mary Tatarski wurde des Mordes an ihrer Mutter für schuldig befunden. Angeblich hatte sie versucht, die Sache so darzustellen, als habe sie einen Einbrecher auf frischer Tat ertappt. Mary war alt genug, um sich noch an den Einbruch fünf Jahre zuvor zu erinnern, bei dem ihr Vater ermordet wurde. Eine junge Frau wie Mary, die nicht gerade ein gutes Verhältnis zu ihrer Mutter hatte, so argumentierte die Staatsanwaltschaft damals, hatte das sicher noch nicht vergessen.

Wir wissen, daß Mary Tatarski verurteilt werden mußte, damit Ed Neustadt beruflich weiterkam. Möglicherweise hatte er auch noch andere, private Gründe, warum er den Fall vorantrieb, nachdem er Wise dazu gebracht hatte zuzugeben, daß er der Einbrecher gewesen war, den Anastasia Tatarski in jener Nacht überrascht hatte. Wahrscheinlich ist dies nicht der richtige Ort, um Neustadts verdrehte Persönlichkeit tiefer zu erforschen. Jedenfalls wissen wir, daß er zäh und unerbittlich war...«

»Er war ein rachsüchtiges Schwein!« rief Sylvester Ryan aus, und dabei glänzten seine Nieten und Ohrringe im Licht. »Der hat einem keine Ruhe mehr gelassen, wenn er einen mal am Wickel hatte!«

»Tja, wir scheinen uns darüber einig zu sein, daß Neustadt einen gewissen beruflichen Ehrgeiz hatte. Aber warum sollte er absichtlich Beweisstücken keine Beachtung schenken, die Mary Tatarski entlasten konnten? Ich sehe eigentlich nur eine Antwort auf diese Frage: Wenn sie dieses Verbrechen nicht begangen hatte, dann war sie verantwortlich für das vorhergehende, da war er sich sicher. Er war sich sicher, daß Mary ihren Vater umgebracht hat!«

»Aber sie war doch erst ein Teenager!« warf McStu ein.

»Trotzdem«, sagte ich. »Ich hab' ja auch nicht gesagt, daß sie ihren Vater tatsächlich ermordet hat, sondern daß Neustadt das glaubte. So hat er sein schlechtes Gewissen darüber beruhigt, daß er der Staatsanwaltschaft Mary Tatarskis Unschuld verschwiegen hat. Sie hatte ihn ausgetrickst, als er noch ein junger, unerfahrener Polizist war. Er war hingerissen gewesen von ihr, McStu, und jetzt würde er es ihr zeigen. es ihr heimzahlen, indem er einfach den Mund hielt.«

»Allmählich beginne ich zu begreifen«, sagte McStu und zupfte an seinem Ohrläppchen. »Aber sein großes Problem war, was er mit dem jungen Wise anstellen sollte. Er mußte ihn irgendwie zum Schweigen bringen.«

»Genau! Weil Wise schwieg, hat Neustadt ihn auf freien Fuß gesetzt.«

»Wise lief also wieder frei herum, und der Fall Tatarski wurde den Geschworenen übergeben«, sagte Pete, fast zu sich selbst.

»Das ist kein Deal«, sagte Hart, »sondern fast schon eine Aufforderung zur Erpressung.«

»Der Abe Wise des Jahres neunzehnhundertzweiundfünfzig war noch nicht so schlau wie der Wise, der gerade ermordet wurde. Wahrscheinlich hat er eine Weile gebraucht, bis ihm die Situation ganz klar war. Sie dürfen nicht vergessen, daß Neustadt ihn die ganze Nacht traktiert hatte, damit er zugab, nicht nur in das Haus der Tatarskis, sondern auch noch in die anderer Leute eingebrochen zu sein. Und als Wise dann schließlich begriff, was passiert war, wie man ihn benutzt hatte, war Mary Tatarski schon tot und vergessen. Nur Duncan Harvey bemühte sich noch, ihren Namen reinzuwaschen. Und Wise begann Neustadt zu hassen, weil dieser ihn unter diesen Bedingungen hatte laufenlassen.«

»Wollen Sie sagen, daß Abe Wise Neustadt wegen einer Sache umgebracht hat, die vor vierzig Jahren passiert ist? Das wird Ihnen keiner glauben!«

»Setzen Sie sich wieder, Mickey. Habe ich vielleicht gesagt, daß Wise Neustadt umgebracht hat? Ich weiß, er hätte nur Ihnen, Phil oder Syl etwas sagen müssen, aber das hat er nicht getan. Trotzdem schneiden Sie da ein ganz wichtiges Thema an: Warum hat der Mörder sich so lange Zeit gelassen zu handeln? Verlieren Sie diese Frage nicht aus den Augen. Fürs erste wollte ich nur die Verbindung zwischen Wise und Neustadt durch den Fall Tatarski darstellen.«

»Benny, Duncan Harvey sagt schon seit Jahren, daß Mary Tatarski unschuldig war. Und ich habe gerade ein Buch über den Fall geschrieben. Man hätte sie nicht hängen dürfen.«

»Du hast recht. Ihr habt beide eine Menge getan. Wenn ihr nicht wärt, wüßten wir nicht, was als nächstes passierte.«

»Was denn?« fragte Julie, deren Gesicht noch ganz rot und verschwollen war von der vergangenen Nacht. »Was ist mit ihrer Familie passiert?«

»Ihre Angehörigen haben die Stadt verlassen und ihren Namen geändert. Das lag an den Reaktionen der Nachbarn nach der Hinrichtung. Margaret, das war die älteste Tochter, hat Selbstmord begangen, nachdem es ihr nicht gelungen ist, in einer neuen Stadt ein neues Leben aufzubauen. Marys jüngerer Bruder Freddy dagegen ist in ziemlich jungen Jahren wieder nach Grantham zurückgekommen und hat ein Unternehmen gegründet, die Nuts-&-Bolts-Kette, und hat ziemlich viel Geld damit verdient.«

»Freddy Tait! Wollen Sie damit sagen, daß Freddy Tait Mary Tatarskis Bruder war? Davon habe ich ja noch nie was gehört!« Plötzlich schien Hart Wise sich stärker für meine Geschichte zu interessieren. »Der war ein toller Automechaniker!«

»Aber manche Leute sagen auch, daß er ziemlich unglücklich war. Eigentlich hätte er glücklich sein müssen, denn er hatte eine Frau, einen Sohn und eine nette, hochintelligente Stieftochter, dazu noch ein gutgehendes Geschäft und ein großes Haus in einem hübschen Viertel der Stadt. Aber das war alles nicht genug. Er hat sich so oft mit seiner Stieftochter gestritten, daß sie von zu Hause weggegangen ist. Sie ist erst zurückgekommen, als sie hörte, daß er Krebs hat. Sie hat ihn bis zu seinem Tod gepflegt, und während der langen Tage und Nächte, die sie mit ihm verbrachte, hat er ihr vom Tod ihrer richtigen Mutter erzählt. Sie können sich ja den Schock vorstellen, den sie erlitten hat. Er kam genauso unerwartet wie der Schock über den Tod Ihres Stiefvaters. Sein Ableben hat sie sozusagen erst mit ihrer Vergangenheit in Berührung gebracht.«

»Willst du damit sagen, daß Drina Tait Ed Neustadt und Abe Wise umgebracht hat?« fragte McStu.

»Ja, genau.«

»Aber wo steckt sie? Wer weiß etwas von ihr?«

»Wir wissen mehr über sie, als du denkst, McStu. Aber bevor wir uns dieser Frage zuwenden, sollten wir noch klären, wo der Scheck gelandet ist, den Hart seinem Vater gegeben hat. Das hat mich ziemlich lange beschäftigt.«

»Wir haben kein Geld im oder auf dem Schreibtisch des Verstorbenen gefunden«, sagte Pete. »Folglich muß jemand, der Wise noch nach Hart gesehen hat, den Scheck mitgenommen haben.«

»Das ist kein Geheimnis«, sagte Julie. »Ich habe Ihnen beiden doch gesagt, daß Daddy mir einen Scheck über fünfunddreißigtausend Dollar gegeben hat.«

»Und über genau diesen Betrag lautete auch der Scheck, den ich meinem Vater gegeben habe«, sagte Hart.

»Und, Benny? Löst das das Rätsel?« fragte Staziak mich mit einem selbstgefälligen Grinsen.

»Julie, hat Ihr Vater Ihnen einfach einen Scheck gegeben, der schon ausgestellt war, oder hat er in Ihrer Gegenwart ein Formular ausgefüllt?«

»Ach, *merde*! Natürlich! Er hat ihn in meiner Anwesenheit ausgestellt! Was ist dann mit Harts Scheck passiert?«

»Ich glaube, ich kenne die Antwort auf diese Frage«, sagte ich und wandte mich Didier Santerre zu. »Nun, Didier? Julie hat Sie in dem gemieteten Le Baron mit dem kaputten Scheinwerfer warten lassen. Als sie zurückkam, waren Sie verschwunden und tauchten erst nach ein paar Minuten wieder auf. Würden Sie uns sagen, wo Sie in der Zeit waren?«

»Ich bin zum Pinkeln in die Büsche gegangen, Mr. Cooperman.«

»Ihnen fällt doch sicher was Besseres ein. Sie werden sich wahrscheinlich daran erinnern, daß der Scheck über Ihr Bankkonto gelaufen ist. Vermutlich hat man inzwischen herausgefunden, welchen Weg er genommen hat. Es würde mich nicht wundern, wenn der geplatzte Scheck und noch ein paar andere finanzielle Unregelmäßigkeiten dafür gesorgt haben, daß Sie auf dieser Seite des Atlantiks bleiben konnten.«

»Na schön! Ich bin reingegangen, um mich mit Mr. Wise zu unterhalten. Wir mußten geschäftliche Dinge besprechen.«

»Das hast du mir gar nicht erzählt!« sagte Julie mit einem Blick auf Santerre, der sie nicht ansah. »Was für geschäftliche Dinge?«

»Dein Vater wollte ein bißchen Geld in *Mode* investieren. Es war seine Idee.«

»Tja, Julie«, sagte ich, »Ihr Vater hat Ihnen also fünfunddreißigtausend Dollar gegeben, die Sie Didier für das Magazin weitergereicht haben. Und dann hat er Harts Scheck umgeschrieben und Didier den auch noch für die Zeitschrift gegeben.«

»Tja, was für eine glückliche Zeitschrift!« dachte McStu laut.

»Nun, so glücklich auch wieder nicht«, sagte Hart so laut, daß wir es alle hören konnten. »Dads Schecks waren immer gedeckt, aber mein Scheck war es nicht. Ich wollte, daß er platzte. Ich wollte mich an meinem Vater rächen, weil er sich ständig in mein Leben einmischte!«

»Deswegen wird Didiers Bank diesen Scheck vermutlich auch nicht vergessen.«

»Didier!« rief Julie aus und sah ihn an, immer noch in der Hoffnung, eine andere Erklärung von ihm zu bekommen.

»Halt den Mund, du blöde Kuh!« sagte er. »Halt den Mund.«

Didier zog sie zu sich heran, und als sie sich wehrte, gab er ihr eine Ohrfeige. »Nun halt schon den Mund!« Die Ohrfeige hallte noch ein paar Sekunden lang in dem Raum wider. Julies Schluchzen führte uns schließlich wieder zu unseren ursprünglichen Gedanken zurück.

»Wie schön, daß es wenigstens noch bei den kleinen Dingen Gerechtigkeit gibt. Harts geplatzter Scheck hat Santerres Plan, Julie Long um ihr Taschengeld zu bringen, so ziemlich vereitelt«, sagte ich und hätte mir einen Drink gewünscht.

»Ein hübsches Taschengeld«, sagte Syl Ryan zu Mickey.

»Wissen Sie, Syl, die Höhe von Julies und Harts Taschengeld hat sich drastisch nach oben verändert. Abe hat mir gesagt, daß sein ganzes Vermögen zu gleichen Teilen an Julie und Hart gehen soll.« Didier Santerre sah die Frau, die er gerade geohrfeigt hatte, voller Neid an. Ich warf Hart einen Blick zu. »Erscheint Ihnen die Geschichte mit dem Triumph nicht albern, Hart, jetzt, wo Sie ein vermögender Mann sind?«

»Ich weiß nicht, wovon Sie reden, Cooperman.«

»Das glaube ich schon. Hier geht's um einen Fall mit zwei faulen Schecks, beide über fünfunddreißigtausend Dollar und beide mit Ihrer Unterschrift. Sie haben mir gesagt, Sie hätten nicht gewußt, daß der Scheck faul war und daß Sie versucht haben, das Geld aufzutreiben, indem Sie ein paar von Ihren Sachen verkauften und sich ein paar Dollar von Ihrer Mutter borgten. Ich weiß ja nicht, wieviel sie Ihnen gegeben hat, aber jedenfalls haben Sie den Betrag nicht auf Ihr Bankkonto eingezahlt, sondern Gordon Shaw gegeben, um den Betrug an ihrem Vater zu finanzieren. Und das alles, um einen Alfa Romeo Canguro aus einer Garage in Southampton zu retten. Sie haben sich von Shaw die Geschichte vom großen Geld erzählen lassen. Ihr fauler Scheck, der erste, wäre wie die Geisel bei einer Entführung. Sie wußten, daß Ihr Vater ihn zurückholen würde, koste es, was es wolle. Leider ist Shaw ein bißchen voreilig gewesen. Die Beträge, die er forderte, waren zu hoch für so einen kleinen Triumph. Dann wollte er die Drohung rückgängig machen. Aber davon später.«

»Benny, das ist ja alles schön und gut«, sagte McStu, »aber wir sind ein bißchen vom Thema abgekommen. Suchen wir nicht eigentlich nach Drina Tait?«

»Das habe ich nicht vergessen. Ich versuche nur, diese verworrene Angelegenheit so logisch wie möglich zu erzählen, Didier, wie sind Sie ins Haus gekommen? Niemand hat Sie gesehen.«

»Durch die Tür bei der Garage. Mickey sagt ›Tunnel‹ dazu. Soweit ich weiß, ist das bloß eine Hintertür. Schließlich sind wir nicht in einem *Fantômas*-Film.«

»Wen haben Sie gesehen, als Sie zu Wise hinein- und wieder hinausgegangen sind?«

»Die junge Frau da.« Dabei deutete er auf Victoria. »Sie hatte ein, wie heißt das, Nudelholz in der Hand.«

»Eine detektivische Glanzleistung, Benny! Wir wissen bereits, daß sie Kuchen gebacken hat!«

»Immer mit der Ruhe, McStu. Ich versuche, alles aufzuklären. Genau, wie du das in deinem Buch getan hast. Du hast deine Hausaufgaben gemacht, und ich hoffe, daß ich die meinen genauso ordentlich mache. Wirf mal einen Blick in dein Buch, McStu, auf Seite neununddreißig. Da beschreibst du Mary Tatarskis Familie. Ich lese es dir vor:

> Obwohl es sich bei den Tartarskis um eine Einwandererfamilie handelte, die ähnliche Ambitionen hatte wie all die anderen Neuankömmlinge, versuchte Anastasia Tatarski, ihren Kindern soviel wie möglich von der Kultur des Gastgeberlandes zu vermitteln…

Du erinnerst dich doch noch, daß du das geschrieben hast, oder?«

»Klar. Die Mutter hatte eine Schwäche für die Briten. Sie hat ihren Kindern immer aus einem alten Geschichtsbuch über sie vorgelesen.«

»Und sie hat ein paar von ihren Kindern nach englischen

Herrschern benannt: In dem Nachruf auf Freddy stand sein voller Name Alfred, nach Alfred dem Großen.«

»Ich kann bloß hoffen, daß diese Gutenachtgeschichte irgendwann zum Punkt kommt«, sagte Julie ein wenig gefaßter als noch vor ein paar Minuten. »Margaret ist wahrscheinlich nach der verrückten Königin benannt, die in allen Historiendramen von Shakespeare vorkommt, oder? Oder eher nach Prinzessin Margaret mit ihrem hübschen kleinen Puppenhaus? Und was ist mit Mary? War Königin Mary nicht die Gemahlin von George dem Sechsten?«

»Dem Fünften«, sagte McStu, der eine ordentliche Schulbildung genossen hatte.

»Genau. Das steht alles in deinem Buch. Margaret, Mary und Alfred, besser bekannt als Freddy. Freddys Sohn hieß Charles Edward, nach Bonny Prince Charlie, und Drina, die Tochter von Mary, wurde nach der Königin höchstpersönlich benannt, Alexandrina Victoria.«

»Victoria?« Mickey sprang auf. »Was reden Sie da?«

»Warum fragen Sie nicht Ihre Frau, Mickey?«

Natürlich richteten sich jetzt alle Blicke auf die Frau, die schweigend, die Hände im Schoß gefaltet, neben Mickey saß. Sie lächelte.

»Nun, Mrs. Armstrong?« fragte Staziak mit sanfter Stimme.

»Was Mr. Cooperman da sagt, ist absurd«, erklärte sie. »Ja, ich gebe zu, daß ich Drina Tait bin. Aber das ist noch nie ein Geheimnis gewesen. Ich glaube, ich habe Ihnen das sogar mal beim Mittagessen erzählt, Ben. Ich hoffe, ich darf immer noch ›Ben‹ zu Ihnen sagen. Ich bin in einer Familie aufgewachsen, die ständig auf der Flucht war. Damals wußte ich das noch nicht, aber ich habe es geahnt. Wir waren nicht wie andere Menschen. Nicht mal in Bracebridge, wo ich meine Kindheit verbracht habe. Obwohl meine Freundinnen die Töchter von Anwälten und Richtern waren. Wir waren anders, aber ich erfuhr erst, warum, als ich zu meinem Vater kam – Sie sagen, er war mein Stiefvater, und juristisch gesehen ist das natürlich korrekt, aber für mich war er der einzige Vater, den ich je kannte. Das war im Frühjahr neunzehnhunderteinundneunzig. Er hat mir die ganze Geschichte erzählt. Gratulation, daß Sie nun endlich entdeckt haben, was die meisten Leute in dieser Stadt Ihnen sowieso hätten sagen können.

Was die Frage angeht, ob ich Chief Neustadt und Mr. Wise umgebracht habe – bitte seien Sie nicht albern. Den einen habe ich nicht gekannt, und Mr. Wise ist immer ausgesprochen nett und großzügig zu Mickey und mir gewesen.«

Ein paar der Anwesenden nickten zustimmend. Victoria lächelte mir zu. Mickey versuchte, sie zu trösten, doch sie wandte den Blick nicht von mir.

»Ihr Verbrechen, Victoria, war anders als andere Verbrechen. Das Motiv war nicht Geldgier oder Enttäuschung, sondern Rache. Neustadt und Wise hatten zusammen Ihre Familie zerstört. Sie waren die einzige Überlebende. Die Last der Verantwortung lag bei Ihnen. Das hatte nichts damit zu tun, ob Sie die Leute mochten oder nicht. Es war ein reines, ein vollkommenes Verbrechen, wenn Sie so wollen. Sie hatten damit nichts zu tun, weder als Drina Tait noch als Victoria Armstrong. Sie waren lediglich das Werkzeug der Rache, das Mittel, um der Gerechtigkeit zu ihrem Sieg zu verhelfen.

Sie beobachteten Ihr Opfer aus der Ferne. Es war nicht schwierig, herauszufinden, daß Neustadt gern an seinem Wagen herumbastelte. Sie kannten sich selber recht gut mit Autos aus, weil Sie mit Autos und den zugehörigen Werkzeugen aufgewachsen sind. Für Sie war es ganz leicht, das Ventil an Neustadts hydraulischem Wagenheber umzulegen. Nur jemand wie Sie konnte sich an der Lenkung von Wises Volvo zu schaffen gemacht haben.

Aber Wise war eine härtere Nuß als Neustadt, weil er eine Mauer um sich herum errichtet hatte. Um diese Mauer zu überwinden, ließen Sie Ihre Verbindungen in Old Greenwich, Connecticut, spielen. Sie konnten gut genug kochen, um ins Haus zu gelangen. Die Sache mit Mickey hatten Sie nicht geplant, aber es hat wunderbar funktioniert. Vielleicht sogar besser, als Sie gedacht hatten. Sobald Sie die Festung gestürmt hatten, standen Ihnen mehr als genug Waffen zur Verfügung, doch wie sollten Sie ihn umbringen, wenn die Jungs immer in der Nähe waren? Das war ein Problem, aber dieses Problem haben Sie mit Bravour gemeistert. Sie benutzten einen Schalldämpfer. So konnten die Jungs zu Ende frühstücken, ohne zu ahnen, daß sie nie wieder ein Essen von Wise bekommen würden. Sie haben die Waffe am Tatort gelassen – dort drüben.« Dabei deutete ich auf den Blutfleck, der immer noch auf dem Teppich zu sehen war.

»Und was habe ich mit dem Schalldämpfer gemacht, den Sie sich da ausgedacht haben?« fragte Victoria mit wütendem Blick. »Sie haben doch das Haus durchsucht, Sergeant. Haben Sie den Schalldämpfer gefunden, von dem er spricht?«

»Stimmt, Benny. Wir sind alle Räume des Hauses mehrmals durchgegangen.«

»Ich muß zugeben, daß Sie mich damit beinahe in die Irre geführt hätten, Victoria. Aber ich sage Ihnen, wie ich Ihr kleines Geheimnis entdeckt habe. Hart, Sie haben mir erzählt, daß Victoria und Mickey in der Küche waren, als Sie Ihren Vater zum letztenmal in seinem Haus gesehen haben.«

»Stimmt. Sie hat gerade Kuchen gebacken.«

»Und Julie, als Sie ein bißchen später hierherkamen?«

»Ich habe Zimt und Äpfel aus der Küche gerochen. Sie hat gerade Kuchen gebacken.«

»Gut«, sagte ich. »Pete, du sagst, du hast Mehl gleich neben der Leiche gefunden. Stimmt das?«

»Ja. Aber schließlich hat Victoria die Leiche entdeckt, ich verstehe also nicht … «

»Pete, Julie sagt, sie habe den Kuchen *gerochen*. Der war schon im Ofen, als sie hereinkam. Wie kann es dann sein, daß Victoria noch immer eine Schürze voller Mehl trug, nachdem der Mord begangen worden war?«

»Ich habe keine Schürze getragen. Die habe ich ausgezogen,

nachdem ich die Küche aufgeräumt hatte. Das habe ich Ihnen schon gesagt, Sergeant.« Victoria betonte das, als sei es ein wichtiger Teil ihrer Aussage gewesen. Mickey sah aus, als wolle er mir gleich an die Gurgel.

»Ich hoffe, Sie haben einen guten Grund für das, was Sie da machen«, sagte er. Vielleicht hätte es aggressiv geklungen, wenn die Frauen nicht im Raum gewesen wären, aber in ihrer Gegenwart riß er sich zusammen.

Plötzlich sahen alle mich an. Ich hoffte, daß das, was ich gleich sagen würde, seine Richtigkeit hatte. »Das Mehl stammte also nicht von der Schürze, befand sich aber in dem Raum. Könnte es sein, daß es an ihren Schuhen klebte, Pete?«

»Wenn's nach den Leuten von der Spurensicherung geht, nicht. Ihrer Ansicht nach hatte das Mehl keinerlei Verbindung zu einem Fußabdruck. Sie haben nirgends Fußspuren gefunden. Das Mehl – es geht hier um leichte Spuren, nicht mehr – war gleichmäßig in dem Teil des Raumes verstreut, in dem Wise ermordet wurde.«

»Verstehe, Pete, würdest du bitte einen Augenblick lang mit mir in die Küche kommen?« Pete erhob sich und versprach den anderen, gleich wiederzukommen.

Als wir zurückkehrten, sah Pete ein wenig verwirrt drein. »Sie haben Kuchen gebacken, Mrs. Armstrong, aber bis jetzt haben wir Ihre Teigrolle nicht finden können. Könnten Sie uns behilflich sein?«

»Was hat denn die Kuchenbackerei mit all dem zu tun?« wollte Hart wissen.

»Mehr als Sie meinen«, sagte ich. »Didier hat uns erzählt, daß Victoria eine Teigrolle in der Hand hatte, und zwar geraume Zeit *nachdem* Julie den Kuchen im Ofen gerochen hatte. Was wollte Victoria mit der Teigrolle, wenn der Teig schon längst ausgerollt war? Und noch ein Rätsel: Was ist überhaupt mit der Teigrolle passiert?«

»Wen interessiert das schon?« sagte Syl Ryan und sah Hart dabei hilfesuchend an.

»Pete, du hast mir gesagt, ein Schalldämpfer für die Waffe, mit der Abe Wise umgebracht wurde, müßte ein Zylinder von ungefähr fünfzig Zentimeter Länge und etwa sechs Zentimeter Durchmesser sein. Du hast das zwar nicht so ausgedrückt, aber es liegt auf der Hand: Ein Schalldämpfer für die Waffe von Wise wäre ungefähr so groß wie eine Teigrolle ohne Griffe und hätte auch in etwa die gleiche Form. Wir wissen, daß Drina sich mit Automotoren und den Werkzeugen in Freddy Taits Werkstatt auskannte. Sie wäre in der Lage, ein solches Ding herzustellen.«

»Das ist ja eine heiße Geschichte. Natürlich kein Beweis, aber eine gute Geschichte. Vielleicht kann ich den Einfall mit dem Schalldämpfer noch irgendwann brauchen. In einem Roman könnte das hinhauen, aber im richtigen Leben? Benny, ich weiß nicht . . .«

»Ja«, sagte Hart. »Viele Leute hatten Zugang zur Küche und auch zu den Waffen.«

»Und was ist mit dem Schuß, der durchs Fenster auf Wise abgegeben wurde?« fragte Pete. »Und mit dem Schuß auf dich«, fügte er nach kurzem Zögern hinzu.

»Die Geschichte mit dem Tunnel kennst du ja bereits, Pete. Wenn jemand von einer Stelle in der Nähe der Garage einen Schuß auf diesen Raum abgibt, kann er in einer knappen Minute wieder hier im Haus sein.«

»Cooperman, ich werde Sie drankriegen für die Sachen, die Sie heute abend hier gesagt haben!« Mickey starrte mich mit zornesrotem Gesicht an.

»Ich mache nur meinen Job, Mickey. Und wenn ich Sie wäre, würde ich Ihre Frau jetzt nicht aus den Augen lassen. Es könnte nämlich sein . . .« Dann hörten wir plötzlich einen Aufschrei. Victoria war über die Armlehne des Sofas gesprungen und auf Julies Fuß gelandet. Bevor Julie sich von ihrem Schreck erholt hatte, war Victoria bereits in der Küche. Pete war der erste, der reagierte. Er lief mit erstaunlicher Geschwindigkeit hinter ihr her. Als ich endlich in der Küche anlangte, waren die beiden schon verschwunden.

»Der Tunnel!« rief Syl Ryan und hastete ihnen nach.

Der Tunnel machte seinem Namen keine Ehre, denn er hatte nichts Mysteriöses. Es handelte sich lediglich um einen Weg, der ein paar Stufen hinunterführte und an der Garage herauskam. Aus der Ferne hörten wir laute Stimmen und Kampfgeräusche. »Laßt mich durch!« rief Mickey und schob Pete und einen Beamten beiseite. Doch noch bevor er die Treppe erreichte, kam schon Syl Ryan zusammen mit zwei Beamten herauf, die die wild um sich schlagende Victoria Armstrong festhielten.

28

An die nächsten paar Tage erinnere ich mich nicht sonderlich genau. Ich machte mein Büro sauber, warf eine Menge alte Akten weg und beseitigte uralte Aprikosenkerne und Kogans leere Flaschen aus meinen Schubladen. Ich schlief nicht viel, und wahrscheinlich war ich auch keine besonders amüsante Gesellschaft für Anna. Aber so amüsant war ich schließlich auch während des Falls nicht gewesen.

Ich bekam einen Anruf von ihrem Vater, der mich drängte, ihm einen Termin zu nennen, wann ich Anna zu meinem angetrauten Weib und damit zu einer ehrbaren Frau machen wolle. Ich erklärte ihm, ich kenne keine ehrbarere Frau als Anna, und wenn sie die Familienehre befleckt habe, indem sie hin und wieder bei mir übernachtete, nun, dann war mit der Familienehre etwas nicht in Ordnung. Normalerweise rede ich nicht so offen mit Jonah, der mich jederzeit in die Tasche stecken könnte, aber dieser merkwürdige Schwebezustand, in dem ich mich zu jener Zeit befand, ließ mich ziemlich mutig werden.

Ich sah Pete Staziak und Chris Savas eine ganze Woche lang nicht. Von Dave Rogers bekam ich einen Scheck in einem Brief, obwohl ich noch nicht einmal eine Rechnung gestellt hatte. Als ich den Umschlag öffnete, entdeckte ich außer dem Scheck lediglich eine leere Seite darin, so daß jemand, der das Kuvert gegen das Licht gehalten hätte, den Scheck nicht sehen konnte. Ich hätte nichts dagegen gehabt, auch noch eine kurze Nachricht von Dave zu bekommen. Meiner Ansicht nach hatten wir uns ganz gut verstanden.

Es wurde eine der größten Beisetzungen des Jahres. Im Tod war Abe Wise Ed Neustadt haushoch überlegen. Es standen Limousinen mit Nummernschildern aus dem ganzen östlichen Nordamerika vor den Friedhofstoren. Die Kränze und Gebinde waren ein bißchen geschmackvoller als seinerzeit bei Al

Capone, und es gab so viele davon, daß die Welt des Verbrechens zufrieden sein konnte, einem der ihren einen angemessenen Abschied bereitet zu haben.

Hart und Julie standen nebeneinander, jeweils begleitet von ihren Müttern, ein Anblick, den Abe selbst vermutlich in den vorangegangenen Jahren nie genießen durfte. Mickey erschien allein, man hatte ihn die ganze Woche lang fast jeden Tag befragt. Auch Phil Green und Sidney waren da, aber Syl Ryan hatte die Polizei nicht kommen lassen. Er hatte zwar keine Fingerabdrücke auf dem Messer hinterlassen, mit dem er Gord Shaw umgebracht hatte, aber ein großer Handabdruck auf dem Dach des Alfa Romeo stammte eindeutig von ihm. – Ein zusätzlicher Beweis zu der Schnalle mit dem Indianerkopf, die ich im Schnee gefunden hatte.

Ich kannte den Rabbi nicht, der die Beisetzungsfeierlichkeiten organisierte und die Ansprache hielt, denn er war nicht aus der Stadt. Offenbar amüsierte er sich nicht, so wie Major Patrick es bei Neustadts Beerdigung getan hatte. Aber Abe übergab man auch nicht ganz so schnell der Erde, wie es die jüdische Tradition eigentlich verlangt. Der Sarg war massiv, wahrscheinlich aus Bronze, dem leichten Schimmer nach zu urteilen. An der Oberseite befand sich eine Gravur – eine Darstellung der häßlichen Terrakottamaske in Wises Büro. Anscheinend hatte er ziemlich detaillierte Anweisungen hinterlassen.

Als ich das offene Grab verließ, waren die anderen schon gegangen. Ich wußte, daß es ein Verkehrschaos geben würde, also versuchte ich, durch eine innere Zwiesprache mit meinem früheren Klienten ein bißchen Zeit zu schinden. Ich hatte nicht verhindert, daß er ermordet wurde, aber das hatte ich auch nie versprochen. Wie gesagt: Ich glaube nicht an Sicherheitsdienste. Leibwächter bereiten nur den Unschuldigen Kopfzerbrechen und stellen keinerlei Problem für einen entschlossenen Schurken dar. Mittlerweile waren alle Autos außer meinem verschwunden. Es schien wärmer zu werden. Nicht daß der Frühling sich nun endgültig durchgesetzt hätte oder etwas ähnlich Dramatisches, nein – nur die Macht des Winters schien endlich gebrochen. Eisschollen lösten sich und trieben den Creek entlang, als ich über die Hochbrücke fuhr. Ich genehmigte mir eine Wan-Tan-Suppe und gebratenen Reis in dem chinesischen Restaurant, in dem ich mich seinerzeit mit Dave Rogers getroffen hatte. Außer mir war niemand in dem Lokal.

Eines Abends, gerade als ich das Büro zugesperrt hatte, schaute Pete bei mir vorbei. Er hupte, und ich schlüpfte auf den Beifahrersitz seines Wagens. »Hast du schon was gegessen?« fragte er. Ich schüttelte den Kopf. »Ich auch nicht, und meine Frau hat heute abend ein paar Freundinnen zum Kartenspielen eingeladen.

Wir haben Ordnung in den Fall Shaw gebracht, Benny. Im Vergleich zum Fall Wise ist der das reinste Kinderspiel. Danke, daß du uns auf die Spur von Ryan gebracht hast.«

»Ja, ich hab' die Indianerkopfschnalle im Schnee gesehen. Habt ihr sie gefunden?«

»Klar, aber was hätten wir damit anfangen sollen? Du warst uns ja schon um etliches voraus.«

»Erinnere mich lieber nicht daran. Syl Ryan war früher Biker, und alle Biker sind ganz scharf auf so Zeug. Und Syl war der einzige Biker, der was mit Wise und seinen Leuten zu tun hatte.«

»Natürlich hatten wir noch den Handabdruck auf dem Wagen.«

»Klar.«

»Dein Freund Mickey wird ganz schön lang im Gefängnis schmoren müssen, Benny. Wir haben ihm Waffenbesitz, Entführung und Schmuggel nachweisen können. Er und seine Leute haben mit Booten Alkohol und Drogen über den Niagara River gebracht. Ist letztlich keine große Sache, aber es reicht, um ihn ein paar Jahre hinter Schloß und Riegel verschwinden zu lassen. Bis wir das ganze Imperium von Wise durchschaut haben, sind wir beide wahrscheinlich längst reif für die Rente.«

»Hat er Widerstand geleistet?«

»Stärker, als ich erwartet hatte. Ich dachte, wir hätten ihn in einem schwachen Moment erwischt, weil ja seine Frau … du weißt schon. Aber es waren drei kräftige Männer nötig, um ihn festzuhalten.«

»Hat er 'nen guten Anwalt?«

»Ja, den Typ, der früher soviel gesoffen hat.«

»Rupe McLay. Gut für Rupe!«

»Mein Gott, Benny, du klingst fast so, als wolltest du, daß Mickey auf freien Fuß kommt.«

»Teils, teils. Ich habe ein verdammt schlechtes Gewissen wegen Victoria, Pete.«

»Das brauchst du nicht. Dieses Verbrechen entpuppt sich immer mehr als kaltblütig geplant, Benny.«

»Was hat sich denn diese Woche sonst noch getan? Ich bin nicht mehr ganz auf dem laufenden.«

»Hart zieht in eins der Häuser von seinem Vater, und Julie und Didier haben sich getrennt. Wußtest du das schon, Benny?«

»Ich hab's mir schon gedacht. Santerre war ausschließlich an der Finanzierung seiner Zeitschrift interessiert, und Julie war für ihn eine Möglichkeit, an ihren Vater heranzukommen. Wise war bereit, Santerre Geld zu geben, wenn der Julie dafür in Ruhe ließ. Aber Santerre wollte beides. Tja, und dann ist Harts Scheck geplatzt.«

»Die Bank hat uns informiert. Die haben allmählich die Nase voll von faulen Schecks mit Hart Wises Unterschrift.«

»Die beiden jungen Leute müssen noch 'ne Menge lernen. Sieh dir bloß mal die Tatarskis an. Man weiß nie, wie sich alles entwickelt.«

»Wie bist du auf die Lösung des Falls gekommen, Benny?«

»Mittels einer schlaflosen Nacht.«

»Nein, im Ernst.«

»Als ich mich das erste Mal mit Dave Rogers unterhalten habe, hat er gesagt, daß drüben an der Russell Avenue eine alte

Frau von einem Einbrecher umgebracht worden ist. Das hat niemand sonst gewußt, also mußte die Information direkt von Abe Wise stammen. Nächste Frage?«

»Wo möchtest du hingehen zum Essen?«

»Keine Ahnung. Wo möchtest du denn hin?«

29

Der Queen Elizabeth Way wurde erbaut, um den Besuch von König George VI. und Königin Elizabeth im Jahre 1939 zu feiern. Zur damaligen Zeit war er die beste Schnellstraße in ganz Nordamerika. Auch heute noch ist er der schnellste Weg, um von Grantham nach Toronto, Hamilton oder, wie in diesem Fall, nach Grimsby zu kommen. Ich fuhr mit meinem Olds zügig dahin, der Lake zu meiner Rechten und der mit Sträuchern bedeckte Steilhang zu meiner Linken. Ebenfalls zu meiner Linken befanden sich kilometerweit Weinberge und Obstgärten. An den nackten Zweigen sah ich eine Andeutung von Pink. Knospen? Blüten? Das konnte ich nicht so genau beurteilen. Als ich von der vertrauten Schnellstraße abfuhr, war ich plötzlich in einem mir fremden Gebiet. Die ruhigen Straßen hier kannte ich nicht. Ich versuchte, mich an die Wegbeschreibung zu halten, die Mr. McCarthy mir vor ein oder zwei Tagen am Telefon gegeben hatte, bei unserem ersten Gespräch. Pete hatte mir seine Nummer besorgt, aber es hatte fast eine Woche gedauert, bis ich den Mut aufbrachte, sie zu wählen.

Das Haus vor mir war klein, und eine schlammbedeckte Auffahrt führte zu einer Blechgarage, deren Tor halb offen, vielleicht auch halb zu war – das kam auf die Betrachtungsweise an. Ich stellte den Olds hinter einem ramponierten blauen Pontiac auf der Auffahrt ab. Der Wagen sah genauso alt aus wie die anderen Autos, die hier auf den Auffahrten entlang der Straße standen. Ich hatte Schlamm an den Schuhen, als ich die Veranda des verwitterten Bungalows mit der künstlichen Ziegelflanke betrat. Die Fußmatte sah ein bißchen zu neu aus für den Schmutz, den ich mitbrachte, also versuchte ich, soviel Dreck wie möglich an der Kante der obersten Stufe loszuwerden, und benutzte die Matte nur für die Feinpolitur. Ich drückte auf die Klingel. Erst beim zweitenmal hörte ich Schritte aus dem Keller.

»Ja?« fragte der Mann, der die Tür so weit öffnete, wie es nur ging. Er war um die achtzig, das wußte ich aus einem Artikel in einer Torontoer Zeitung, die über seine Pensionierung berichtet hatte. Doch er sah noch älter aus. Er war groß und dünn und hatte Falten im Gesicht, so tief wie Furchen. Ein kummervoller Ausdruck trat in seine Augen, als er mich sah. Ich fragte mich, ob er meine Größe und mein Gewicht schätzte.

»Ich bin Benny Cooperman. Sie erinnern sich doch noch? Wir haben miteinander telefoniert.«

»Cooperman? Ich weiß nicht ...« Er rieb sich den grauen Bart mit dem Handrücken, während er sich an unser Gespräch zu erinnern versuchte.

»Sie sind doch Mr. McCarthy, oder?«

»Ja, aber mein Gedächtnis läßt allmählich nach. Das haben sie mir schon vor längerem gesagt, und wahrscheinlich muß ich es ihnen jetzt glauben. Kommen Sie doch rein, Mr. Cooperman.« Er trat einen Schritt beiseite, damit ich ihm ins vordere Zimmer des winzigen Hauses folgen konnte, in dem überall alte Drucke von Segelschiffen und Kapitänen mit Windjacken hingen. Neben dem Fenster stand ein Tisch mit einem Deckchen, auf dem sich lediglich eine Schale mit Nüssen befand. Ein Bild von einem in die Enge getriebenen Hirsch beherrschte die Wand über dem Klavier mit dem geschlossenen Tastaturdeckel.

»Fühlen Sie sich wie zu Hause, Mr. Cooperman, und versuchen Sie, mir zu erklären, warum Sie einen alten Kauz wie mich an einem schönen Tag wie dem heutigen besuchen. Sie sind doch kein Reporter, oder? Mit Reportern rede ich nämlich nicht, wissen Sie.« Ich erzählte ihm von unserem Telefonat, und von Zeit zu Zeit nickte er, als fühle er sich durch das, was ich sagte, an etwas erinnert.

»Mary Tatarski!« sagte er ein wenig überrascht. »Ja, an die erinnere ich mich noch sehr gut. Ich hab' nur mit den Dingen aus der jüngeren Vergangenheit Probleme. Mary Tatarski – das war im Dezember neunzehnhundertzweiundfünfzig, eine ziemlich volle Woche. Ich war gerade wieder aus Toronto zurück, wo ich zwei Bankräuber gehängt hatte, die einen Polizisten erschossen hatten. Nein! Die waren *nach* Mary Tatarski. Es war ein Donnerstag, und dann am nächsten Dienstag, wenn ich mich recht entsinne... Was wollen Sie über sie wissen? Ich hab' eine Erklärung unterschrieben, daß ich keine Geheimnisse ausplaudere, das dürfen Sie dabei nicht vergessen, und ich bin auch kein Klatschmaul.«

»Hat sie kurz vor ihrem Tod noch gestanden? Hat sie etwas gesagt, was auf ihre Schuld oder Unschuld hingewiesen hätte?« McCarthy hob den Blick zu der glatten Gipsdecke, als könne er dort seine Erinnerungen wiederfinden.

»Wissen Sie, bei so was wird nicht viel geredet«, sagte er mit leiser, vertraulicher Stimme. Ich fragte mich, wie viele Kenntnisse über seine Tätigkeit er von mir erwarten konnte. Was war seiner Meinung nach Allgemeinwissen? Vielleicht hätte ich ihn das selbst fragen sollen.

»Ja, ich weiß. Ich dachte nur, daß . . .«

»Viele sagen einem, daß sie's nicht waren. Sie meinen, ich hänge sie nicht, wenn sie mir ihre Unschuld beteuern. Ich weiß noch, einmal in Calgary war das, glaube ich... Aber ich habe auf das Gesetz geschworen, und ich muß meine Pflicht tun. Schuldig oder nicht: Mir ist das einerlei. Das sollen sie mit den Anwälten und Richtern ausmachen. Wenn ich gerufen werde, ist es für solche Diskussionen zu spät. Allerdings muß ich zugeben, daß ich auch schon ein paarmal einen falschen Alarm erlebt habe. Sie zahlen mir die Hälfte, wenn ich meinen Job nicht erledigen muß. Aber mir ist das egal. Ist mir auch ganz recht, daß ich meinen Job an den Nagel gehängt habe. Mir geht's wie den meisten Leuten hier im Land: Ich glaub' nicht mehr dran. Die Zeiten haben sich geändert. Dagegen kann man nicht an.«

»Und was war mit Mary Tatarski?«

»Die ist genauso mutig zur Hinrichtung geschritten wie der mutigste Mann. Hat kein bißchen geschwankt. War ganz ruhig. Jetzt erinnere ich mich wieder genau!« sagte er und beugte sich ein wenig zu mir vor, als habe er einen elektrischen Schlag bekommen. »Sie hat mich zu etwas gezwungen, was ich im allgemeinen zu verhindern versuche. Das habe ich mir zur Regel gemacht. Dadurch wird's dann hinterher leichter. Ich versuche, mir nicht von ihnen in die Augen schauen zu lassen. Wissen Sie, man will ja keine Alpträume bekommen; ist so schon schlimm genug, aber es wird noch schlimmer, wenn sie Blickkontakt herstellen. Da kriegen Sie 'ne Gänsehaut, das sage ich Ihnen. Aber bei ihr hab' ich gegen die Regel verstoßen. Sie hat mir in die Augen geschaut, während Wilkes ihr die Beine zusammengebunden hat und ich ihr Gesicht verhüllen wollte. Da hat sie ganz ruhig und mit einem sanften Lächeln gesagt: ›Ich hatte nichts zu tun mit dem Tod meiner Mutter.‹ Sie hat das nicht bei Gott geschworen, wie's manche machen, sondern ganz nüchtern, und dabei hat sie mir in die Augen geschaut. ›Ich hatte nichts zu tun mit dem Tod meiner Mutter.‹ Ich hab' ihr zugenickt, um ihr zu zeigen, daß ich sie verstanden hatte und mich an das, was sie gesagt hatte, erinnern würde. Dann hat sie den Kopf ein bißchen geschüttelt, die Augen weit aufgerissen und geflüstert: ›Bei Papa war das was anderes. Der wollte nicht, daß ich mich mit Thaddeus treffe.‹ Das war alles. Sie hat mich angelächelt, um mir zu bedeuten, daß sie mit dem Reden fertig war. Und dann hab' ich das Nötige getan, und das war's.« Das Nötige. Jeder Beruf hat seinen eigenen Jargon. Das Nötige. Erinnerte er sich so an jenen Dezemberabend vor zweiundvierzig Jahren? Gehörten die Bilder von dem Abend zu den verlorenen Erinnerungen des alten Mannes? Ich hoffte es für ihn, aber eine Wette hätte ich darauf nicht abgeschlossen. Wahrscheinlicher war es da schon, daß er meinen Namen bereits wieder vergessen hatte.

»Und – war das die Wahrheit? Sie haben doch jede Menge Erfahrung, welchen Eindruck hatten Sie damals?« Er sah mir in die Augen. Ich mußte an Mary Tatarski denken, wie sie ihrem Henker ins Auge geblickt hatte.

»Ich war damals sicher, daß ich eine Unschuldige hinrichtete. Der Meinung bin ich immer noch. Und ich habe es schon mit mehr Mördern kurz vor ihrem Tod zu tun gehabt als jeder andere Mensch auf Erden. Aber das, was sie als letztes sagte, hat mich noch lange beschäftigt. Ich hab's nie ganz begriffen.« Wir saßen eine ganze Weile schweigend da. Wenn er noch etwas sagen wollte, mußte ich ihn nicht sonderlich dazu ermutigen.

»Kannten Sie den früheren Deputy Chief of Police, Ed Neustadt?«

»Ja«, sagte er mit ausdruckslosem Gesicht. Doch das verriet ihn mehr als jede große Geste.

»War er dort?«

»Neustadt war immer mit von der Partie. Jedenfalls in Ontario. Einmal ist er auch in Montreal aufgetaucht. Dort hatte er nichts verloren... Aber wahrscheinlich hatte er Beziehungen.«

»Was haben Sie von ihm gehalten?«

»Ging mich nichts an. Und jetzt, wo er tot ist... « Seine Gedanken schweiften ab. Es war offensichtlich, daß Mr. McCarthy Neustadt nicht leiden konnte. Noch keiner der Menschen, die ich im Zusammenhang mit diesem Fall kennengelernt hatte, hatte ihn leiden können.

»Hat er sich eingemischt?«

»Er hatte dort nichts verloren. Ich habe mit den Leuten vom Gefängnis gesprochen, aber sie konnten ihn nicht daran hindern. Solche Dinge sind am leichtesten, wenn man dafür sorgt, daß alles nicht so kompliziert wird. Es sollte niemand dabeisein, der nichts damit zu schaffen hat. Schließlich ist das keine Zirkusshow. Aber manche lassen sich einfach nicht abwimmeln. Neustadt war der Lästigste von allen. Er wollte mit der Gefangenen sprechen, aber ich habe das nicht zugelassen. Ich habe ihm gesagt, er soll sich raushalten. Ich habe ihn richtig angeschnauzt. Das hätte ich auch gemacht, wenn er der Premierminister gewesen wäre. Er hatte an dem Abend nichts dort verloren.«

»Danke, Mr. McCarthy. Sie haben mir gesagt, was ich aus anderen Quellen nicht erfahren konnte.«

»Freut mich, daß ich Ihnen behilflich sein konnte. Die meisten

Leute wollen wissen, ob die Leute, die ich hingerichtet habe, leiden mußten. Mein Gott! Schließlich verstehe ich mein Handwerk! Ich würde sie nie länger warten lassen als unbedingt nötig. Wissen Sie, es gibt da ein paar Tricks, die lernt man nicht in fünf Minuten. Ich habe Jahre gebraucht, bis alles perfekt war. Und eine Frau hinzurichten ist kein Zuckerschlecken, das kann ich Ihnen flüstern. Schließlich schenken die Frauen uns das Leben. Mein Vorgänger war ein richtiger Stümper, aber irgendwie habe ich auch Mitleid mit ihm. Hatte niemanden, den er fragen konnte. In unserer ganzen Geschichte sind bloß zehn Frauen hingerichtet worden; viel Erfahrung kann man da nicht sammeln. Und für die Leute später gab's keine Aufzeichnungen. Wie soll man da an die Sache rangehen? Kein Wunder, daß der Kerl ein Stümper war. Ich hab' versucht, es besser zu machen. Hab' mir Informationen besorgt. Hab' mich mit 'nem Mann unterhalten, der einen Pub in England hatte. Das *Rose and Crown*. Hatte früher mal ein Lokal, das hieß *Help the Poor Struggler*, aber das hat er verkauft. Kein Wunder. Er hat sich zur Ruhe gesetzt, bevor sie das Hängen abgeschafft haben. Hatte die Schnauze voll davon.« Mr. McCarthy war eine gute Informationsquelle, unterschriebene Stillschweigenserklärung hin oder her.

»Old Pierrepoint, so hieß der Mann. Er hat mir erzählt, daß ihm mal einer seiner Kunden, den er gerade köpfen wollte, in die Augen geschaut und ihm gesagt hat: ›Die Strafe ist gerecht, aber die Beweise waren falsch.‹ Na, Mr. Cooperman, wie gefällt Ihnen das als Zusammenfassung?«

Ich nickte; das war in der Tat so etwas wie eine Zusammenfassung. Im allgemeinen und auch in meinem Fall. Während der Henker mir von seinen Erfahrungen berichtete, waren meine Gedanken wieder bei den Ereignissen dieses kühlen Märzmonats gelandet und hatten sich schließlich an den Namen Duncan Harvey und Thaddeus Nemerov, dem des Jungen von nebenan, festgebissen.

Ich zeigte Mr. McCarthy mit einer Bewegung, daß ich gehen wollte, und dankte ihm noch einmal für seine Hilfe.

»Würden Sie noch ein Bier mit mir trinken?« fragte er so zaghaft, daß ich schlecht nein sagen konnte. Die allerbeste Gesellschaft war das nicht – der letzte Henker vor der Abschaffung der Todesstrafe. Er ging nach hinten und kam mit zwei Bierflaschen und Gläsern auf einem Tablett wieder. Er erzählte mir, daß er den Haushalt seit dem Tod seiner Frau vor ein paar Jahren selbst machen müsse. Dann machte er die erste Flasche auf und goß den Inhalt in die Gläser. Wir nickten einander zu und tranken. Ich hätte gar nicht gedacht, daß mir der Drink so guttun würde. Die Nachforschungen, die ich soeben zum Abschluß gebracht hatte, hatten mich zu diesem Besuch und zu meinen Fragen gezwungen, ähnlich, wie die Hinrichtung von Mary Tatarski eine notwendige Folge von McCarthys Job war. Tja, das »Nötige«... Ich hatte nach einer Mörderin gesucht, und er hatte eine bestraft. Oder vielleicht doch nicht? Hatte sie womöglich in jenem schrecklichen Moment dem Henker in die Augen gesehen und ihn angelogen? Über diese Frage dachte ich nach, als der Henker den Inhalt der zweiten Flasche Bier einschenkte.